U0902260

禁止行人通行

我曾爱过你 想起就心酸

自由极光 著

Once Loved You Distressed Forever

长江出版传媒 | 长江文艺出版社

目录
CONTENTS

我十八岁时的样子

如今想起

很多年过去了 我很怀念她

序 深夜打电话的两个人

我和极光是那种常常在凌晨三点通电话的朋友。

常常昼夜颠倒的我，每到凌晨都会有一种感觉：自己是这座城市里唯一还醒着的人，那种心情堪比猫头鹰倒挂在深夜的森林里，孤独地盯着外面的一片漆黑，想着大家都已经各自在床上做梦。那些梦拒绝我的参与，而醒着的世界也都没为我亮灯。

这种时候，我常常会有一种被世界暂时遗忘的感觉，就像水槽里被忘掉没洗的唯一一根筷子，或者挂在饭店门口孤零零的雨伞，一直没人来取走。

而这种时候，我一般都会重新刷一下微博，然后就会看到极光刚刚更新一条："这个点儿还没睡着，我躺在床上痴傻地笑了。"

然后我就会给这个痴傻的人打个电话，一起痴傻地打发掉这些半梦半醒、半明半暗的时间，一起等天亮。

在这些半夜三点的电话里，我们常常聊到天际开始发白，手机开始发烫，才会结束通话，但聊天的内容，实在没什么营养。整个过程无非是以"我睡不着"开始，到"我还是睡不着"结束，其间的主题可以涵盖美容护肤、皮鞋保养、遇到的糟心事儿、各自的感情问题，还有一个百聊不倦的话题：我又写不出来了，怎么办？

极光不是一个会安慰人、会说贴心话的温顺型朋友，和我一样，我们都是懒得打和平球的人，都喜欢扣杀。如果和别人聊天，是一次精神放松，和极光的每一次午夜电话，都要全身心投入，才能接得上他的话。极光虽然人看起来像是那种在开满花儿的野地里傻笑着抓蝴蝶的家伙，但他的脑子是四核的，转速特别快，分区分得很清楚，线路也理得很有条理，只是有时候，他的聪明不露给外人看，他只用来挤对凌晨三点和他通电话的自己人——比如我。

就算明知道会被挤对，但我还是喜欢在小说写不下去的时候，给他打电话，电话那一头的极光，才不会说“鲍鲸鲸，你有才华啦”这种其实我很想听的话，他只会说“虽然我不是女人，但也懂那种生不出来的痛”，然后荒腔走板地给我献歌一曲。当我对着那刺耳的歌声大喊闭嘴的时候，他又会开始扯一些社会问题、茶道知识和睡子午觉的重要性。当话题越扯越远的时候，他又会猛地杀回来，认真地问我：“你今天写了多少字？”

“两千……多……不过我准备睡觉了，今天的气数尽了。”

“少来这套。”

“真的没灵感啦！”

“你当我是你妈啊，这种话我会信？你就是懒。再去写两千！”

就是这样，每次在挂断电话后，我都会好奇，这么长时间的通话里，我们什么都没聊，怎么就能把时间杀出去这么多。我想听他说安慰我的话，他一个字没提，但是很妙的是，挂断电话后，我反而忘了打电话之前的我，到底在叽叽歪歪些什么。

我和极光就是这样的朋友。天亮以后，我们很少见面，在极光白天的世界里，他有自己钟爱的人，有未完待续的故事，有纠结，有际遇，有我给不了的感动，也有我想象不出的精彩。我也一样，每天睡醒睁开眼，会接着编我自己的故事，接着和男朋友你侬我侬或是吵急了眼，接着在光天化日下，努力让自己趁着天光再走得远一点儿。

但天黑以后，睡不着的时候，又像猫头鹰一样眺望着远方，心里有好多傻话、呆话、梦话想对着墙说的时候，我知道自己没那么惨，我可以拿起手机，给另一只住在这个城市西边的猫头鹰打电话。

有你真好。看，极光，因为你一直挤对我，拒绝我的真情流露，立志在情感表达上把我培养成一个冷血女杀手，像这种肉麻兮兮的话，我只能写在这里，以此明志了。

我一直觉得自己没什么朋友，自己的人际关系网，说好听了是极简，真实情况是寒酸，手机里只存着十几个人的电话，还包括了我爸我妈。这么做不是高看自己手机的纯净度，而是总觉得，如果有一天被人绑架了，绑匪按照我的通讯录里存的电话，一个挨一个地打过去要钱，我希望每个接到电话的人都会说："哦，鲍鲸鲸啊，我认识她。先别杀，我给你凑钱去。"

极光的电话就存在我的手机通讯录里，为了我的安全起见，我发自内心地希望他的新书大卖特卖，多赚点儿钱，日后好为我的赎金添砖加瓦——虽然被绑架这种极端情况出现的机会不大。

极光在这本新书出版前，发来一份电子版先给我看，那时候我正在写自己的新小说，每天对着屏幕折磨自己，无数次想椅子一蹬直接躺倒在地上打滚儿。有一天实在写不下去了，我把极光的新书完整地看了一遍。

看完以后，我觉得自己清静了很多。作为一个讨人嫌的摩羯座，我的人生里充满了计较和在乎，这份计较与在乎，大多数时间里都用来自我折磨。看过极光的新书后，我默默地关掉电脑，关上了灯，认真地洗了洗脸，然后上床，睡了一个很完美的觉。

极光的这本书，带我回到了大学刚毕业的时候。那时候，极光笔下的莉香、猴子和大叔，还有发生在电影学院里所有的故事，就已经感动过我一次。我还记得自己在回家的城铁上，抱着这本书看过了站，还记得当看到莉香爬到电影学院的标志物——金字塔顶端的时候，我坐的那列车，刚好经过了知春里这一站。如果我那时候下车，沿着路走十五分钟，就可以看到熟悉的校园，和那座戳在草坪上一动不动的实际样子很怪的电影学院金字塔。

我很难形容当时的感受，只记得城铁在这一站停下来，放走一些人，又吞下一些人，然后匀速地离开。隔着车窗能看到通往电影学院的路口，那路口离我越来越远。

当时我很感谢极光，感谢他用自己的文字，记录下了一些发生在电影学院的故事，无关真实或杜撰，它都存在，都白纸黑字地留了下来。以后，如果有一天，我们圆滑地都不愿意承认自己年轻过，极光大可以把这本书甩到我们的脸上来。

四年后的今天，又是毕业季，而我和极光的社会大学四年，也算是结业了。不管学分修没修满，资历够不够直升下一站，我们都横冲直撞地闯了过来，而且，比在电影学院时更勇敢——起码我眼中的极光是这样。

四年后，极光把当初的这份感动提炼得更深、更有力，然后又一次摆到桌面上，让我和很多已经忘记了校园生活的人，自发地停下来，回到曾经以为是终点的地方，去看看当初急着离开时，有什么东西被自己遗忘了。必须说的是，四年后，再看这本小说，极光写进内心深处的那份备忘录上的东西，一点儿都没丢，一点儿都没变。

还有一件小事，极光大概都不知道，但我想写在这里，郑重地谢他一次。

毕业时，我和男朋友吵过很大一架，那次争吵，就是《失恋 33 天》的发源地。当时马上毕业，感情濒临崩盘，我的状态差到不能再差，不想见人，不想说话，几乎是把自己锁在了保险柜里，然后每天逼自己忘掉开保险柜的密码。

最后为我打开保险柜的人，其实就是极光。我记得那天，因为我们的一个朋友过生日，我浑浑噩噩地去参加了生日宴，那天一起出席的，还有极光同学。

那天的饭局上，我跟极光说了自己感情上的悲催事儿。平时，我和极光都是一点儿瑕疵都忍不了的人，他会为天花板上的一条小裂缝，重新粉刷一整面墙。但没想到，那天我跟极光说了自己的纠结之后，极光没说什么，只是幽幽地建议我："为这么点儿小事，这么想不开，那不如去出家好了。"

我想朋友也是分各式各样的，而极光，就是我心里那个永远说真话的人。他说不了假话，一说假话的时候，他脸上就会露出刚吃了苍蝇刺身那样的表情，我知道那是他受不了自己了。

就是那天晚上，被极光骂过一顿后，我终于决定和男朋友再见一面，好好聊一聊。在去见面的路上，下了大雨，我冒着雨赶到时，发现男朋友也等在大雨里。

那时候我就想，大概这手暂时还分不了。

那时候没分成手，后来也就搁置了，一直到现在，还是和当初的那个人每天嘻嘻哈哈、懒懒散散地混在一起，混过了社会大学的这四年。如果没有极光当初的迎头一棒，我想那天我大概不会和男朋友见面，也就不会下起那么煽情的雨，至于现在还会不会在一起，也无从分析。

所以，虽然一直不愿意承认，但在心里，极光一直是在人生的岔路口上，扇过我一巴掌的那个人，"醒醒吧，鲍鲸鲸。"他用行动那么说来着，就像王小贱对黄小仙做的那样。

每次想开口告诉极光这件事时，我们总是在聊八卦，总是在扯闲篇儿，总是在抱怨最近的天气路况人际关系，总没有一个合适的机会，去补上一句有点儿迟了的：谢谢。

谢谢你。

下一个四年，请你继续做这样的你。

鲍鲸鲸

引言 童话是相信的产物

“你烦不烦啊！每隔一小时打一个电话你是逗我玩是吗？把我这里当声讯台了啊！不是跟你说了吗？！耐心等待！”

七月初的午后，阳光透过落地窗洒了满室，海边有风很好地吹进来。

我以一个十分怪异的姿势蹲坐在阳台上，环绕在一片绿植中间，假扮花仙子之余，默默感叹着女性激素紊乱后的恐怖，最后一次觍着脸在电影学院招生办大妈不耐烦的嘶吼声中挂了电话，便听到了按门铃的声音。

“丁零、丁零、丁零……”，往日早已习以为常的门铃声，声声入耳，如今清脆甜美得仿佛某种预兆。

我像一只受了惊的吉娃娃般竖起耳朵，继而连滚带爬地冲去开门。当我看到那个送 EMS（**邮政特快专递服务**）的小伙子以及他手上的信封，愣神三秒后，上前就是一个熊抱，笑得几近癫狂地冲人家嚷道：“亲，你就是‘幸福来敲门’本人吧！”差一点儿把那脸蛋红扑扑的小哥吓得当即中暑。

当天晚上，我们一家三口仿佛远古的印第安人过玉米节一般，拿着录取通知书幸福而缺心眼地转了一晚上圈圈。

如果小区物业允许在家中点燃篝火，我毫不怀疑我们三人会当即在客厅堆满木头。

在等待着进入这所全亚洲最知名电影学院的悠长夏日，爸妈每日把我打扮得花枝招展地赶赴各种饭局。

就差做成勋章挂在胸前，以示他们的女儿如今光宗耀祖了。

其实无怪他们的炫耀，要怪只怪我上学的时候太不争气，没少让他们在老师朋友的面前抬不起头。

我依然记得，自从初中开始，但凡班会和家长会，便是我的个人批斗会。

如今中了大彩，也无怪他们有一些合理报复社会的举动。

觥筹交错间，不免会有一些怪叔叔，装作很内行地讲一些他们听到的关于此学校的一些花边故事。

不约而同地，在这些讲述者的脸上，都会笼罩着一层神秘而暧昧的微笑。

而故事内容，则极尽一切大众想象和意淫的恶毒话语。

他们各种意味深长地说：“一个女孩子读表演系要保护好自己啊。”

彼时的我身为一个虎 B 少女，每每都会装甲坦克一般毫无畏惧地翻白眼说：“该保护好自己的是你们！”

明天是盒子里的巧克力糖，无论是什么滋味，都充满想象。

谁怕谁呢。这个年头，做什么事情，不是你拿青春赌明天?

夏天悄悄过去，并没有留下小秘密，转眼就到了开学报到的日子。

爸爸和叔叔开着两辆车携家带口浩浩荡荡地送我去上学，连年迈的奶奶和刚刚学会说话的表弟都没有放过，换作是战争年代，这基本就是一支敢死队的规模。

我一路上都在各种热泪盈眶，觉得我的家人真是爱我如生命。

等到他们在学校门口风一般丢下痴傻的我和行李，继而在我咬牙切齿撕心裂肺的吼叫声中扬长而去时，我才明白，我真是少女情怀总是死得太天真，这伙人送我是假，借机集体逃匿来北京自驾旅行才是真。

不过，还在怨恨的工夫，就收到妈妈的短信：“之后的日子要一个人加油了，大家商量好了，不给你任何舍不得我们的机会。”我看着那简单的一行字，差一点儿泪洒校门口。

很快，我告诫自己不能被这种小资产阶级情调吞噬心灵，于是我很现实地回我妈说：“请多给我一点儿生活费作为补偿。”然后自己被自己逗笑了。

并不大的校园，绿树成荫，流水淙淙，天蓝得浅薄而单纯。

无数同我一样稚气的面孔，骄傲而虚弱地展示着青春的美好。

一派有条不紊而热火朝天的景象。

这就是我要读四年书的地方。

我深吸一口气，拖着行李挺直腰板步子迈得仿佛雅典娜，却没想到，我之后的人生，将会由此改变……

在我进入这所学校很长一段时间里，我所期待的那一份风生水起并没出现。

我安分守己、素面朝天，每天老老实实上课，企图先变坏后堕落的人生规划，被生生地扼杀在了摇篮里。

这所学校，在揭开了神秘面纱深入其中后，你会发现，除去平日的学习气氛比较自由和宽松，夜半回到学校没有门禁还可以在一楼的宿管大妈处留下“外出看星星”的理由也没有人来管你之外，其他的地方，跟普通大学并没有什么不同。

身边虽不时有色彩纷呈的花边故事如趵突泉一般涌出，可终究是八卦的成分居多。

什么被包养，什么陪导演上床，什么潜规则未遂让人家骗了贞操，什么怀着赤诚之心去见制片人却被拖去陪投资方吃饭结果酒中下了药……

由嫉妒而产生的八卦总是香艳刺激，特别是在这样一个表面光鲜亮丽，大家其乐融融一家亲，实际上却是在你争我夺的学校里。大家太寂寞，也太悠闲了，更何况，这所学校的神秘感，以及诸多一夜成名的神话，更是让大众无条件地相信，这里面发生着一些本不可能发生的事情。

而在众多传闻中，最搞笑的一条就是：每个休息日，电影学院门口，都如同车展般地停放着一排来接我们学校女生的世界名车。

我上学前，不是没有幻想过，其中也能有一辆是为我准备的。

那位白马王子一定要开着辆绿色法拉利，脚踏七彩祥云来接我；我则一定要淡定地从身旁推出自行车一辆，傲视前方目光坚定地对他说："本姑娘我，绝对是威武不能屈、富贵不能淫的，把你的法拉利开回去吧，爱我就坐到我的自行车后座上来！"

这样天马行空毫无逻辑感的幻想场景，在我真正进入电影学院后瞬间破灭：学校门口是禁止停车的，除去几个大胆的黑车司机敢于无视这条规定外，门口连辆超过五万元的车都没有。

这个蹩脚的传闻，也就不攻自破了。

但是，学校之外的人依旧乐此不疲，交口传诵这些在知情者看来子虚乌有的事情。

一开始在公共场合听到别人讲类似的事情，我都会触电般跳起义正词严地告诉他们事实真相，最后搞得一片冷场。

随着时间的推移，我也开始学会了不去打断别人，只是在一旁淡淡微笑着听他们讲得眉飞色舞。

有些事情，只是谈资而已，为什么要剥夺别人谈论的权利呢？

好多童话，也许都是在以讹传讹的过程里被一个最为相信的人记录下来，才成为童话的。

一个不相信童话的人，是永远没有可能经历童话中的故事的。

虽一向自觉自己冷静无比，披上黑衣就可以潜伏进敌营成为冷血杀手，但内里，我知道自己是一个相信童话的人。

大三那一年，在工体西路的那一家夜店，我竟然也遇到了属于自己的那一部童话……

一 仲夏夜之梦

Once
Loved You
Distressed
Forever

1

“小香香，你在哪儿呢？”猴子的电话打来的时候，我正在家里带着从淘宝买来的瘦脸面罩对镜贴花黄，怎么看怎么像外星人。

“猴宝宝，我在你心中……”天杀的瘦脸面罩把我的脸紧成了一团，讲话都困难，“我正在用瘦脸面罩，好神奇的效果耶，一会儿脸上就出汗了！”

“白痴，不透气憋一会儿是个番茄都能出汗，有点儿脑子行吗？！”猴子在电话那头冷哼一声，“我知道你内心已经觉得自己很傻了，赶紧把它摘了用正常模式跟我讲话，不然听到你现在的声调我反胃。”

被说中心事的我顿时有些懊恼，可嘴上却依旧是硬的：“班里那谁就是用的这个脸变小的，你不觉得我最近脸越来越大了吗？巨脸症很恐怖的，你不能把我往绝路上指引，我是要嫁给迪拜王子的。”

“就你也只能嫁鬼丈夫了！少啰唆，班里那位锥子脸是打肉毒杆菌瘦的，也就你傻乎乎地信她。我再重申一遍，赶紧把那该死的面罩给我脱掉！”

我又看一眼镜子，面目狰狞得几乎要把镜子震碎，饱含着又买了无用品的悲伤，我把面罩一把揪掉。

“你小子口气很嚣张嘛……我告诉你，我现在很受伤，你不要惹我。”

“哥请你去夜店玩作为补偿好不好？”

“不去，那都是坏女孩去的地方，我这样的良家妇女、小家碧玉是不去的。”

“求你啦……我把你瘦脸面罩的钱给你报了行不行？”猴子的语气转为哀求。

“好好的你去什么夜店？”我听出他言语中的低落，“心情又不好啦？谁欺负你了，姐化作美少女战士去惩罚他！”

“我……我给杨沫发短信，杨沫又没回。”猴子委屈得像是一个幼儿园的小朋友。

我的心莫名其妙地咯噔一下，“万一她在忙呢？都快毕业了，她在频繁见组呢。”

“可我就是不高兴，不！高！兴！”猴子在电话那头嘟囔，“你不陪我我就一个人去了，你就忍心看我一个人醉倒在卡座中，泪流满面酒后乱性被奇丑无比的肥胖女人带回家中迷奸吗？”

“得得得，我陪你去。但是你要搞清楚，我去不是因为心疼你，是因为你要给我报瘦脸面罩的钱。另外，没人要迷奸你，那么多小帅哥飘来荡去的，谁要带一只动物回家。”

“好啦，只要你陪我去，你说什么都对好不好。”

“哼，这样乖乖的才对嘛，一小时后见？去哪一家？”

“COCO 好了，你到了给我电话，我估计我会先到。”

2

挂了电话，我冲去洗澡。

热水淋下来，水汽弥漫中，想到猴子嬉皮笑脸的样子，我略略地笑了。

可转念，杨沫那张美到窒息的脸又浮现眼前，两人的脸一结合，我心里就有点儿难过。

猴子是我那种老了要一起住进养老院的好哥们儿，杨沫本来也是。可是，最近的一段日子，杨沫总是刻意地回避我们。我倒是无所谓，可猴子却每每心里不是滋味。当然了，他喜欢杨沫的事情，瞎子都看得出来。

可我喜欢猴子的事情，也许，只有床头的蒙奇奇才知道吧。

想到这里，我浅浅地笑了，那笑容不用看，有些难过。

我叹口气，擦干身子，穿好衣服，开始化妆。

妆化到一半，望着镜子中微微有些陌生的面孔，我忽然有些无名的恼火，为什么我要覆盖这么多层东西在脸上，扮作一个不是我的我呢。

我一把水把化了一半的妆洗掉，看看时间，转身出了门。

今夜的北京，热浪滔天，微风都吝啬得不肯出来，星星是暗淡的。

我在路边清纯地招手，自己被自己逗笑了片刻，刚刚情绪上的小波澜一扫而空，上了去工体西路的出租车。

我很清楚自己今夜的任务，我得让我们家的小猴子开心起来，我不能让自己的情绪影响他。我要成为从天而降的七仙女，成为他夜空中闪烁的小小星辰，哪怕只有微弱光芒，哪怕，只有一颗。

3

我到 COCO 的时候以为猴子早已经到了，站在门口拨电话过去，传来的却是冷冰冰的无人接听的机械女声。

先进去等好了，我想自己这么素面朝天地站在门口很容易让怪叔叔误会是小姐的。听说现在的色情从业人员都是一改浓妆转而女学生打扮，我这样身世清白的女子还是留个心的好。

我买了门票，进去在吧台边随便找个位置坐了下来，等猴子来了他会搞定卡座的事情。我这种不善跟经理交际的人，还是默默地在角落里画圈圈好了。

COCO 这个时段还没有很多人，按照以往的经验，夜里一两点的时候，便会有很多奇形怪状的红男绿女如雨后春笋般出现在舞池，十分 KUSO（恶搞）。

夜里三点过后，门口没人验票的时候，人潮更是汹涌澎湃。可一般那个时候，我便华丽地飘去旁边的鹿港小镇吃冰了。

因为那时充斥在 COCO 的，绝大部分是摆明了要趁人多吃女生豆腐的人面猪心男。

单看到他们猥琐的样子，我都想飞起一脚然后赐他们宫刑，更不用说跟他们在同一场所待着了。

不过，貌似我的很多女性同胞在舞池里却被吃豆腐吃得很爽，让我时常感慨自己的老土。

刚坐定，酒保就手脚麻利地把酒水单递到我面前来：“美女，喝点儿什么？”

“杜松子。”我没有看酒水单便说。

“这酒很烈的。”那个英俊的服务生善意地提醒我。

我笑笑，把钱放到酒水单上。递回给他。

“不用找了。”我喜欢有良心的夜店服务生，每次遇到摆明要小费的那种二皮脸服务生，我是打死都不给的。

“谢谢。”他温暖地笑笑，识趣地走开。很快，一杯杜松子送到了我的面前，还有一小碟鱿鱼丝。

“送你的。”他小声道，很快走开了。

我看着他离去忙碌的背影，忽然觉得挺温暖的。女孩子就是这样，一碟鱿鱼丝也可以被收买，只要出自我愿意相信的真心。

我知道来这里的女孩子，很少有人点杜松子的。

可我看不起那些点鸡尾酒的女孩子，不能喝酒来什么夜店，在家看电视、打毛衣，做你的贞洁烈女不是更好。

每当看到她们为了跟男人撒娇，眼视媚行地喝一杯充斥着大量果汁的鸡尾酒，还做出不胜酒力的样子来，我就要笑场。

慵懒的慢摇，暧昧的灯光，喧嚣的人声，人们脸上暧昧的表情，把这个地方彰显得无比声色犬马、纸醉金迷。

眼看着舞池中的人逐渐地增多，我继续打猴子的电话，现在成了暂时无法接通。

我捺着性子继续等，百无聊赖地点上一根烟。

我想我妈如果知道我抽烟她一定很伤心，我该怎么跟她解释我在北京的日子。

我其实过得挺好，抽烟也不算不良习惯，但她一定不想我伤害自己的身体。

可这寂寥的人生，如若没有这萦绕的烟雾陪伴，该有多空荡。

4

半小时后，我已然等得不耐烦，再次打给猴子，传来的却是“您拨叫的用户已关机”。

我心中升腾起被耍的不快，当即想把手机丢出去，砸死那个在舞池里冲我挤眉弄眼的秃头男。

但想到平时猴子对我的好，以及手机是自己花钱买的。也就想，既来之，则安之，继续等得了。

这时，有一枚身着 T 恤的男人从左侧飘移至我的身边来，被我敏锐地用余光扫射到。

“小姐，旁边有人吗？”

那是一个不怎么年轻的声音，我头也没抬，就回答他说：“对不起，有人，我朋友等等就来。”

这种老旧的搭讪方式，我每次来，都不知道要上演多少次，他们不烦，我都烦。

“那我就先坐会儿，等你朋友来了，我就走，好不好？”那声音笑着讲。

话说到这份儿上，我又独自一人占了两个位置，已然没有什么理由讲不好，便点了点头。

“我请你喝酒吧。”他刚坐下，就温柔地说。

我抬头看他，一张不再年轻了的脸，约莫应该三十岁末了，虽然保养得应该不错，可是依旧有中年人的气息飘出来。

但样貌却是顺眼的，我们四目相接了一下，他的眼中带着令人舒服的笑意，我有些不好意思地低下了头。

这就害羞啦，本事呢你，我暗骂自己的纸老虎个性。

“不用了，谢谢。我自己有钱。”我想尽量礼貌地答他，可话到嘴边，却成了这样拒人于千里之外的一句话。

不过也好，让他知道我可不是那种一杯酒就能被人骗电话的廉价女生。

嗯哼，起码得是……两杯酒。

“哈哈，就凭你这话，我就一定得请你喝。”面对我略略的无礼，他却笑起来，很豪迈，有种不可拒绝的气势。

没等我接话，他就招手叫服务生过来，点了一瓶轩尼诗 VSOP（*Very superior old pale 高级白兰地*）。

嗯，竟然没有点老土的芝华士，我心想，默默地给他加了几分。人家都点了，我再推脱，就恶心了。

而且，猴子还没来，我一个人也无聊，有个讲话的人也好。

我跟他有一搭没一搭地聊，我们从天涯的小三直播帖聊到当今物价问题，又从美日关系扯到南极的小企鹅什么时候生宝宝，聊天的过程几乎可以用酣畅淋漓来形容。

啧啧，中年男人虽然接触得不多，但是如此会聊天，还聊得如此高水平的真是第一次遇到。

中途他接电话，掏出来的竟然是诺基亚的 1110，被我敏锐地瞟到。

当时我就震惊了，心说这个大叔追小女生还真是下血本，用着这么复古的手机，点起酒来却也毫不含糊，完胜现在那些惦记着让女人养的小男生哪，走的时候我一定得给人家一半的酒钱，让我现代女性的风姿震彻一下他的心扉。

差不多一点钟，整个COCO满是香水和汗水的味道，城市动物们开始卸下面罩，谈回你家还是我家。

猴子的电话终于打来，我接起来刚要破口大骂，威胁要杀他全家，强奸他的狗。可还没等开口，就听到猴子用有气无力霜打了似的声音说："莉香，我跟杨沫在钱柜呢，三〇八，你过来救场吧，我都要死了。"

听着猴子的可怜声儿，我顿时怒气全消，知道这两个冤家肯定出事儿了。

一股豪气从丹田直冲上心头，我二话没说，彪悍的女侠状道："我现在就过去，等着我。"

挂掉电话，我起身，从包里拿了四百元出来，递给那位大叔说："我得走了，这是我的那份酒钱，今晚跟你聊天很开心。"

他死活不肯要，我就把钱丢在桌上，没心没肺地敬个礼，说一声："叔叔再见！"而后迅速地闪了人。

5

没想到他的腿脚倒也麻利，竟然紧跟着我出来，说："你去哪里，我送你。"

"不用了，估计不顺路。"我笑笑，招手拦车。

他并没有因为我的拒绝走开，只是静静地在一旁看着。

那天也巧了，全北京的出租车都不知道死到哪里去了，五分钟过去了，我一辆车都没有拦到。

我心急如焚，差点儿当场暴走，几欲化身刘翔跑到钱柜。

"我送你吧，我开车来的，时候不早了，我也得回家了。"他再次开口。

我担心猴子，眼看着打车无望，便只能略带尴尬地点点头，赠送他一个阳光少女的微笑，挠挠头说：“今儿真是奇了怪了，我人品出问题了，竟然打不到车。看来我得写信给北京市长反应一下打车难的问题！那个……麻烦你了，我去雍和宫的钱柜，你要是不顺路，把我放到二环上就成。”

“你站这儿等我，我开车去。”他转身往停车场方向走，背影很潇洒。

我就在路边等着，看着满目的坏男人和傻女人，玩着过家家一样的角色扮演游戏。

几分钟后，一辆 BMW 760 缓缓地停在我的面前。

当时我就震惊了，第一反应是：难道这位大叔是个大款的司机？

二

一万年太长，只争朝夕

Once
Loved You
Distressed
Forever

1

车门在我面前缓缓打开，我一时愣住了，还没等反应过来，他就笑道："再愣着就变路灯了啊！"

我也笑，大方地跨进车系好安全带："我这么普通，不愣着也像路灯，而且还是瓦数特小的那种。"

他认真地摇摇头，"不，你要是路灯，那这个世界上就没有星星了。"

我脸瞬间红了，他却未曾发现，一踩油门，车子呼啸而去。

我微微地侧脸望向窗外，看到工体西路的灯红酒绿，想到自己形单影只，酒意悄然泛上心头，不由得略略自怜起来。

按下车窗，风吹进来，虽是仲夏，但午夜的风，依旧是凉的。

下意识地点上一根烟，抽一口，风把我的头发吹乱，我闻到自己头发的香气。

是很便宜的伊卡璐洗发水的味道，用了这么多年了，我一直不舍得换。

我其实是一个很介意改变的人，人生最大的憾事，就是无法一条路走到黑。

“女孩子还是不要抽太多的烟好。”车子驶向东二环，他目视前方，嘴角略带笑意地讲。

“啊……不介意我抽吧？我这就掐掉。”我忽然意识到在别人车上抽烟有点儿不礼貌，于是赶紧深吸一口，准备丢掉。

“不不不，当然不介意。”他赶紧说，声音中夹带了温柔，“你刚喝了酒，又抽烟，身体受不了吧。”

从未有异性这样关心过我，一瞬间，我心底莫名柔软，但性子到底强硬惯了，却只是淡淡回答。

“无所谓啦，长寿是我最想规避的好事情之一。”

“哦？这是什么人生观？”他饶有兴趣地看我一眼。

“正确的人生观哪，毛主席不都说了，‘一万年太长，只争朝夕’。”

听我这样答，他大笑起来，继而“啧啧”了两声，仿佛赞叹般说道：“好一个只争朝夕，你太有意思了。”

“承让承让！”我向他抱拳致意，他又笑着摇头。

2

很快行至东直门，二环路上车辆稀少得如同南极洲，车内的空气很安静。

望着寂寥昏黄的路灯，北京恍若一个空城，这是北京城最迷人的时分。他顺手打开车载收音机，只听交通台那个声音很贱的主持人，缓缓说道：“在这样的深夜，不知收音机前的你，在跟谁一起听这首老歌，只希望你坚信属于你的那一份幸福，迟早有一日能够到来。”

接着，一阵熟悉的前奏过后，我知道，是那首《失踪》。

林忆莲用她城市女子的声音唱道：“她说她找不到能爱的人，所以宁愿居无定所地过一生。从这个安静的镇，到下一个热闹的城，来去自由从来不等红绿灯……”

总有那么一首歌，会轻松地击中你人生里最致命的那个穴位。我的死穴就是这首歌，瞬间心里就莫名一紧，烧灼样的难过。

狠狠抽一口烟，我也随着淡淡唱。“没有爱情发生，她只好趁着酒意释放青春，刻意凝视每个眼神，却只看见自己也不够诚恳……”

“这么老的歌，你也听过？这可是我们那个年代的歌。”他一脑袋的问号。

“我这人比较复古，还会唱京剧呢，总比你们那个年代的歌老吧？”我逗他，不过京剧因为妈妈的关系，倒是真的会几段。

“哈哈，有机会你登台我给你捧场去。”

“估计这个比较难，我连业余爱好者都算不上，那么多专业学京剧的都登不了台，更甭说我了。”

“这可不一定，我看好你！”

“这事儿吧，咱俩谁看好都没用，这世界的标准不以咱俩的价值观为转移。”

“哈哈哈，”他爽朗地笑起来，牙很白很整齐，再次重复道，“你这人太有意思了。”

“我的人生就只剩下有意思了。”我噘嘴，“我多想留下的是财富美貌什么的啊。”

“哦？如果有个机会让你选，你会选财富和美貌？”

“嗯……”我沉吟一下，“得了，我这么没出息，还是选有意思吧。”

“为什么？”

“因为有意思才能拯救地球啊！”

他再次爆发大笑，头摇得仿佛拨浪鼓。因着他一点就着的反应，我仿佛日行一善的目标得到了实现，女文青的忧伤啊、阴霾啊，瞬间一扫而光，雨过天晴一般明朗起来。

3

雍和宫钱柜很快就到了，他把车停在门口，笑眯眯地看着我，没有要开车门的样子。

我心里一惊，下意识想说不是遇到坏人了吧，他难道是一只披着羊皮的狼，蓄势待发要耍流氓吗？

这念头转瞬即逝，我迅速否定了自己：对方要是耍流氓也肯定往郊区方向开，搁钱柜门口开着 BMW 使坏这算什么。再说了，就我这样的，犯得着人家耍流氓吗？！我什么时候养成了高估自己的坏毛病！

“怎么着？不放我下车是要收我份儿当黑车司机的钱？”我一边说着，一边作势往包里伸手拿钱包。

“你要敢给我就敢收。”他双手交叉胸前，饶有趣味地看着我。

“我有什么不敢给的，拿着，不用找了。”我递一张五十元到他面前。

他接过去，停了几秒钟，又递到我面前来：“那我也买你点儿东西。”

我双手合拢，瞬间假装成一只鹌鹑：“小女子卖艺不卖身，客官请自重。”

“哈哈，我五十元买你的手机号行不行，有时间我找你听京剧去。”

“为什么卖给你啊？你这是强买强卖范畴内行为。”

“这个……为了弘扬祖国的传统文化行不行？”

他这一句话把我逗乐了，心说我喝了人家的酒，坐了人家的车，要是人家要个电话都不给，实在是太给我自己丢脸了。

我爽快地伸出手来：“拿你手机过来。”

他伸手从衬衣口袋掏出手机递给我，不是那部诺基亚。我看了一眼，竟然是那部 Vertu 同法拉利的合作款手机。

我在键盘上缓缓地按上我的号码，可又忍不住吐着舌头说道：“花八九万买一部手机，你不怕被天打雷劈啊？”

“所以我随身携带避雷针的。”面对我如此没礼貌的问话，他脾气好得仿佛从童话故事里走出来的，“别人送的，我自己肯定不舍得买。”

“所以诺基亚是自己买的？是成功人士都用俩手机吗？”

“成功人士都不用手机，没准儿我是个司机呢。”

“我看也像。”

我们都笑了，那笑声回荡在空寂的钱柜门前，引得门童侧目。

留完手机号，他绅士般地下车，走到我一侧的车门，帮我打开车门。

我心中不由得感叹道：这就是老男人和年轻男孩儿的差别啊，永远贴心到一击毙命，还好我还算一见过世面且心有所属的，换作几年前初出茅庐的我，铁定瞬间就跟廉价冰激凌一般融化在车里了。

我迈下车，三步跳到钱柜的旋转门，没回头背着身子挥手跟他道别。

因为一下车我才迟缓地想起猴子，当即就用各种脏话攻击了自己一遍，对猴子的担心和愧疚瞬间提至巅峰，实在来不及跟这位天外飞来的大叔客套了。

“哎，还不知道你叫什么呢。”

“朋友们都叫我莉香。”我转身进门，头也没回。

“那我叫完治。”他强忍着笑意的声音从身后传来。

我也笑了，却没再搭话。

旋转门关过来，把北京的炎夏和他的声音都关在了门外。我瞬间被钱柜的冷气激到，忍不住打了个寒战，环起双臂往楼梯走。

中年版完治吗？我心想，嘴角默默地洋溢起笑意。

嗯，真是个有趣的人哪，跟以往遇到的那些草履虫般的色大叔不太一样。

正想着，就到了三楼的三〇八包房。

我推门进去，刚想抬嘴骂猴子，却看到偌大的一个包房里一片狼藉，霎时就愣住了。

4

猴子瘫坐在沙发上，头破了，拿着几张餐巾纸很凄凉地按着，血已经渗出来了。

地上是碎落的啤酒瓶，桌上的小食凌乱不堪，电视上演着莫名的MV，房间洒满了壁挂液晶电视惨白的光。

杨沫看我进来，本来在猴子一旁一脸呆滞的她，瞬间就放声大哭起来，一脸被先奸后杀再奸再杀的样子。

我没理会她，只是快步走到猴子身边，检查他的伤势，虽然流血了，不过还好只是皮外伤。

“怎么搞的啊，猴子，你又惹谁了你。你就不能收敛一点儿啊？这是在北京，不是在你呼风唤雨的家乡。”

我一嘴的恨铁不成钢，这小子从大一时候起就老惹事儿，跟麻烦制造机一样。

猴子沮丧地摇摇头。不讲话。

“莉香……这次不怪猴子。”杨沫在一旁略带哽咽地说。

“那怪谁！怪你怪父母还是怪社会？！”看着杨沫我莫名的火气上来，“他被人打破了头，你不知道先送他去医院啊，哭有什么用，你的眼泪能疗伤啊！”

直觉让我觉得，今天这事儿绝对跟杨沫有关，猴子一进学校就苦恋她，恨不得把心都掏给她。

可她却一直跟猴子暧昧个没完，一拖几年，就是不给猴子一准信儿。所以不免的，看到她，我就心中有气。

“莉香！你少说几句吧。是我不要去医院的，不怪杨沫。咱们走吧，行不行？”猴子忽然发话，语气中有只我能听出来的哀求。

“猴子，你就是贱！”我扶起他，恶狠狠地一语双关。

“谁说不是呢，人贱人爱嘛。”猴子惨笑一下。

很少见永远嬉皮笑脸天塌下来当被子盖的猴子有这样的神色，我看了心一紧，瞬间难过起来。

于是扶着他往外走，不再说什么。

杨沫幽幽地跟在后面，像个丫鬟。我余光瞟她一眼，心里顿时又有愧疚浮上来，觉得自己刚刚的话是不是说重了。

走到大厅，服务生看到流了满脸血的猴子，忙快步走过来问怎么了，要不要报警。

我心说你早干吗去了，还没等接话，面目已然变得很可憎的猴子就嬉皮笑脸地回答服务生说："我们自己人闹着玩真人 PK 呢，没事儿。"

我心中有数，今天这事必有蹊跷，于是就接着猴子的话茬说："谢谢你啦，没事儿，出了点儿小状况而已。这么晚了，就不惊动警察叔叔了，警察叔叔也得休息。"

走到门口，只停着一辆出租车，猴子转身对杨沫说："你先走吧，我跟莉香再打一辆，到学校给我发一短信，好让我知道你到了。"

看着斑驳灯光下，猴子硬挤出来的笑容，我又一阵抽搐的难过。

杨沫杵在那儿，各种楚楚动人欲言又止："可是你的伤，没事吧……"

我看了又来气儿，出言讽刺道："他的伤死不了，要死早死了。赶紧上车啊，这会儿都是自己人，没人觉得你是小龙女。"

杨沫讨了个没趣，估计被我这么狂野地冷嘲热讽也怒了，毅然转身上车，头都没回。

我心想你刚刚"山无棱，天地合，乃敢与君绝"的样儿哪里去了？但看着猴子望向她背影小狗般幽幽的眼神，我叹口气，终究一句话都没再多讲。

5

望着出租车缓缓开走，车灯在略微有雾的清晨射出两道朦胧的光，伤感的光。

猴子叹口气，蹲坐在路边的台阶上。双手摸口袋，却什么都没摸到。

我知道他找烟呢，便从包里拿出烟来，点上，递给他。

他在微弱的光线中，玩命似的抽烟，眉头紧锁。我就静静地坐在他身边，静静地，静静地。

猴子抽完一根烟，终于长长叹出一口气，侧过脸来，嘴角略带不恭地问我："莉香，你怎么不问我刚刚发生了什么？"

我把有些散落的头发拨至耳后，看着猴子，笑道："你要是想告诉我，自然会讲。你要是不想告诉我，我问再多也没用，不是吗？"

猴子爱怜地拍拍我的头："你这么伶牙俐齿，哪个男人敢要？"

"要是男人为了我抢破头，那我宁愿不去祸害人家。"我再次把一语双关发挥到了极致，暗暗为自己叫了一声好。

"这点你大可以放心，你酿不成人间惨剧，谁不知道你是个纸老虎。"

"知道的人还真不多。"我笑，"我美好的一面不轻易展示给世人看，怕一笑倾人城、再笑倾人国什么的。"

"唉，你啊你，我真是拿你没办法。莉香……我好像惹麻烦了。"猴子声音沉下来。

惹事儿了？我心中一惊，猴子家里有个小家族企业，父母把他当宝贝宠，给他大笔零花钱。猴子为人也大方，几年下来，他狐朋狗友还是有一堆的。他个性要强，很少低头，这次他这么说，看来是真出事儿了。

猴子伸手拿过了我正抽着的烟，一边抽，一边给我讲了刚刚发生的事情……

6

他晚上莫名的低落，就想去夜店玩儿，打电话给我，我同意了，他便又打给了杨沫。结果杨沫接了电话说，她正在同学家玩儿呢，猴子也没多想，嘱咐了几句就把电话挂了。

他穿好衣服出门，结果在学校门口看到杨沫上了一辆银色奥迪 TT 的跑车。

猴子顿时疑窦丛生，鬼使神差的，他打车跟了上去。

结果车子往蓟门桥上了二环，又往东走，他就这样一路尾随，跟到了雍和宫钱柜。接着便看到杨沫跟着一个二十多岁的男孩子下车，两人呈亲密状去了三楼。

猴子向服务生问清楚杨沫他们的房间是三〇九，于是便开好了三〇八的包房，在房间里给杨沫发了短信，说他在三〇八，让杨沫过来。

杨沫看到了短信之后自然花容失色，就跟自己那边的人讲说，有同学刚好在隔壁包房，她过去打个招呼。

两人见面之后，猴子冷笑一声，开门见山直接质问杨沫为什么撒谎，骗他说在同学家。

杨沫支支吾吾，想随便扯几句，撒个毫无技术含量的小谎，就像以往那样把猴子给糊弄过去，可这次猴子铁了心要问出点儿什么来，丝毫不再吃这一套。

看杨沫欲言又止的样子，猴子的怒火"腾"一下从心底直冒嗓子眼儿。

于是就牙一咬、心一横，放狠话对杨沫说，如果她今儿不给一交代的话，以后连朋友都甭做了，大家各奔美好前程去。

杨沫瞬时落下泪来，对猴子和盘托出。

原来接她的男孩儿是一家上市公司老板的儿子，两人上个月在杨沫班里某个女生的生日聚会上认识了，一聊之下竟然挺投机，就若有若无地保持着点儿联系。

结果今天晚上那男孩儿打电话给杨沫说，让她陪着自己招待几个朋友，然后暗示杨沫说，可以让杨沫在他爸朋友的新剧里露个脸，做个小小的女三号。

杨沫也是那种小城市考来电影学院，凭着自己天生的一副好脸孔，想一圆明星梦，翻身农奴把歌唱的女孩子。

想说去了也不会少块肉，陪喝酒又不是陪上床，自然也就半推半就地同意了。

没想到杨沫一进房间，就只看到几个啤酒肚的半秃中年男人。

屁股还没坐热，就被灌了三杯没勾兑过的芝华士，有一个长相最为猥琐的，还偷偷地捏了她的屁股。

7

正说到这里，那小开看杨沫一时没回来，便过来找寻。

刚推门进来，看到猴子，就问说："杨沫，这是谁啊，怎么就自己一人啊，不如去我们那屋一起玩儿啊，人多也热闹。"

本来这话没什么，还透着一股子客气劲儿。

可刚听完杨沫控诉的猴子，听了这话，气就不打一处来。几步上去，就撕住了小开的衣领，说："我是你猴子爷爷。"

小开也是个从小被人当佛爷供、欺软怕硬的主儿，一看这阵势，就有点儿蒙。连声说："哥们儿，有话好说啊。"

杨沫赶紧上来扯猴子的手，说："猴子你喝多了，你赶紧放开。"猴子这才松开，刚撒手，那小开转身就逃了。

杨沫叹口气，咬着嘴唇对猴子说："猴子，这人，咱们惹不起。"

猴子刚要说点儿什么，只见小开带着几个人就进来了。

人多势众，小开瞬时也换了一副嘴脸，飞扬跋扈地冲着猴子嚷道："孙子！你丫刚刚放什么屁了！"

猴子做无辜状，说："我说什么了？"

小开天真地中招，说："你说你是我猴子爷爷！"

猴子见小开中计，立即道："哎，好孙子。"

听到这对话，连刚刚还在委屈里眼带泪花的杨沫也忍不住"扑哧"一声笑了出来。

小开脸上顿时一阵红一阵白，看到笑着的杨沫，伸手就是一巴掌。

猴子一看杨沫被打，顿时急了，冲上去，却被跟小开同来的那几个中年男人捉住了手臂。小开顺手拿起一个酒瓶，就朝猴子头上抡了过去。

酒瓶应声而碎，猴子的头破了，血顺着脸流下来。杨沫被吓到，瞬间凝固成雕塑。

"这事儿咱们没完，孙子！"

小开跟杨沫打听了猴子的身份后，恶狠狠地撇下这么一句话，招呼那几个中年男人走人。

他们走后，杨沫才如梦初醒一般，大哭起来。

她一边哭，一边骂猴子，说："猴子这下你惹出事儿了吧，让你招惹他们，他们你惹得起吗？"

被人撂在地上的猴子，自己缓缓坐起，倚到沙发上，他脑袋嗡嗡响，晕乎乎的，忽然想起我还在COCO等着，拿出手机来没电，便让杨沫打电话让我来收拾残局。

8

听完猴子的讲述，我一下子就被点燃了，这不是让人欺负到头上了吗？！

跳起来跟猴子嚷道："早知道是这情况，刚刚就应该报警。这是首都！几个人欺负你一个算什么。丫们这是扰乱社会治安，还加故意伤人，咱们有伤证明，少说也得拘留那孙子十天半月的。"

说罢，我就要拿手机报警。

猴子迅速按下我的手，叹口气说："莉香，你怎么就是不懂呢。有那小开的爸爸在，丫就算杀了人，也能无罪释放。说不定，被杀的那人还得判赔钱。"

我一口气噎在那里，可嘴上依旧说："你别说得跟旧社会似的，你要相信党，相信政府！"

"哎，我没心情跟你贫。现在最大的问题是，我觉得那孙子肯定不会就这样罢休，这种事儿你见的还少吗？"

"……"我彻底泄气了，想了想，对猴子说道，"这样好了，我们家钥匙给你，你去我家里住几天吧。我先回学校住宿舍，课你也别上了，我帮你搞病假条。你失踪几天，小开又不是闲得没事儿干，估计找不到你，过几天也就忘了。"

"这……方便吗？"猴子面有难色道。

"猴子，咱们俩都算来闯北京的。我在北京也没什么亲人，你就算我半个弟弟了，少跟我客气。”我拍他头。

“可……”

“打住！”我把钥匙塞到猴子手里，起身拍拍屁股说道，“咱们先去医院，把头包一下。万一你得破伤风翘辫子了，那就彪悍了，死得多不值啊。”

“你这算是咒我吗？能盼我点儿好吗？”

“你觉得呢？”

“我觉得是，最毒妇人心啊……”

“这话应该用在杨沫身上吧！猴子，有句话我早就想说了……”

话还没讲完，猴子就打断我说：“莉香，别说了，杨沫也是个可怜的小女孩儿。”

“她是可怜的小女孩，你怎么不觉得我可怜哪！不能因为我侠肝义胆，你就忽略我是一名雌性动物的事实吧！”我望向猴子的脸，只看到一脸的怜惜和心疼。默默叹口气，也便闭嘴了。

亲爱的猴子，无论如何，你这也算是幸福一种吧。

起码在这个空旷又满是人烟，处处“兵荒马乱”的城市中，你还有惦念的人和存在的理由。

而我呢……

我没有继续想下去，一辆出租车在我们面前缓缓停下。

我让猴子坐在后座，自己坐在前排位置，往最近的积水潭医院开去……

三

哪个男人不想爱上一个女护士

Once
Loved You
Distressed
Forever

1

我们刚一上车，司机用后视镜瞥了一眼头破血流的猴子，明显一愣，继而十分可爱地说道:“我去！这哥们儿怎么了，大晚上的怎么负伤了，喝多了给摔了啊？怎么给摔成这样了。”

他又偷偷瞟一眼猴子，发现猴子一脸木然地望着窗外，于是压低了声音对我说：“我说姑娘啊，你可得长点儿心哪。爱喝酒的男人不靠谱，一喝就醉的男人更是不靠谱的平方哪！”

我一下子就乐了，一向爱跟北京的出租车司机师傅臭贫的我，此刻玩心大起，随口就开扯说:“师傅，这您可冤枉他了。刚我遇一流氓，这小伙子英雄救美来着。我是被救下了，没想到他让流氓反手给抡了一板儿砖。流氓跑了，我不能跟着就跑啊，这不肩负起送他去医院的责任了嘛。”

“啧啧。”司机师傅赞叹道，“还是咱们北京好小伙子多啊！不过这事儿，要是搁我身上，让我给遇着了，我肯定也二话不说，奋起救你。不过……我说姑娘，我见过这么多人，还没人主动形容自己是‘美’的，这你得注意。越是美吧，越得藏着掖着的让别人说。”

“……”我瞬间接不上话了，心说今儿遇到一高段位贫嘴的，从起跑线上就把我给赢了。

“师傅，我不是北京人。”见我语塞，猴子略微没好气地接话。

“那来了咱北京，喝了咱北京的水，也算是半个北京人了呗。”师傅丝毫没听出猴子语气中的不爽。

猴子也被司机师傅一击击中，瞬间被秒杀了，我差一点儿眼眶一红，以身相许，盯着师傅各种仔细地看，心说这是何等的贫哪，这位师傅莫不是郭德纲假扮的？

“师傅，那您见义勇为过吗？”我不甘心就这么被比下去。

“那简直了，我年轻的时候，可是混南城的。那叫一侠义心肠啊，郭靖知道吧？郭靖什么样儿，我什么样儿。”

“您赶上了，我还真不知道郭靖是谁。”我继续逗司机师傅。

“嘿，我忘了姑娘不爱看武侠小说了。得嘞，就是一古代的雷锋吧，还会武功哪，水平特高的那种。”

“那要是郭靖耍流氓，您救我吗？”

“呃，这估计悬，我要是打不过，这不成飞蛾扑火了。这样好了，我打 110，让警察叔叔救你去，有困难，找警察嘛。”

“敢情您也靠不住，一郭靖就给您吓趴下了。”

“叔叔老啦，家有妻儿老小，保命重要。”

“哈哈哈……”我跟司机同时大笑起来，就连在后排一直不屑我们俩臭贫的猴子，也忍不住心底漾出来的笑意，微微地撇了撇嘴，以掩饰他嘴角的笑意。

转眼到了积水潭医院。猴子下车，我付钱。叔叔找钱的当口，小声地跟我讲：“姑娘，他虽然英雄救了美，你可别脑袋一热就给以身相许了。咱北京姑娘可不能随随便便就跟了一外地小伙子，虽说他长得也人模狗样的，可你也得多方考察，重重考验。”

“成，我记住您这话。”我含笑接过师傅找的钱，继续贫道，“我就按照您这样的标准找，低于您的我都不拿正眼瞧他们。”

“嘿，我哪儿成啊……”司机挠挠头，有些不好意思，终于被我扳回一城。

“跟您聊得很开心，开车注意安全哈。”我撂下最后一句话，开心地下了车。

2

凌晨的积水潭医院不知道为什么显得格外的阴森恐怖，灯光白晃晃的，还有门口那一溜儿冬青，看一眼，我打心眼里觉得发毛。

猴子故意头也不回地往医院奔去，我快步跟上去，很无尾熊般地拉着他胳膊。

“看不出来啊，你连个中年出租车司机都开始勾搭了哈，饥渴成什么样儿了都？电话留没？”猴子一上来就劈头盖脸地给我来了这么一句。

“何止电话啊，家庭住址都留了。我二十芳龄，寂寞芳心，貌美如花，自然要时刻向异性发动攻击。”我故意气他。

“怎么没见你攻击我啊？”

“我不恋童啊，再说了，近亲之间不能结婚。”

“一路上就看你跟那司机臭贫了，还假装北京女孩儿，我都服了，敢再不要脸点儿吗？”

“那下次我假装一美国的，还得用正宗的纽约口音讲普通话，你觉得如何？”

“……”猴子无语了，瞪我，做咬牙切齿状，“莉香，说真的，有时候我真想咬死你，直接咬脖子下的大动脉，咔嚓一声，一口解决。”

“你有獠牙吗？有晚礼服吗？有古堡吗？有棺材吗？没有就别装吸血鬼了，看着寒碜。”我白他一眼。

“吼。”猴子怪叫一声，甩开我，不讲话了，只是默默地加快了步伐，甩开我，装不认识我。

“哎，你别走啊，俗话说，胜不骄败不馁啊，真是没有幽默感。”我一边笑着，一边快步跟上去说道。

3

急诊室里，接待我们的是个很和善又漂亮的年轻女孩儿，让我跟猴子大舒一口气。

这姑娘不错，且是相当不错。不到三分钟的简单检查和消毒之后，手脚倍儿熟练地就给猴子开始包扎了。

一边包扎，一边还很关切地问猴子疼不疼。

一向在杨沫的忽冷忽热、阴晴不定中成长起来的猴子，哪儿受过漂亮女孩儿的这等待遇，平常的伶牙俐齿也不见了，跟个情窦初开的小处男似的，语言都省了，直接红着脸如鹌鹑状点头摇头。

我瞥了一眼那姑娘胸前的挂牌，一看之下差点儿吐血，那白底黑字的横条胸牌儿上，赫然写着俩大字儿：樱桃。

天底下竟然有人叫樱桃，我被雷到了。

长这么大，我还是第一次看到有人叫这名儿的，中国之大真是无奇不有，物种和人名真是多样性啊。要是给我一次机会，我就叫冬虫夏草，听着多珍贵喜庆。

话说我小学时一直憎恨我的名字，觉得太过普通，满大街孩子都叫这名儿。

某年冬天，因为我特喜欢吃橘子，就鼓起勇气回家跟我妈说：“妈，我要改名。”

我妈就笑眯眯、甜兮兮且十分和善、特别鞠萍姐姐般地问我说：“宝贝儿，你想改成什么名字啊。”

我说：“橘子。”

我妈觉得自己听错了，就又问一遍：“什么？”

于是我清晰而又大声的一字一顿地重复道：“橘！子！”

结果我妈笑得差点儿背过气去，且在每年年后亲戚聚会时，一边跟众人发放橘子，一边把这事儿当暖场笑话讲。

每每都会引发哄堂大笑，屡试不爽，丝毫不考虑我这个第一当事人的感受。

所以上大学后，别人问我名字，我就说："莉香。"

这名字源于我小学四年级看过的一部日本连续剧的女主角。

在一个月黑风高电闪雷鸣我独自在家的夜晚，趁我妈不在，偷偷打开电视试图观看动画片的我，在山东电视台看到了这一部日本偶像剧的始祖鸟之作。

那时候，身为一个货真价实的、真萝莉的我，品位自然不在这样你情我爱的片子上，但是晚上八点哪里来的动画片，调了一圈儿台的我发现只有这个剧能看，就蹲坐在电视机前看了起来。结果，也许是因为穷人的孩子早当家的缘故，我一看就中招了。

那女的爱得十分犯贱，特别对我的脾性，自小培养了我畸形的恋爱观。在排日大潮中，我坚强地活了下来。

这关键是我伪装得好，别人要是听到一脸鄙夷地问我为什么叫一日本名儿，我立即开始装傻，原地旋转十分痴呆地告诉人家，嘻嘻，因为我是茉莉花仙子啊。

这一招下来，基本无人可挡。日子久了，大家叫习惯了，也忽略了我的本名。

这并不奇怪，在电影学院，大家都有一个代号作为日常称呼，且无奇不有。

某天我还突发奇想说，没准儿那谁谁谁在我们学校的时候，还叫狗蛋呢。

4

樱桃小医生给猴子包扎完后，猴子十分含蓄地拿着单据去缴费，我座山雕一般在急诊室等着猴子。

看着樱桃小医生有条不紊地收拾着医疗器械，头发不经意地飘下来，温柔可人地飞流直下三千尺。

我在自惭形秽之余，不由得大为感叹认真的女人最美。

越看她我就越喜欢，想说我们家猴子能找这样一姑娘，也是前世修来的福气哪。

左思右想，为了猴子，我决定拼了。

我深吸一口气，中气十足又特女流氓地说道："姑娘，留个电话吧！"

樱桃同学大概被前来看病的男人要过无数次电话，被姑娘要，估计这是头一遭。

所以，她停下手中的工作，朝我望来，一脸眼前有三万只小鸡穿堂而过的感觉。

时间仿佛瞬时凝固了一下，我仿佛可以看到樱桃脸上的三滴汗滴了下来。

急诊室的日光灯管发出的电流声都清晰可辨，我貌似还听到了墙挂石英钟表指针的"嘀嗒"声。

还好，被我雷到的樱桃医生没有就此晕倒，而是迅速生还了过来，温婉地笑道："给你是可以啦，可是……我不是蕾丝边哦。"

这下轮到我尴尬了，刚刚女流氓的坏笑瞬间凝固在嘴边，结结巴巴地解释道："呃，这个，那个，嘿！你别误会，我是替我哥们儿要的啦！"

"哥们儿？刚刚那个？"

望着樱桃的一脸犹豫，我心想坏了，难道猴子的头破血流和我素颜之下的女流氓气质，让纯洁的小樱桃医生以为我们是坏人了？

于是赶紧往回找补，给猴子脸上贴金："亲！你别看他今儿这头破血流的惨样，那是刚见义勇为给坏人抡了一酒瓶子。这个花美男当道的年头，这样威武雄壮的好小伙子你去哪儿找啊。真的，说起我这哥们儿的人品，那不是盖得，我们学校除了我之外。方圆十里，但凡是雌性，但凡身上稍微有点儿雌性激素的，都想嫁他。"

樱桃姑娘刚要说点儿什么，可还没等开口，猴子就缴费回来了。

他大大咧咧地推开门，唯恐别人不知道他底气足一样，说："我回来啦！"

我心里暗骂他，早不回来，晚不回来，偏偏这节骨眼上回来，真像当年好路不走偏偏踩地雷的日本皇军样儿啊。

于是没好气地回他说："走开！就你会用胸腔说话啊，咱学校哪个人的基本功不比你好哪。早上练晨功的时候怎么不见你这么精神抖擞啊，你让人一砖头给砸傻了吧！"

猴子一头雾水，被我如此汹涌的当众数落，又当着樱桃姑娘的面儿。

他一脸无辜地看看我，再看看樱桃姑娘，竟然接不上话了。

这小子脸“刷”一下就红了，跟国旗杆子似的杵在那儿，手上捏着缴费单据，说：“我……这个……那个……”

“你这个那个什么啊？赶紧把单据给人樱桃姑娘，等半天了都！”我推这傻小子一把。

猴子这才羞答答地给人把单据递过去，不着四六地跟樱桃说：“樱桃姐姐，对不起啊。”

我脸上顿时垂下三滴汗，心说您这话让人家怎么接，要是我被这么大弟弟叫姐姐，铁定飞踢。

还好樱桃姑娘人好，貌似也善于接这种无厘头的话。她接过后，微微一笑，说：“没事儿，咱俩差不多大，叫我樱桃就行。”

这微笑，杀伤力可比动感光波，当即把猴子这头小怪兽迷得五迷三道的，就差流鼻血了。

我赶紧冲上去，握住樱桃姑娘的手，无赖地用娃娃音道：“嗯哼，樱桃姑娘，赶紧着。给我吧，给我吧。”

樱桃姑娘明显被我的娃娃音刺激到了，被我握着的手瞬时一抖，但还是略带害羞地朱唇轻启说：“待会儿吧。”

我心想有戏，当即松开樱桃姑娘的手，侧立一旁，做处女状，不再说什么。

倒是猴子这个不长眼的，一个劲儿地问说：“给你什么啊？给你什么啊？我也要，人家也要嘛。”

“给我你的命行不行？”我瞪他一眼，“我跟人家樱桃姑娘姐们儿情深，干你什么事儿啊？边儿去！”我一句话又给猴子特没面子地堵在一旁了。

他冲我委屈地噘个嘴，眼角耷拉下来，跟只金毛幼犬一样侧立一旁，看得我心里直乐。

5

樱桃姑娘收好单据，拿出几盒消炎药来，给猴子装袋子里，交代了几句服药时间和注意事项。

末了说了一句，下周再来换药。

听了这话，猴子心花那个怒放啊，恨不得即刻头撞桌子，立马换药。

“成了，走吧。还想住这儿还是怎么着？要不你一秒钟变尸体，我把你给埋这儿。”我拍猴子肩膀。

猴子这才依依不舍地起身，手放胸前小幅度摆动，再次不长眼地跟人樱桃姑娘说：“谢谢医生姐姐。”

我一掌拍过去，差点儿把猴子拍吐血，凛然骂道：“樱桃姑娘明显长了一张十八的脸，多萝莉。姐姐你个头啊，赶紧给我滚出去！”

说罢，我排山倒海地把猴子推出门去。刚转身，还没等说话呢，樱桃姑娘便主动送上一张便便笺纸。

“别跟他说是我给的喔，就说是你偷看到的。”说罢，樱桃姑娘脸一红。

得嘞，我不仅成一女流氓、女蕾丝边儿，还成一潜伏在医院的女间谍了，都学会专业地偷看别人电话了。

“樱桃姑娘，你真好，我打心眼里喜欢你。”我最后赞美道，这是发自内心的。

“你就别跟我贫了，赶紧休息去吧，这么晚了。”

“那再见！”我上前握住樱桃的手，热情地、十分革命同志般地说，“还是咱们社会主义好啊！樱桃姑娘，希望以后能天天见到你，咱们一起实现共产主义。”

樱桃姑娘笑了，啧啧，那笑容，让人如沐春风。

“想天天见我，那简单啊，天天晚上搁街上跟流氓真人对打就成了。”樱桃姑娘最后逗了我这么一句，而后，我们相视一笑，挥手说了再见。

6

这一天发生了忒多的事情，出租车上，我再也没了跟司机师傅臭贫的兴致，安心地跟猴子坐在后排。

猴子做痴呆状，眼睛几乎幻化成桃心儿，自言自语道：“啧啧，那才是姑娘呢，那样貌，那脾气，那不食人间烟火的范儿。”

“不食人间烟火的那是鬼，聂小倩之类的。”我纠正猴子，“小龙女还吃蜂蜜呢。”

猴子不理我，继续花痴，还把花痴之火蔓延到了我的身上。

“啧啧，同样是爹生父母养的，人和人的差距怎么就那么大呢。看看人家，再看看你，你难道没有一种白活了的感觉吗？”

“那再看看你们家杨沫小朋友呢？”我成功打中猴子的七寸。

猴子顿时脸色变了一变，略带苦涩笑笑，看着窗外，不讲话了。

糟糕，我心中暗道，七寸打中后竟然一击致命了。

好不容易让樱桃医生复活了的猴子，又被我一句话打回阴间了。

我赶紧从包里拿出那张樱桃姑娘手书的便笺条，在猴子面前晃一晃。

“跪下来求我，就给你。”

“什么啊，要是你的银行存款，让我舔你都成。”猴子有气无力道。

“有点儿出息行不行！你不要我可丢了。”我按下车窗做投出状，“唉，樱桃姑娘的电话就这样没有啦！”

“什么？！”猴子一把就夺了过去。

“瞧你那重色轻友的样儿，现在电话号码拿到了，是不是要把我推下车啊。”

“嘿嘿……”猴子没空理我，拿着手机开始存号码，存完还小心翼翼地把那张小条儿叠起来，放到了胸口的口袋里，看得我鸡皮疙瘩都起来了。

出租车很快开到了我家，猴子下车前，我拍拍他的头：“小子！赶紧展开猛烈的短信攻势。”

“得令！你就等着我凯旋的消息吧！”猴子喜笑颜开地向我敬个礼。

“学校那边儿的事儿我帮你搞定，你就安心在家里养着吧。师傅，开车，电影学院。”我十分大姐大地给猴子吃定心丸。

望着猴子嬉皮笑脸地远远跑开，跑到一半还转身立定可爱地跟我挥挥手，我冲他笑笑，车子终于缓缓开走。

眼神飘离猴子的一刹那，我被汹涌的悲伤淹没了。

莉香，你在做什么啊？我问自己。

是谁给了你这么变态的人生观，是谁允许你把眼前可以光明正大乘虚而入的机会，拱手让给别人的。

你真以为你是观世音，可以普度众生吗？

就算你想做观音，你也得有那莲花座、紫竹林和玉净瓶。

可我轻轻跃起，怜悯地看看坐在车中的我，却是两手空空，一无所有。

手机的短信声传来，我拿起看，是猴子发来的。

猴子说：“谢谢你，莉香。”

我疲惫地笑笑，没有回。

看了下时间，已然四点半。天却比凌晨的时候更黑一些，黎明前的黑暗吗？我心想。

车子过了蓟门桥，走辅路，很快到了学校。

司机在学校门口把车缓缓停下，我递钱给司机师傅。

师傅接过钱，顺口说道：“姑娘，你们学校的人怎么都差不多这个点儿回来啊？”

我礼貌地笑笑，却又不知如何作答，只得无厘头地说：“嗯……可能大家都想看星星吧！”

亲爱的司机师傅，没有一个人真心想在这个点回来。

谁不想醒来后满目阳光，睡去后身披一身星光呢。

可这世间，哪里有这么多好日子。

有的只是无尽的身不由己和全然的随波逐流。

一下车，有点儿冷，我下意识地环起双臂，向学校走去。

学校里，灯火通明，一片与世无争的安静祥和，草坪应该刚刚被修过，空气中弥漫着青草的香气。

同门口的保安哥哥点头致意了一下，他也笑着朝我挥挥手，我们学校的保安哥哥还是很可爱的。

不想回宿舍，于是就在教学主楼大厅的水池边坐下，想抽根烟，也顺便想想明天怎么帮猴子搞到假条。

刚拿出烟来，短信的铃声又响起，是个陌生号码："玩儿得开心吗？要注意安全啊，少喝点儿酒。"

我看着这号码，想说，谁啊？

想了半天，我对这个号码一点印象也无，刚准备删掉短信时，我忽然一个激灵，难道是那个宝马大叔？

四

一碗清晨的卤煮火烧

Once
Loved You
Distressed
Forever

1

教学主楼大厅的水池哗哗地流着水，有几只半死不活可供虐待的鱼儿，在里面没深没浅地游来游去。

我拿着手机，顺手脱下烦人的高跟鞋，脚踩在椅子上，头伏在双腿间，考虑要不要回这条短信。

我爱这个鹌鹑状的姿势，它让我满是安全感。

苍天可鉴，我是多么地憎恨高跟鞋，却又不得不穿。这一定是男人畸形的发明，用来悄无声息地虐待女人的。

“不开心。”想了会儿，还是回了，我太无聊了，需要有个人讲讲话。

“不开心那就算了，睡一觉起来，就开心了。”他很快回过来。

竟然不问为什么，我心想，觉得这人有点儿意思。

“睡一觉起来万一更不开心呢？”

“那让我请你吃顿饭就开心了。”

“吃饭会让我长胖，绝对会更不开心。”

“那什么会让你开心？”

这问题问到了我，我抿着嘴唇，挠挠头，听小池流水哗啦啦。

“可能这个时间的一碗卤煮火烧会让我比较开心。”我思考大概三分钟，想了一个很贱、很做作、很野兽派小清新的答案。

其实这是真话，昨晚喝的酒现在起作用了。再加上主动吸入的一手烟和变相吸入的二手烟，让我的胃开始有点儿疼，我隐约地听到它咆哮着向我索取食物的声音。

“哈，这比较难办。”他依旧回得很迅速，“回学校了？”

“嗯，刚进学校大门。不想吵醒同学，就在校园里坐会儿，等到六点出了晨功，就去吃早饭，直接上课。”

我把行程交代得索然无味，事实是，我目前的人生，就是索然无味的。

“你什么学校来着？”

“呃，蓟门桥附近的一破学校，不值一提。”我想保持点儿小神秘。

“那好吧，我明儿还有事情，补眠去了。不用回了，安。”

我看着他短信的最后一个字，笑了起来，很少见到中年男人会在短信后加“安”这个字的。

我摇摇头，把手机放到一旁，百无聊赖地抽完一根烟。

校园里很安静，空无一人，晨雾不知道什么时候已经悄悄氤氲起来。

学校的标志建筑金字塔笼在里面，藏在绿草和树丛中，很有点儿小梦幻的感觉。

我提起高跟鞋，光脚踩过大厅冰冷的大理石地面。

沿着学校被雾气打得有些湿润的木板路，很快走到了小金字塔下面。

我仰头看看金字塔，忽然想要爬上去。反正这时间，也不会有人看到，我不用顾忌自己是否淑女，是否被人八卦。

想到便做，我把高跟鞋往草地上一丢，三下两下便爬了上去。

俨然小时候在家乡跟男孩子们爬树打枣练下的扎实基本功，来到北京后养尊处优了这几年，也依旧没有退化。

到达顶部后，我如履薄冰地手扶塔尖。虽然坐不下来，可我依旧很豪迈、很古装、很女侠、很做作地大笑了几声。

心想，我这也算站在中国电影的顶峰了吧。啥张艺谋、陈凯歌、巩俐、章子怡什么的，都给我一边儿去吧。

2

从金字塔顶的角度望去，旁边那几棵被称为许愿树的树，茂密地长满了翠绿的叶子。

它们一副巍然不惊的样子，孤零零的，却也好看。这学校里的东西，总有一种孤芳自赏的美，笑。

话说这几棵树名字的由来，还是略微有些悲壮色彩的。

每年，电影学院在刚过完年后，都会迎来几万名潮水般的少男少女。

他们怀揣着自己的梦想，来到北京，来到北三环边上这个小小的学校，圆自己的电影梦。

可是面对他们的，是一百比一的残酷入选比例和终将退潮的命运。

一试二试三试发榜前，这些孩子便早早来到学校，等着那张可以决定他们未来人生的榜单贴出。

其中，有很多人便坐在这几棵树下，默默地许下心愿。

之后一年一年地过去，曾经在这几棵树下许下心愿的孩子们，有的进入了这所学校，跟身边朋友用戏谑的语调说起当年的故事。

而这些故事，又被传入新一代少年的耳朵中，在他们之间交口相传。

不知不觉中，这几棵树同这所学校一般，也被蒙上了一层神秘的面纱，神化了作用，被人叫做了许愿树。

每年有无数的人在这几棵树下看着榜单贴出来，流下或幸福或悲伤的眼泪。

但之后每人的故事，也就只能冷暖自知了，他们的小小人生，才刚刚开始。

电影学院是个造梦的学校，但梦始终是梦，终归要醒来。

可梦之所以美，也是因为终将要醒来。

那些过关斩将，有幸进入这所学校的少年，在某个九月信心满满地在同龄人羡慕的眼神中进入这所学校，想要一展宏图。

可面对他们的，是许多冷酷又无情的现实，以及梦的终结。

你要面对骗去你的剧本一分钱不给，还骂你是打字机的老板们，潜了规则却不给戏演的制片人，以及把所有人当傻 × 使的更傻 × 的导演。

电影学院每年毕业差不多两百左右的本科毕业生，真正能够坚持留在这个行业的，也许只有少少的十分之一。

3

想到这些，我叹口气，完全没有了刚刚爬上金字塔时的万丈豪情。

略微沮丧地跳下金字塔，我坐在草地上穿上鞋子，口有点儿干，想去标放的自动贩卖机那里买瓶水喝。

这时，一辆宝马从校门口缓缓开进来。我心想，这年头，宝马也太多了吧，不知道又是哪位美女傍的金龟。

车子顺着路，竟然在食堂下面的空地停了下来。

傻 ×，我心想，禁止停车的牌子你看不见哪。

被南城街道大妈传染的正义感从我心底油然升起，我几步走过去，冒着被车主骂神经病的危险要制止他乱停车的可鄙行为。

“哎，这儿不能停车，没看见写着禁止停车吗？”我特红色娘子军般地嚷。

话音刚落，车门打开，一个略带笑意稍加熟悉的声音传出来：“我这么好的车也不能停吗？”

“甭说你这车了，直升飞机也不让停！你这人怎么……”我话刚说一半，就看到车主笑眯眯地走下来，卡住了。

宝马大叔赫然站在我的面前，憨憨地说：“我来让莉香小朋友变得开心点儿。”

我愣在那里，仿佛被雷击中了，一句话都讲不出来。那句温柔的小话儿，轻易击碎了我心中所有不堪一击的小坚强，几乎让我瞬间融化在空气中。

他走到另一侧车门，伸手打开，做了一个请的姿势：“不知道莉香小朋友是否赏光呢？”

我笑了，故作无奈地摇着头，缓步而大方地走过去，坐进车里，伸头对他讲。

“要是逗不开心莉香小朋友，那你就剖腹谢罪吧。”

他不接话，只是抿嘴浅笑，把车门关上，坐回车中，熟练地倒车，开出学校。

“对了，听一下这首歌。”刚出校门，他打开车载音响。

前奏响起，我就笑了，差一点儿有眼泪落下。

是《东京爱情故事》的主题曲，小田和正的《ラブストーりーは突然に》。翻译成中文就是《突如其来的爱情故事》。

窗外的北京，薄雾开始散去，我隐约看到了一丝光。

4

车子从学校拐出来，从蓟门桥上了三环，一路往东行驶。

坐在车里我忽然觉得有点儿尴尬，心说这要是一人贩子，那么我也真是忒好拐卖了。

再往东走可就是通州方向了，不会给我搁通州狗市卖了吧。

小田和正在那里万分抒情地唱着，车中气氛一片大好，我忽然想起没告诉过他我是什么学校的，对他的神通广大十分好奇。

“对了，你怎么知道我是电影学院的？”

“蓟门桥附近能教出你这样学生的‘破’学校，也就只有电影学院了。”他故意加重“破”字的读音。

“我这样的是什么样儿的？再说了，北邮和政法大学的研究生部也算在蓟门桥附近吧。”我嘴硬。

“可人家这两个学校的人从来不说，自己是蓟门桥附近的‘破’学校。”他语气中洋溢着笑意，再次加重了“破”字的读音。

“不对！我肯定有什么行为露出了蛛丝马迹。赶紧告诉我，不然以后我怎么混社会啊！现在北京城‘兵荒马乱’的，一个不小心就给人卖了。”

他笑笑，不讲话，继续开他的车。

“哎，装哑巴跟装孙子同样得被诛九族哈。”我一脸严肃。

难道是一天蝎座的？我心想，装神秘吗？看老娘怎么套你话。

“哎，你短信后面加个‘安’那一招，是跟谁学的啊？很时尚耶。”

“啊？什么？”

“就是刚刚咱们发短信，你最后一条，不是加了一‘安’字儿吗？你们这年龄层也时兴这个？”

“什么跟什么啊……”他明显被我问得一头雾水。

“喏，就是这条短信啊。”我拿出手机来指给他看，“你不是在末尾加了一特时尚的‘安’字儿嘛。”

“还是不懂……那是我名字的最后一个字啊，你又一直没给我机会介绍自己。”他还是疑惑不解状，“对了，我真名儿许志安，现在就算咱俩正经认识吧，你叫什么？”

说罢，他单手握着方向盘，腾另外一手出来，做握手状。

我听了他的解释差点儿一口血喷出来，但看看他的衣服，好像很贵我赔不起的样子，还是把那口血咽了回去。

而后十分淑女地同他握了握手道：“那我叫郑秀文。”

“郑秀文？”他自言自语道，“好像在哪儿听过……”

而后他又疑惑地念叨了几遍“郑秀文”，直到我忍不住笑出来，他才恍然大悟状笑着摇头道："没想到让你这小屁孩儿给忽悠了。"

"不然你叫我韩红也成，许志安也跟她传过绯闻，还申请合唱过呢。"我已然笑得跟朵向阳花一样。

"你跟韩红比，斤两差点儿，她估计得顶你四个。"

"我人小志气大，成不成？"

他又笑笑不讲话了。

我此生最怕的就是这一款，间接不接话沉默型的。

我最怕两个人独处的时候一片静默，那让我打心眼里觉得尴尬，于是我再次没话找话说。

"你这是带我去哪儿啊？我可还未成年呢，拐卖幼女可是重罪，开航空母舰都得判刑。"

"这就到了。"他缓缓地把车停到路边。我一看，貌似是北新桥附近的一个地方。

"下车。"他潇洒地拔钥匙出来，钥匙环在手指上兜转了几个圈。

"这是去哪儿啊？"我跟在他后面，满肚子疑问。

"你跟着来就行了。"他头也不回十分霸气地顺着路往前走。

"冷吗？"没走几步，他忽然回头问，把西装外套脱下，"冷的话你穿我外套。"

虽然真的是有点儿冷，但为了显示我女中豪杰的气势，我依旧摇头道："没事儿，不冷，我很坚强的。"

他看看我，犹豫了下，还是把外套递了过来，"不穿就拿着。"他转头继续走。

"喂，我又不是用人！"我撇嘴，望着他的背影，想了想，还是把衣服披在了身上。

披衣服的时候，我十分小市民般地看了看领标，阿玛尼，还是 GIORGIO（乔治）的。

都顶我一年学费了，我不禁吐了吐舌头，心想等老娘有钱了，就拿人民币做衣服。

5

顺着路走了大概两分钟，我们一直保持着一个奇怪的阵势，他头也不回地走，而我则像一个丫鬟般跟着。

他拐进一个胡同，转身道："到了。"

奇迹般出现在我眼前是一个小路边摊，零散地摆着几张小桌子和板凳。

有夫妇两人在热气腾腾中忙活着，北京的天已经微微地开始亮了，至于卖的东西，我一看，竟然是……卤煮火烧！

我的心顿时紧紧缩了一下，有一种说不清道不明的感觉从那里，一直浮上来，浮上来，冲到鼻子这儿，酸酸的。

我赶紧深呼吸一口，反复告诫自己，小莉香，你是铁石心肠的代表，你是无视风花雪月的人，你是一个坚定不移的战士。

这样一想，鼻子那里的酸涩感，还有即将飘入眼中的雾气，顿时消失了。

我及时地从林妹妹变回了一个没心没肺的神经大条女。

"老杨，我又来了。这次带了个小朋友来尝尝你的手艺。"他好像跟摊主很熟的样子。

而那个被他称作老杨的人，则只是憨厚地讲了句："来了啊。"然后冲我和蔼笑笑，当作招呼，就转身开始动手做他的卤煮火烧，手法十分利落，看得我一惊一惊的，心说简直是宫里御厨的范儿啊。

那几张桌子虽然看上去用了很久的样子，却被擦得很是干净。

而老杨夫妇那一身虽然朴素但整洁的装扮，更是让我对这个路边摊心生好感。

我当即就想，等老娘有钱了，就盖一豪华的楼，专卖卤煮火烧，到时候请他俩去坐镇，铁定大发。

正做我的白日梦呢，老杨媳妇儿十分热情地迎了上来，拿抹布擦了擦已是很干净的桌子，示意我们坐下，面带微笑地冲着宝马大叔客套说："许老板，你可有一阵子没来了啊。"

他也微笑，淡淡地回：“最近事儿比较多，这不是一闲下来就来尝你们的手艺了。”

老杨媳妇儿打量了一下我，特真诚地说：“姑娘，你长得可真漂亮，跟电视上的明星似的。”

我这辈子被打击惯了，最经不起别人夸我，人一夸我，我绝对立马孙子。

这次也一样，对于老杨媳妇儿的夸奖，我十分不利索地“呃……”了一声，努力地挤出一个尴尬而灿烂的笑来，不知道该怎么接。

还好老杨媳妇儿并没有要我接什么话，她很快就给老杨打下手去了。

看着在晨光熹微中忙碌的两个人，我忽然有些感动，为这偌大北京城中，那一份难得的相濡以沫。

6

两碗卤煮火烧很快被端上来，那香味儿，简直绝了，给我《色戒》里的鸽子蛋也不换。

我狼吞虎咽了大概半碗后，却发现他只是微笑地看着我吃，而他自己面前的那碗，却只是吃了几口的样子。

“哎，你怎么不吃啊。”我看他一眼，继续“埋头苦干”。

“我老了，没小朋友那么好的胃口。而且，你有那么饿吗？”他递块手帕过来。

我顺手接过来，刚要擦我的油嘴，打眼一看，却发现是BURBERRY(博柏利)的。

我心想，这手帕都能顶一百碗卤煮的钱了，我可不敢用，于是默默地放到了一旁。

“呃，不用你的，弄脏了还得洗，我口袋里有手帕纸。”我手往包里掏，却很尴尬地只掏到空气。

“这个是新的，我没用过。”他又把手帕递过来。

我心想再不用人家该误会了，于是勉强接过来，用它擦了我满嘴的油。

每擦一下，我都觉得这手帕在流泪，人家是为富人的香汗而生的，却沦落到擦我这种穷鬼的油嘴。

苦了你了，手帕，我心道。

擦完后，我顺手把手帕塞进口袋里，跟他讲："等我洗了还你，说好哈，我没钱干洗。就让你的手帕享受下本姑娘的玉手水洗好了，你得好好保存，等我红了可以拿出来卖。"

我大言不惭，他微笑不语。

我很快解决了一碗，而他面前的那一碗，依旧只是动了一动。

"你怎么还不吃啊？"我又重复了一遍。

"我吃饱了。"

"呃……你也减肥吗？"

"我胃不好，怎么样，你要不要再来一碗？"他转头要跟老杨说。

"不要了！"我连连摆手。

"那咱们走？我送你回学校。"

"那你这碗不吃了啊？多浪费啊。"

"不吃了，没几个钱。"

"那我吃。"我立即端了过来，一边吃一遍解释道，"我可不是贪吃，我是怕浪费。"

他又是无语地摇头笑笑，眼中滑过一波温柔，像是看到小孩儿顽皮只剩无奈的家长。

7

"呃……舒服！"连同他的那一碗下肚，我十分不像淑女地打个饱嗝，伸个懒腰，十足的南城胡同大妈范儿。

"莉香小朋友这下开心了吧。"他笑眯眯地看着我。

“开心！”我拖长了音大声道，引得老杨夫妇也好奇地看了过来。

“那么莉香同学要怎么报答我呢？”

报答？我心忽然一提，宝马大叔不会以为一碗卤煮火烧就要我擦干一切陪他睡吧，香水有毒也听太多了吧。

“这样好了，中午请我在你们学校的园中苑吃饭好了，我很久没有吃那里的红烧狮子头了。”

他的自问自答让我迅速打消了疑虑，并深深地感觉了自己心灵的不健全、不健康。

“没问题，让你吃一个丢一个，再打包带走十个。”吃饱喝足的我，笑嘻嘻没正经道。

“那好，一言为定！”他伸出手来，做一个击掌的手势。

“一言为定。”我十分大力又没心没肺地一掌拍过去，大有降龙十八掌的架势。

“啪”的一声，清脆的一声响，回荡在北京清晨略带冷冽却也新鲜的空气中，充斥在胡同里，把老杨夫妇都吓了一跳。

东方不知在何时出现了鱼肚白，胡同里又有客人出现了，老杨夫妇要开始忙碌了。

“该走了。”他起身拍我肩膀道。

“你怎么知道这地方的？”

他笑笑，淡淡地说：“我当初在蓟门桥附近的‘破’学校上学的时候，无意中找到的。”

五 忆苦思甜念往昔

Once
Loved You
Distressed
Forever

1

“啊？！”听他说这话，我愣在了原地。

巷子里响起了小鸟“喳喳”的叫声，清洁工“刷刷”的扫地声，以及若有若无的，上早班的人们“早啊，吃了吗？”亲切的相互打招呼的声音。

略微的喧嚣逐渐地清晰起来，传入耳中，太阳还没有从地平线上跳出来，北京城提前活了起来。

这迷人的烟火气。

“赶紧着，你六点出晨功吧，再不快点儿就要迟到了。”

我一看表，糟糕，还有十分就六点了。今天周一，班主任可是会亲自到场的，迟到了会被老太太诛杀九族的。我一身冷汗，飞奔起来，很快超过了他。

“大叔，赶紧跟上。”

“大叔？”他愣了一下，随即笑了，赶了上来。

很快回到了车上，他十分熟练且迅速地倒出车来，朝学校的方向开去。

我喘着粗气，仿佛一条脱水的鱼。他却神情自若，口气略微有些不自然地说。

“怎么样，你这个小朋友没有我这个大叔跑得快吧。”

聪明如我，虽然一直自认是个神经大条无比的人，但是经过我们宿舍无数怨妇的磨炼，也纤细多了。我自然瞬间领悟刚刚叫许志安同学大叔伤害人家了，可如果解释，那就更欲盖弥彰了，于是灵机一动道。

“呃，那以后叫你许志安小弟弟好了，你永远十六岁，是带着露水的花骨朵儿，早晨六七点的太阳，成吧？”

“为什么我是六七点，不都八九点吗？”

“因为我是永远十八岁啊，我才是八九点的。”

“哈哈。”他笑出来，“你这孩子没大没小的。”

我撇嘴，心里不知道多佩服自己，心说莉香大小姐你也太会哄人了吧。

当年的妲己什么样儿啊，你要是生在商朝，还有她什么事儿啊。

“对了！你刚刚说你在蓟门桥附近的‘破’学校上学的时候，你也是电影学院的？！”我忽然想起他无意中讲出的话。

“呃……”他明显不想接这个话，“你们迟到没事儿吧？”他十分笨拙地想要岔开话题。

“少来！甭岔话题，试问、请问、敢问您能正面直面以及不侧面地回答我这个问题吗？”

“我可以选择拒绝回答吗？警察还让人有权保持沉默呢。”

“可以啊，但是狮子头你就甭吃了，我自个儿吃去。”

“嗬……”他有些无奈地舒口气，摇摇头，“我怎么就拿你没办法呢？”

“很多适龄和不适龄的男性都跟你有同样的感慨。当然，至今都没有一个准确的定论，我个人认为是因为我的美吧。”

“可能是。”他含糊道。

“呃……你不能这样回答。”面对他的回答我十分没辙。

“你得讽刺我，说我哪里美了。你说‘可能是’，我都不知道怎么接了。要是旁人听到了，还以为我多自恋哪！我本人其实是多谦卑的一好姑娘啊！”我提醒他我的语言逻辑。

“真是小孩儿……”他又摇头笑笑。

“少来，赶紧从实招来！不然我就召唤我的守护精灵把老虎凳、辣椒水什么的拿出来了。”我拿出审问特务的架势来。

“怕了你了，只能告诉你我是你很久以前的学长，别的以后再告诉你。”

“学长？哪个系的？电影学院八大系呢！”

“跟你不是一系，没长成那样儿。”他还挺逗。

“那没准儿，你比葛优好看多了，起码头发比他多。”我又要嘴上占人家便宜。

“我就当这是夸我吧。”他很大度地让我占了这便宜。

2

车子开得飞快，还好这是六点，不然要是八点，从马甸走一小时也回不了电影学院。

我第一次在北京坐出租车的时候，在三环上遇到大堵车，整整半小时没挪窝儿。

看着计价器的表一个字儿一个字儿地蹦，心都跟着滴血，差点儿给司机跪下，求他放我下去，赐我一条生路。

他没有在门口拿停车票就直接把车开进了学校，虽然知道他是怕我迟到，可嘴欠的我还是说。

“哎，你这人把我们学校当你家了啊，随便停车不说，还不拿停车票。”

他没搭理我。把车往操场边一停，正色道：“赶紧去，都六点过五分了。”

我一看表，可不，赶紧连滚带爬地下车，往出晨功的地方跑去。

“哎，等中午我发短信给你。”他在身后喊。

“知道啦！”这一次，为了潇洒，我依旧没有回头。

我们班出晨功的地方在小操场东北侧，远远看去，今儿大家来得比什么时候都齐，正搁那儿咿咿呀呀呢。

还有一个不知道是不是打了鸡血的欠抽哥们儿，大声地朗诵什么《沁园春·雪》，生怕别人不知道他会背毛主席诗词。

黄老师俨然已经在了，貌似正在做舒展运动。

我本来准备趁人声鼎沸时悄然混入人群，等找个适当的时候，再偷偷去点名册上把我跟猴子的名字给划了。

正当我蹑手蹑脚准备闪入人群的时候，身后传来黄老师的一声底气十足的大吼。

“你给我过来！”

这大吼充分显示了黄老师扎实的基本功，以及长久以来未能走红的怀才不遇。

我估计要是换一有心脏病的，肯定眼都不带眨地就给吓死了，连我这个自诩心脏好的，也给吓得腿一软，差点儿跪地上。

但我还是拖着酥软的双腿，一步一抖地乖乖走到了黄老师的面前，低头呈鹌鹑状，等待暴风雨的来临。

“哪儿去了？！”

我刚想说起晚了，就听到一贱声儿大声说道：“黄老师，我检举，潜规则去了，刚刚看莉香从一宝马上下来。”

所有人都哄堂大笑起来。

我一看，是沈阳，狠狠瞪了他一眼，恨不得立即化身藏獒咬断他的喉咙。

黄老师脸色一沉，朝沈阳说道：“我问她呢，让你说话了吗？！”沈阳吐吐舌头，闭嘴了。

“黄老师，我……”我刚想要解释。

“唉……”黄老师叹口气，“你也大了，不是我当初招你进来时候的小屁孩儿了。

大姑娘了，要面子，我也不说你什么了。好多事儿，都是一步错，步步错的。你好自为之吧！遇事儿，记得多长个心眼，别让人给骗了。”

黄老师拍拍我肩膀，拿着点名本走了，大家也随之表情各异地鸟兽散，只留我一人傻愣在原地。

我此生就经不起别人挖心掏肺地跟我讲话，黄老师跟我这么一讲，我急得差点儿眼泪下来。

可望着黄老师远走的背影，我也实在不知道该如何解释，这种事情哪个不是越描越黑。

转头看到幸灾乐祸、一脸坏笑的沈阳，我气得七窍生烟，一个箭步冲上前去，挥手就给了沈阳一个耳光。

3

“啪”一声响，沈阳细皮嫩肉的脸上便赫然出现了我的“五指山”。

这一声不知道为什么出奇地大，本来无比喧嚣的操场竟然静了下来。

所有人的目光，都集中在了我和沈阳身上。

沈阳俨然被打傻了，手摸着脸，盯着我。

好半天，才缓缓地，特别情深深雨濛濛地说道：“你，你，你打我。”

沈阳这反应，要是搁往常，我早笑场了。

可这次，我笑不出来，也讲不出话来，只能死盯着他看，试图用眼神杀死他。

眼眶好像有点儿湿，我努力睁大眼，心说，谁哭谁傻逼。

就这样，眼泪让风一吹，就硬给憋回去了。

沈阳看我不讲话，刚刚暂时处在停滞状态的脑袋也反应了过来。

大概深觉自己在大庭广众之下让一女的给抽了特丢脸，竟然跃跃欲试状，想上前打我，转眼一巴掌就要呼过来。

我没躲，心说你打吧。打了我就跟你拼命，这日子老娘不过了。

正当我等着那一巴掌呼上我脸的时候，一只手伸过来，抓住了沈阳的手。

我一看，是晓林。

沈阳有些气急败坏，朝晓林吼："我打这婊子，关你丫屁事儿啊！"

晓林冷冷地看着沈阳："你好意思说自己是一男的吗？打女人算什么本事，有本事跟我打啊。"

就沈阳那弱不禁风的小白脸样，十个加起来也打不过晓林。

可也不能让这两人打起来，一男的跟一女的打，自然是男的理亏。

可要是他们俩打起来，学校万一追究，笨嘴笨舌的晓林肯定得吃亏，不能把晓林牵扯进来。

于是我满脸愤怒冲着沈阳说："还打吗？不打我走了。"

又把晓林拉到一边："晓林，这是我跟他的事儿，没你什么事儿，你别瞎掺和。"

沈阳恶狠狠地看着我，丢下句："你等着，这事儿没完。"转身走了。

当然我肯定不会让他撂了狠话就走人，撂狠话谁不会啊，大学这几年我还真没学别的，狠话倒是学了不少。

于是朝着沈阳离去的背影，喊道："傻 × 才等呢！没完你咬死我啊，斩我手啊，强奸我们家狗啊！"

听了这话，沈阳的背影貌似都被气得颤抖了一下。

但终究，他没有再回头。

这种小人，面对正义女神我，他还有什么回头的勇气和理由。

我这样想着，可心情却又止不住地仿佛从高空瞬间跌落到地面，委屈顿生。

4

不过，我侧脸瞟一眼晓林的脸色，就明白现在还不是我伤感的时候。

赶紧拉拉刚刚被我一句话搞得有些气鼓鼓的晓林的手，笑着送上句，"你不是平常老想打我吗？这次终于有人要替你实现愿望了，你怎么就给放过了。"

“所以我现在后悔了。”我这直肠子的山东老乡，有些孩子气地把脸扭向一边，甩开我的手，还是拐不过刚刚的弯儿来。

我心想也是，人家好心上前英雄救美。结果给说成多管闲事，是够憋气的。

我赶紧解释：“我刚刚是怕事情闹大了，他打了我，是他理亏。你要打了他，就是恃强凌弱了，是不是这理儿啊！”

“我不跟你说，我说不过你，我早就看那阴阳怪气的家伙不爽了！事儿闹大了，我就不上了。我，我，我就回青岛捕鱼去！”这小子牛脾气又上来，“我”了三个“我”终于给自己编了条最不靠谱的后路。

听到“捕鱼”两字，我“扑哧”一声笑了出来，回道：

“你还种地呢！小子，几天不见，你幽默了不少啊。得，现在是社会主义新中国，捕鱼也是机器捕了，用不了那么多人。你还是安心地待在电影学院吧，我还等着你红了，带我一起混呢。”

“你都坐上宝马了，还等着我红。”他撇嘴。

“神啊，天地良心，罄竹难书。”我大呼冤枉，“我坐一宝马，就被所有人当作卖身求荣了。我要是坐一直升飞机回来，你们是不是还得怀疑我把国给卖了？！”

我故意沉脸下来，转身要走。

“哎哎，芬芳，我不是这意思。”那傻小子上前拉住我。

得，全世界的人都叫我莉香，就他怀旧，三天两头叫我本名，且屡叫不爽。

“咱能别叫我这土名字吗？都成人生污点了。”我正色道。

“嘿嘿。叫了这么多年，习惯了。”他挠挠头，笑了。

看晓林笑了，我也松口气，心说还是你这傻小子好哄。于是拍拍他肩膀，“走，邀请你跟本公主共进早餐。”

“谁稀罕。”他撇嘴，可嘴角已经有了笑，很乖地快步跟了上来。

5

我跟晓林是在火车上认识的，那年我坐着T25，从青岛只身一人来考电影学院。

我的铺位是下铺，这哥们儿就在我对面的铺位。一上车，就十分热心肠地把我这个弱女子的行李箱，放到了行李架上。

我跟他道谢，结果人家只是十分不苟言笑地朝我摆摆手。那意思是不必多礼，接着就开始抱着一本《演员的自我修养》猛看。

当年的我还处于话痨的少女时期，一分钟不讲话就觉得憋得慌。

抬眼看看周围的人，不是上了年纪的，就是黑头黑面。除了他，基本上没人有跟我正常交流的可能。

于是我上前开始跟他套近乎，上至天文，下至地理。无论是娱乐八卦，还是国学诗歌。凡是我能想到的话题，我都跟这哥们儿讲了。

结果这位，只是“嗯”、“啊”，跟个自动应答机似的，眼睛就没一刻离开过那书。

搞得我说到最后都觉得自己是一说单口相声的。

也许是我的真诚感动了上天，当然也可能是上天想让我闭嘴。

火车行驶到天津的时候，他把书放到了一旁。主动说了第一句完整的、有实际意义的话：“你去北京干吗啊？你是推销安利的吗？”

我听了这话，喉头一甜，差点儿吐血身亡。

但念在他主动说句话不容易，还是十分淑女、很是优雅、特别林志玲般地回答说：“人家去电影学院考试嘛。”

“哦，我也是。”他这么说了一句，再次拿起了那本书。

我听了这话，就跟打了鸡血似的。天哪，这就是传说中的他乡遇故知嘛。

我一女的，虽然彪悍，可毕竟也是女的。在北京人生地不熟的，要是能有这样一壮汉做伴儿该多好啊。

我立马上前加大了套近乎的攻势，试图用美人计。可这位仁兄，再次死过去了，一点儿反应都无。

我虽然脸皮厚，但也有个限度。说了一路，也累了。

又看再怎么套，像对方这种木头疙瘩，也已然是无望了。于是干脆闭嘴，躺铺上听音乐了。这一听，就不知不觉地睡着了。

结果我觉得没睡一会儿，就有人拿东西捅我胳膊，睁眼一看，吓了一跳。

原来是这位朋友，正拿自个儿手机捅我呢。

“啊！你干吗呢，有事儿直接叫我不就得了……”我揉揉惺松的眼说道。

他脸一红，说：“我妈说，男女授受不亲。”

我差点儿给他跪下来，我实在无法想象和接受一个长得还算英俊潇洒的男孩儿，一本正经地跟我讲这话，震撼程度简直跟某些女演员特别严肃天真地讲“我是处女”差不多了。

“你弄醒我，就是为了告诉我你妈跟你说过这个？”我稍有点儿起床气。

“不是……到站了。”他说完，就转身帮我把行李架上的箱子拿了下来。

我起身一看周围，可不是，整个车厢就剩下我们俩了。看下手表，都到站小二十分了。

“你怎么不早点儿叫我啊？”我整整衣服，提起行李箱。

“呃……我怕你没睡够。”他话语间依旧带着尴尬。

听了这话，我心里一热，心想还是我们山东人民厚道啊。

刚要提着行李迅速开路，他一胳膊就把箱子夺了过去，闷闷而简洁明朗地说：“我帮你。”

6

他背上背着一个硕大的双肩包，单手还提着一个放着食物的塑胶袋。所以只能用空下来的单手，提我沉重的行李箱。

看看我自己，十分闲人的双手空空，我就有点儿不好意思，赶紧快步上前，要接过他的双肩包。

他却摆摆手，轻松又略带执拗地说："有男孩子在，哪儿能让女孩子提东西。"

这简单质朴的一句话，说得我心头一热。虽然提着这诸多的东西，他依旧箭步如飞。我只能跟在他后面，十分弱不禁风。

就这样一前一后的，我们很快走出了北京站。来到地铁站里的线路图前，"你要去哪里？"他问我说。

"我看简章上说，应该坐地铁到西直门。然后坐375，到蓟门桥下，就能到电影学院。"我回答他。

"你找到住的地方了吗？"

"我想电影学院附近应该有宾馆吧。"我很傻很天真地说。

"汗死了，我同学前几天到的。他们给我打电话说，电影学院附近的宾馆早就被人住满了。"他十分确定地说。

"啊？！那怎么办？"第一次出远门的我，实在没有有钱找不到住的地方的概念。

"那你等一下。"他把包放到地上，拿出手机来，走去边上打了个电话。

大概一分钟的时间，他笑得像个孩子般跑来。

"我帮你问我同学了，他们在交通大学里面住的旅馆。女生那边儿，还有一个空余的床位。"

"啊！太棒了，真是谢谢你。"我舒了口气。

"嘿嘿。"他傻呵呵地笑笑，"我妈说了，出门在外要相互帮忙。"

"你老是你妈你妈的，小心考试的时候，就砸在'你妈说'上面。"我逗他。

"呵呵，我就是这样啊，嘴很笨的。"他挠挠头，又傻呵呵地笑了。

出了西直门地铁站，我本来想打个车去晓林说的那个交大东门的旅馆。

可是晓林坚持不要浪费钱，说他同学说顺着某条路，一直往北走就成了，不远。

结果这个"不远"，就让我们俩提着一堆行李在交大东路走了差不多半小时。

远远看到出来接我们的他的同学的时候，我激动得差点儿眼泪都掉下来。

十分想冲上前去，握住那哥们儿的手说：“同志，可找到组织了，你们的这位同学可把我害惨了啊！”

拐进交大东门家属区，没走几步就到了住的地儿。

我一看，心就凉了半截，这哪儿是什么旅馆啊，说白了，就是一个地下室改建的招待所嘛。

我一开始还有点儿不情愿，但毕竟来了，也没有什么别的更好的选择。也就硬着头皮住了下来，想等过几天找到好点儿的宾馆就搬出去。

结果这一住，就离不开了。

住在这个招待所的人，差不多有五十多个人。都是从山东各地过来，考艺术类院校的考生。

山东孩子嘛，都厚道。虽然大家四个人挤在一个小小的房间里，整日见不到一点儿阳光。连打个电话都没有信号，要拿着手机去外面打。

可是，大家心都连着心。

我们一起去报名，一起等待考试，一起去逛街，一起打扑克，一起讲笑话，一起骂遇到的变态招生老师，一起看无聊的连续剧到深夜。

每每有一个朋友落榜了，大家还一起凑钱，一起到招待所门口的那个新疆饭馆，请他吃一顿散伙饭。

结果到三试发榜的时候，最终拿到电影学院文考证的，就只有我跟傻乎乎的晓林。

我们没有任何表演经验，也没有神秘莫测的家庭背景。就凭着一股子傻乎乎的冲劲儿，和那么点儿运气，竟然就考上了。

发证的那天晚上，我跟晓林一起请剩下来的十几个人，又去那家新疆饭馆吃了饭。

那天晚上，大家都醉了。

大家一起说，苟富贵，毋相忘。

后来，我们都哭了。

再后来，我们各自回到了家乡。茫茫人海中，这一份萍水相逢的缘分，就这样断了。

7

这五十几号人，就只有我跟晓林，因为那么点儿说不清道不明的缘分，还一直保持着联系。

进了学校后，他也比我扎实，努力。

每次我偷懒不去排小品，都是他在他的小组里，安排一个台词十分少又讨巧的角色给我。

也是我运气好，每次都能骗过老师的耳目，有几次不仅蒙混过关，还得到了老师的好评。

一遇到这样的情况，他就跟我吹胡子瞪眼的，大呼不公平。

好多次，我都跟晓林开玩笑说，要是我有这么一罩我的亲哥哥，也算不枉此生了。

他却只是傻乎乎地笑，拍我的头说，我要是有一像你这样的妹，我妈早气死了。

“哎，吃啊，想什么呢？”二楼食堂，晓林一句话，把我从回忆中拉了回来。

“没想什么，就是想到一些过去的事儿。”我淡然笑笑，“晓林，你说当初跟咱们一起考试的那些人，现在在干吗呢？”

晓林犹豫了一下，想了一会儿，又叹口气：“在咱们山东，他们的分数能干什么呢？考不上大学，很多人应该都已经工作了吧。”

我想也是，大家都是被高考分数逼得没有办法，才想到艺术类招生这条路。

“晓林，你说，要是咱俩没考上，会不会也已经开始找工作什么的了？”

“不然呢？”

“哼，我考不上肯定也继续考，直到考上。”我嘴硬。

晓林不置可否地伸伸舌头，说了句“要我，就不考了”，就开始埋头吃他的饭了。

“唉……”不想这些了，我长长地舒了口气。

“每次想到现实生活，我都觉得人生无望，就让我做一辈子童话里的公主吧。”我大叫。

“神经病。”他白我一眼，拿起我和他的餐盘。

“赶紧着，你又一宿没睡吧，给我回宿舍补眠去。九点半英语课，下午可是台词课，记得别迟到了。”

“啊……”我再次大叫，“大哥，我求你了，能别一次次地、无情地把我拉回现实吗？活着不容易，特别是我这样弱不禁风的女子，你更应该怜香惜玉。”

“你刚刚还打人了呢，弱不禁风什么啊，赶紧着。”他一把扭住我的手，“你这人，不逼不成器。”

我大呼冤枉，试图狡辩点儿什么，但依旧被晓林不由分说地押回了宿舍。

九点半英语课，我订了九点的手机闹铃。我得拿出半小时的时间，给猴子去校医那里搞假条。

时间规划得完美无缺，可是当九点手机闹铃准时响起的时候，我几乎想从十五楼把手机丢下去。

上帝救我，宿醉想要小睡一会儿再迅速醒来是多么的难，难过上刀山。

我天人交战了大约五分钟，尚未泯灭的那一丝责任心，最终还是让我活了过来。

照照镜子，还好，脸色没有太差，那就不洗脸了。

我随便梳了头发，从衣柜里拖一件衣服出来，赶紧朝留学生公寓那边的医务室奔去。

一边跑一边祈祷，千万不要让我遇到校医室的那个李莫愁。

但是，当我缓缓地推开校医室的门，发现坐那儿悠闲地看报纸的，正是令所有电影学院学生闻风丧胆、惶恐不安、梦中哭醒，人送外号吃“吃屎仙子李莫愁”的李校医。

六 冤家路窄一线牵

Once
Loved You
Distressed
Forever

1

莫愁医生年纪不大，约莫不到三十岁的光景，根据当代社会的年龄层构成，勉强也能归到年轻人的范围。

但是，不幸的是，也许是因为生物的多样性，也许是吃了被辐射过的东西。莫愁医生对于前来看病的学生，向来是横眉冷对的。

态度没有一次不是冷冰冰的，药方则没有一次是管用的。感冒就丢给银翘片，肚子疼就甩出吗丁啉。

有一次，我们班某个男生，在她这里拿到了一瓶止咳糖浆，激动得差点儿眼泪掉下来。

至于假条，传闻说，每年从莫愁医生手上开出的假条不超过十张，概率大概跟买彩票差不多。

但是，既来之，则安之。为了哥们儿，我拼了。

我悄悄来了个深呼吸，鼓足勇气坐在莫愁医生面前的小板凳上。

“什么病？”莫愁医生眼皮都没抬，继续看她的报纸。

“呃，没病……”我实话实说。

“嘿！”我这二百五的回答俨然刺激到了莫愁医生，也点燃了她的斗志，引爆了她的小宇宙。

只见她冷笑一声，把报纸往边上一放，脸上满是讥讽地说：“那同学你是来医务室观光的吗？对不起，让你失望了，我这里也没有什么老虎、猴子、大象的。”

我心说有您坐镇，这儿俨然就是一鬼屋哪，多惊心动魄，您可比老虎、猴子、大象牛 × 多了。

可脸上依旧堆满笑容，十分谄媚且下贱地，拿出一副要舔莫愁医生的架势说：“李老师，我是来帮我同学请假的。”

“他人呢？”莫愁医生的声调瞬间降到冰点，再次拿起手边的报纸。

“他头破了，在宿舍躺着呢。”

“那我管不着，见不到人，就是死了，我也没法开假条。”

我心说要是死了开假条给你用啊。

我勉强 HOLD（**保持**）住怒火，咬了咬牙，继续哀求道，“李老师，您就通融通融吧，他真的是没办法来，才托我来找您开假条的。”

“我给你通融，谁给我通融啊。”莫愁医生冷笑一声，“都来找我通融，咱们全校学生都甭上课了。”

“李老师，我求您了，他要是再旷课，英语就得挂科了。”

“终于说实话了吧，不就是逃课了想从我这里糊弄一假条吗？我告诉你，你这样的学生我见多了。这假条我没法开，谁让他不上的，我开了成助纣为虐了。”

我心说您要生在商朝何止助纣为虐啊，姜子牙也得给您老绑柱子上炮烙了，历史都得给您颠覆了。

但嘴上还是依旧各种哀婉地道：“李老师……”

“得了，你甭跟我废话了。”她打断我，“赶紧走！你不要打扰其他同学看病，还没见过你这样的女同学呢。”

“我哪样了我？！这儿哪儿有‘其他’同学！”这话把我惹得有点儿急，我招谁惹谁了，打从早上就开始备受各路人马欺凌，老娘又不是真人版小白菜，不带这样的。

“你哪样问你自己！赶紧走！不走我给你们班主任打电话了！”莫愁医生比我易怒多了。

毛主席说得没错，一切反动派都是纸老虎。听到彪悍的莫愁校医放出这话，我这纸老虎瞬间就给捅破了。

我只能楚楚动人地飘离了医务室，假条没开成，还给憋屈地受了内伤。

2

我们英语课老师是一位十分平易近人的老太太，慈祥得一塌糊涂。

每次看到她笑眯眯地看着我们，我的眼泪都要掉下来，觉得自己是一罪人。

但是，相对的，老太太什么都好商量，就是在出勤这码子事儿上，她是绝对不含糊的。

唉……怎么办啊，我坐在二楼的英语教室，望着老太太发愁。

最后眼看着快上课了，我一急，忽然就生智了。

樱桃小医生的光辉形象霎时跳进了我澎湃的脑海，我一拍脑袋，心说：亲爱的小莉香，你的聪明伶俐到哪儿去了。去无比好说话的樱桃小医生那儿搞一假条来不就成了，积水潭医院的假条不比破烂校医院的好使嘛。

眼下看来就只能死马当活马医，试着看看能不能先把假请了，再把假条补上。

我整理下形象，做出一副十分朝气蓬勃的样子来，三步冲上前去。

也许是因为冲劲儿太足了，当我闪到老太太面前的时候，明显看到她脸一白，大概是被我吓到，以为是来寻仇的。

“什么事儿啊，同学？”老太太很快恢复了正常神色，笑眯眯地问我，声音好听得我都要融化了，这在刚刚遭受过莫愁校医非人虐待的我来说，真是如沐春风。

我转换成娃娃音，眯起眼睛，很傻很天真状，跟老太太说：“老师，我们班有一男生，受伤了。又没办法直接去校医室请假，我能帮他在您这儿先请一假，下周上课的时候，再交假条给您，您看成吗？”

“这个……”老太太略微沉吟了一下。

也许是被我大好青年的精神面貌所骗，也许是被我的娃娃魔音贯耳所蛊惑，她旋即微笑着跟我说：“好吧！下不为例啊。”

这一声“好吧”，几乎让我当众飙泪和撒花，人间自有真情在啊。

我心满意足地回到座位上，看谁觉得谁顺眼。

教室的冷气缓缓吹着，把北京的炎夏隔绝在室外。窗外校园里的阳光一片明媚，鸟语花香，绿树葱葱。

老太太用标准的伦敦音读着英文，仿佛催眠曲。

我看着怎么看都看不懂的英语课本，继而迅速地、旁若无人地睡了过去。

3

“哎……同学，起来了，下课了。”耳边一个温柔的声音响起，让我的梦想照进了现实。

“嗯……”我不情愿地睁开眼。

视网膜上逐渐由模糊到清晰的，投影出了英语老师慈祥的脸。

我的脸腾一下就红了，霎时清醒了过来，尴尬得要死。

“下课了，大家都走了。”老太太没有骂我，只是微笑着拍拍我的肩膀，拿起手上的教案，走了。

我心中蒸腾起绵延的负罪感，想说我干的这叫人事儿嘛。

没有投桃报李也就算了，老太太给我以机会，我却还之以睡眠，这简直是秦桧干的事儿啊！

呃，几点了，我摸出手机想看下时间。

首先看到的，却是志安大叔的几条短信和未接来电。

糟糕，忘记跟志安大叔的狮子头之约了！

我看了下短信时间，最早的一条是半小时前上面说：“我到了，没想到来早了，在园中苑等你。”

我顾不上看别的，拿起包就连滚带爬地冲了出去。

冲出教学楼的时候，我几乎被外面强烈的阳光晃瞎眼睛，老娘简直就是翻版聂小倩，怎么经得起这么毒辣的阳光。

北京万恶的夏天真是伤天害理，罄竹难书。

以百米赛跑的速度冲进了园中苑，一桌桌找，却没发现志安大叔的半个影子。

站在园中苑门口，看着熙攘的人流，我心想他不会是生气走了吧，拜托，你是一位中年男子哎。

这才想起来我拥有一种叫作手机的先进通信工具，可以利用它直接联系到当事人。

我铁定是睡得一根筋了，正常人遇到这样的情况铁定直接一个电话就打过去了，哪有像我一样，傻乎乎地直奔“案发”地点的。

赶紧拿出手机来拨给志安大叔。“嘟嘟嘟”三声过后，志安大叔厚实的声音响起。

“失踪了吗？”

“呃……”我一下子不好意思起来，“我上课睡着了，你哪儿呢？不会生我气走了吧。”

“我推测你就是睡着了，一宿没合眼呢。”他仿佛自言自语般念叨，“我在一号学生公寓的大厅呢，咱们在园中苑门口见好了。”

然后人咣当一声，就把电话挂了。这行为倒是十分狮子座哈，我听着电话被挂断的嘟嘟声，心想。

而后从园中苑，往一号学生公寓那边望去。

这里有必要解释一下电影学院这部分的布局，园中苑和二楼食堂、三楼星星食街，以及一楼的回民饭馆是在一栋楼的，而这栋楼，跟一号学生公寓是紧挨着的。

并且，在各自的二楼，还有一条相连的道通着，像一个比较畸形的连体婴儿。

志安大叔就那样踏着阳光走来了。

谢天谢地，他脱下了他的西装，换了一身青春洋溢的休闲装，不然在众目睽睽之下，我多尴尬哪。

等等，他手上拿着的是什么？！

我站在阳光下，眯着双眼，做吃亲亲果冻状望着志安大叔缓缓的，顺着一号学生公寓和园中苑相连的那条通道，向我走来。

天地良心，我这可不是在装可爱，实在是阳光太刺眼了。

继而，我被他手上的冰激凌吓到了。竟然是花脸冰激凌，有钱人的嗜好真是非常奇怪。

正想着，他已经走到了我身边，伸手递了一个冰激凌给我，十分不像中年人地略微害羞道。

“我刚在一号公寓等你，刚好看到卖这个，就买了，我上学的时候吃的，你们现在都不吃这个了吧。”

“吃，怎么不吃，我就爱吃这个和老冰棒。”我接过来，因为口渴和炎热，一口就咬了下去，因为咬得面积太大，牙都差点儿给冰下来。

还好我这人在学校里是没什么淑女形象可言的，不用跟某些同学一样，一舌头一舌头地舔，搞得那么假纯情加真色情。

“走，吃饭去，我都饿了。”

他侧身过去推开门，而后小声地在我耳边说：“你的头发……赶紧去洗手间整理下，我在里边儿等你。”

我这才注意到周围人的眼神，大熊猫貌似都没我珍贵。

我这才意识到自己肯定是哪儿丢脸了，偷偷跟边儿上拿出小镜子来照了一下，瞬间就被自己雷到了。

当年的梅超风什么样儿啊，我现在的样子真是行为艺术极了，头发被睡得一部分高高竖起，另一部分则给压趴下了，再结合我手上拿着的雪人冰激凌，那简直绝了。

我先把冰激凌几口吞下，而后，再次以百米赛跑的速度，刘翔般地冲向食堂的洗手间。

三分钟后，一个亭亭玉立的姑娘出现在了镜子里。

真美好啊，简直就是花仙子。我自恋地看着自己。心说，这位姑娘，你也就是二了点儿，没别的缺点。

4

当我回到园中苑的时候，菜已经上来了，我瞬间佩服了园中苑师傅们豹子般的上菜速度。

说实在的，园中苑的性价比，在物价水平整体偏高，农夫山泉都要卖两元的电影学院是十分难得的。

菜不仅便宜且分量大，还有几个远近驰名的招牌菜。

当然了，这份特例，自然与本校老师会经常来此就餐分不开，所以我们这些做学生的，也就捎带着沾光了。

我一看他点的菜，嘴角就漾上了笑。嘿，还真是个明白人儿。

基本上园中苑的师傅们拿手的菜，他都给点了。红烧狮子头、宫爆鸡丁、还有我最爱的，铁板烧茄子。

他给我倒杯茶，说：“来，尝尝我带来的茶叶。”

我尝一口，吐吐舌头：“我只知道是铁观音，别的就尝不出什么来了。”

他笑笑，不说什么。递一双掰好了的卫生筷给我，说：“吃吧。”

我的食欲燃烧起来，但还是深觉自己的迟到不对，于是再次道歉：“刚刚的事儿对不起哈，我迟到了不说，还跟个疯子一样吓你一跳。”

他笑得好开心：“赶紧着，再不吃菜就凉了，看你吃饭是多喜庆的一件事情啊。”

“喜庆？是我吃的时候身边自动有烟花爆竹燃放吗？我开动了！”

话音刚落，我的筷子就伸出去了，继而便充分展现了我大胃王的风姿。

他虽然刚刚说饿，但是依旧吃得不多。

只吃了半个狮子头，动了几筷子宫爆鸡丁，夹了一两块铁板烧茄子。便在一旁喝着茶，笑眯眯地看着我吃。

“你吃啊，老看我干吗，我还没丑到能减肥或者美到秀色可餐的程度吧。”我笑说。

“不是，好久没吃了，好像不是过去那时候的味儿了。”

“换厨师了？可我吃着挺好的啊，”想了想，旋即我就笑了，“明白了，当年你吃的时候，还跟我一样是学生。哪儿吃过什么好东西啊，菜没变，是你口味变了。”我语重心长道。

“也许吧。”午后的阳光暖暖地洒在他的脸上，他瞬时绽开的笑容，忽然让我有种前所未有的温暖。

5

正吃到酣畅淋漓处，手机突然响了起来，把埋头猛吃的我吓了一跳。

我这人特别容易投入某种情景，且异常地专注认真，所以经常被自己的手机吓得心惊肉跳。

我一看号码，是杨沫打来的。心说是来问猴子情况的吧，算你丫还有点儿良心。

但是一接起来，就听到杨沫用她特有的委屈音说：“是莉香咩？”

我心说咩你个头啊咩，差点儿把电话丢地上，于是就没好气地说：“不是我是谁啊？鬼啊？”

“莉香，你在哪儿呢？”聪明的杨沫同学又自动过滤了我话里不中听的部分。

这属于她的特殊技能之一，让我不得不佩服且没脾气。

“园中苑，干吗啊？”

“莉香，许皓天要过去找你。”

“许皓天？谁啊？不认识。”我心说神经病吧，找我的多了，要是一杀手您也往我这儿领啊。刚想挂电话，我就听杨沫说：“就是昨晚上我的那个朋友，他想找猴子，可我不知道他在哪儿啊，只得让他找你去了。”

然后“啪”一声，以迅雷不及掩耳的架势，主动把电话挂了。

我心中陡然一惊，心说也来得太快了吧，东厂啊？山口组啊？国际刑警组织啊？

不过转念又一想，有杨沫小姐这敬业的卧底眼线在学校里潜伏着，我就算躲地下，人家也能掘地三尺找到我吧，真是日防夜防，家贼难防啊。

不过，晚来不如早来，早死早托生。光天化日的，找不到猴子，他还能在学校里枪杀我不成，又不是美国。

于是我把心一横，想说赶紧把志安大叔打发了，让我一人会会那傻 × 小开，牵扯憨傻大叔可不好。

6

时间差不多是十二点半，园中苑的人已经不多，只剩下三四桌的人，零落地散布在各个位置，跟老鼠会一样窃窃私语着什么。服务员们则无趣地侧手站在一旁，面无表情，百无聊赖得仿佛时间凝固。

“有事儿？”他问我。

“嗯，有一仇家要来寻仇，想杀我全家，强奸我的狗。”我笑说。

“没事儿，有我在呢。”他也笑，“我战斗力也是很强的。”

“呃，虽然这是假话，但是也让我稍微觉得人间自有真情在。”

“是真的。”他有点儿严肃。

“呃……好吧，就算是真的好了。”我心说您昨儿晚上在一声色场所认识我，就算一起吃了碗卤煮，可就能为我拼命吗？您要是骑一自行车，我还觉得您是被我的美色折服了。但是您开一宝马，还 7 系，还人模狗样的，我得有多自信自恋才能坚决地信您。

“给你提个意见成吗？”他真正有点儿严肃地说。

“啊？”我为他突如其来的严肃搞得有点儿蒙。

“就是……我觉得女孩子吧，有时候还是相信点儿什么比较好……”

“相信这社会很和谐吗？”不知道这句话触及了我的哪根敏感神经，我有点儿不礼貌地微笑着打断他，“好啦，我仇家要上门了。不跟你废话了，我得逃命去了。我先结账撤了，咱们短信联系好不好？”

我一方面担心皓天兄迅速上门，伤及无辜。另一方面，天性使然，后天养成，让我实在是不想接这种话题，打心底莫名抵触，人生从来不是侃出来的，总是冷暖自知的理儿，我倒是也想相信童话，可生活给我这机会吗？

童话是留给命好的少女的，我这样的虎逼少女，还是先坚强地先活下来再说。

说罢，我拿起包来，就要走人。

7

刚起身，就看几个身着华服，人模狗样，但明眼人一看就知道，是那种有钱人家惯出来的二世子之类的人，大摇大摆地螃蟹似的走进了园中苑。

领头的那位，戴着一副硕大墨镜，全身的名牌 LOGO 恨不得印得比衣服还大，至于色彩搭配的大胆前卫程度，更是令人心生敬佩，跟一中了毒的苍蝇似的。

我心说，瞧这恶心劲儿，应该就是那位皓天小开了吧。

眼看人堵门口，我心想要是现在闪人，没准儿就自投罗网了。丫肯定不知道我长什么样子，老娘脸上又没贴身份证。多一事不如少一事，我实在懒得在学校里跟这伙人正面交锋，我一正常人类，哪里战胜得了脑残哪。

于是又坐了下来，想说避开这些傻 × 好了，不跟丫们玩儿。

我低声跟志安大叔说：“我仇家上门了，你别回头。”

他孩子气地看着我笑笑，但很听话的，没有回头。

“赶紧跟我谈笑风生。”我脸上挤出一个十分表演性质的做作笑容。

“谈什么笑？风什么生？”他逗我。

“那就聊聊什么郭美美啊、归真堂好了。”虽然貌似大难临头，我依旧改不了贫嘴的好习惯。

“我怎么觉得你对咱们的社会主义中国有什么不满呢？”

“不敢！”我做一个鹌鹑的娇羞姿势，“你这是光天化日的诽谤，我热爱我的祖国。”

我一边继续贫，一边斜眼儿看门口站着的那群苍蝇。苍蝇们貌似正在环视整个园中苑，估计在努力分辨哪个是我。

我心想真傻 ×，怎么没叫杨沫这污点证人出来指认我啊。我又没长两头三只手，你凭空看，怎么能认出我来。

我正扬扬得意地笑着，手机忽然响了起来，再次吓了我一跳。我拿起一看，一陌生号码。

我接起来，延续了刚刚的扬扬得意，十分优雅地说：“喂，您好，找谁？”

对方沉默了一下，随即用没有任何感情色彩的声音道，“找你，”刚说完，电话就挂了。

我刚想骂脏话，可斜着眼往苍蝇们聚集的方向一看，许皓天正拿着手机，耷拉着脸儿，一脸“让我找到了吧，看我不把你关笼子里抽胆汁”的表情看着我呢。

我先暗骂了自己一通，又把杨沫的祖宗十八代诅咒了个底儿朝天。怪不得那丫头不跟过来指认我，原来是给人支了这么一招儿，杀我于无形，打死我我也不相信那白痴小开能想出这方法来。

小开仿佛怕我逃跑一般，三步就冲了过来。

我眼看逃跑是无望了，就趁这个珍贵空当，点了一根儿烟，理了理头发，还十分女流氓般地吐了几个烟圈儿。

心说待会儿先吓一吓他，就说我震东单，震西单，加震王府井。丫就算给我上夹板儿，我也不能把猴子的行踪给交代了。

8

皓天小开刚站到我身边儿，我正仰脸期待着他的登场台词，看看是不是够低能。

结果，他看到宝马大叔，愣住了。脸上那张扬跋扈的劲儿霎时烟消云散了，瞬间变身鹌鹑。

而宝马大叔看到他，也貌似吃了一惊。两人脸上的潜台词都是：怎么你也在这里。

时间凝固了一下下。皓天小开口中缓缓吐出了两个字儿：二叔。这下轮到我被雷到了。虾米？纳尼？二叔？有没有搞错！拍电影呢？

皓天小开没再理会我，而是直接侧身在我右手边的位置上坐了下来，让我备感失落，心说我才是您要寻仇的第一对象啊。

丫霎时换上了一副加菲猫样的嘴脸，眼睛里都带星星闪的，那个健康，那个积极，那个向上。

“二叔，你跟莉香小姐也认识啊？”小开温文尔雅地说，看得我喉头一甜。

得嘞，我成小姐了。要是宝马大叔跟你丫不认识，你是不是得叫我莉香小婊子啊。

我心想，但脸上还是保持着微笑，静看接下来事情怎么发展。

宝马大叔点点头，说：“也是刚认识。”

皓天小开阳光灿烂的一笑，那淫贱程度，我看了都一哆嗦。

“我昨天跟莉香小姐的朋友有了点儿误会，我越想越后悔，今天这不专程来跟莉香小姐道歉来了。”

“别……您饶了我，我长这么大还没人叫过我小姐呢，我听着硌硬。再说了，你跟我没什么歉好道，我又不认识你。”我实在是忍不了他这伪善的鬼样儿。

皓天小开听了这话一笑，没理我，直冲宝马大叔说：“二叔您看，莉香小姐还是不肯原谅我呢。得嘞，那我改天再来跟莉香小姐和她朋友赔礼道歉。那二叔，不打扰你们了，我先撤了。”

志安大叔稳如泰山地点点头，小开同学便如同得了特赦令一般同他的几位跟班飞速跑了。

不得不承认，我被小开同学的八面玲珑惊着，被他影帝级别的演技征服了。

虽然因为猴子的事情我对他有着万般的厌恶，但是不得不承认，这才是能够在北京城里把日子混得风生水起的那类人。

像我这种直肠子，跟人家比，俨然真是一个天上一个地下，被人卖了可能还在给人数钱。

志安大叔看了一眼皓天小开同学离去的背影，微笑着问道：“我能知道发生了什么事儿吗？”

七 可惜不是你，陪我到最后

Once
Loved You
Distressed
Forever

1

其实说实话，虽然我平时天不怕地不怕，敢于跟一切的恶势力作斗争。

骂过不少低素质路人，跟正直的南城胡同更年期大妈吵过架，还时常路见不平张口相助。

但说白了我就是一“窝里横”，用猴子的话说，那就是“纸老虎版 HELLO KITTY”。

我特清楚自己的德行，知道自己的飞扬跋扈，若非是一女的，占点儿性别优势，早给人抽回老家去了。

所以，这会儿，人家正暗自为自己躲过一劫而心花怒放的说。

不过，为了少惹事儿，面对宝马大叔的疑问，我还是选择赐予他一个神秘的蒙娜丽莎的微笑，十分恬不知耻地说：“我虽然不是小龙人，但是我依旧有很多小秘密，不告诉你，亲。”

而后，我又拿起筷子，继续风卷残云，纪念我变相摆平了皓天小开。

我胡吃海塞了一通然后拿出纸巾来擦嘴，身为一个有问必答行事磊落行不改名坐不改姓的女子，为了缓和我没回答宝马大叔的尴尬，我拿着纸巾袋在他面前晃了几下说："心相印的，没见过吧？"

刚说完我就后悔了，想说您这说的是人话嘛，恨不得抽死自己。

"还真没见过。"他人很好地把这个无比难接的话题接了下来。

"那是，我的御用品牌，我特别看好它的发展。"讲完这话，我的脸终于彻底黑了，这已然不是不讲人话的范畴了。当下恨不得直接掏枪爆头模仿海明威，前方要是有一火车全速驶来，我绝对毫不犹豫冲上去卧轨。

他笑笑没接话，气氛陷入难言的冰点。眼看着糊弄不过去，我也只能半遮半掩地说："其实也就是屁大点儿事儿，就是你可爱又有礼貌的侄子勾搭了我朋友的女朋友。结果我朋友气急了就说了几句不中听的，他就把我朋友给打了……"

说到这儿我就打住了，把"那厮真他妈犯贱，赚了便宜又找上门来，真是他妈的不要脸"之类的话硬生生地给咽了回去。

宝马大叔对我再怎么慈祥，跟皓天小开也是直系亲属，我在他面前大骂人家家属，估计换谁都接受不了。

这年头，没人大义灭亲。

然后我赶紧摆出一副更苦大仇深的嘴脸说："当然，最贱的还是那女的。想红想得都把自己的脸皮置身于水深火热之中了，至于吗？"

"皓天打了你朋友？"

得，千遮万掩我还是又把重点脱口而出了，要不是因为我下不了手，这会儿我肯定就立马自甩两个大嘴巴子。

这状况，我只得装大度淑女状道："是，不过都过去了。人家都来道歉了，我们也不能不依不饶的，对吧。"

我想现在要是猴子在场，他肯定会掐着我的脖子咬牙切齿地说："人家？谁是人家？哪个人家？！你再叫那傻逼人家我就掐死你。"

我想宝马大叔还是看穿了我一直 HOLD 住的怒火，就没再往下问了。只淡淡地说：“我下午还有点儿事情，皓天那事儿你别跟他计较了，那孩子也是个好孩子。”

我心想，就算我杀了人，我妈铁定也说我是好孩子，即便这是十分不理智的主观论述。

但还是点头含笑说：“那当然，我可是江湖人送‘心中有爱’小莉香。以后只要我在学校，随时都可以请你吃狮子头，不然现在就来十个你打包带走？”

他没有接我这个笑点很低的贱话，只是突然伸过手来在我的头上爱怜地轻拍了几下，轻声道一句“傻姑娘”，弄乱了我刚刚整理好不久的头发。

我瞬间被石化在了那里，躲也躲不开，只好微笑着逆来顺受。

只是在心底暗想说我要是杨沫就好了，铁定瞬时就势跳起一跃扑入对方怀中。

还好他这“摸头”的举动，貌似只是跟小朋友表示亲昵的动作，跟摸小狗没什么分别，没有就此摸到脸和胸部之类的。不然真保不齐摸得我兽性大发，奋而跳起一口咬断他的手。

可那句温柔的“傻姑娘”，却如同春风化雨，悄悄击中了我心中最柔软的某个角落。

女强人不是好当的啊，我心道，该有多久，没人真正地把我当一姑娘，铁血战士的日子不好过哪。

2

目送着他的车子在阳光下，以及校园里某些路人或鄙夷或羡慕的眼神中远去。

我冲回宿舍以迅雷不及掩耳的速度洗了脸，洗了我被摸过的秀发，还兴致勃勃地化了一个完美的妆。

当我满身香气的，看着镜子里面容光重新焕发的自己，真是忍不住要吟诵“良辰美景奈何天”。

抽了两根烟，然后决定去猴子那边，一来跟他说说今天早晨宝马大叔和小开的事情，二来汇报下关于假条的最新情况，三来顺便羞辱下那孩子的衰样。

出租车在北京正午被太阳烤得失去了性欲的大街上飞奔着，车子里面的冷气开得很大，我懒懒地坐在座位上闭目养神。

不知道过了多久，我听见有人叫我："小姑娘？小姑娘！你醒醒，到了，你都睡了五分钟了……"

我"BIU"一下子就醒过来了，看一眼后视镜，我果然发现自己惨不忍睹的脸，刚化好的妆花得那叫一个喜庆。

我一边向司机师傅道歉一边付钱，还不忘自我批评，竟然就这么没心没肺地在出租车上死猪样睡着了，最过分的是，自己似乎还做了梦。

下车后，我心说亲爱的司机师傅，您怎么不把我给拐了、卖了，让我去非洲给娶不上老婆的农民们当小媳妇儿去。要是您这么搞一回，我也就吃一堑，长一智，再也不会没心没肺地在车上如此豪迈地睡觉了。

正午的温度高得几乎让人吐血，我踏上马路后差点儿给街头的热浪掀翻，生活啊……

我顶着浴霸似的太阳，摇摇晃晃迷迷糊糊地，好不容易踏进电梯，飘到了我家门口。

一摸包才想起，自己的钥匙在猴子那儿呢，按了几下门铃后里面毫无反应，于是我开始像土匪一样疯狂砸门。

砸了很久后猴子终于现身了，他一副贵妃出浴的样子，带着我的浴帽保护着那颗负伤的头，把我小熊维尼的浴巾围在腰间，脸上还敷着我昂贵的贝佳斯粉泥面膜。

我冲进去把包往沙发上一扔，跑里屋把衣服瞬间换成纯棉及膝的大 T 恤，"啪啪啪"把两个空调调到最低温度，恨不得把冰箱也打开一起降温。

飞速又完美地做完了这一系列高难度动作，随后我飞身跃上我昂贵又舒适的床，在上面尽情翻滚了几圈，冲猴子神气地说："还是你姐姐我有本事，搞定了！"

“搞定什么了？”猴子一头雾水。

我包子铺老板娘状一脸狰狞：“那小开啊，姐姐我弄不死他。”

“说什么哪？你干吗了你？奸杀他了？他还真找到学校去了啊？他还真是不怕死啊，不知道遇到你这样的雌性物种，就算是美猴王也能化为一摊浓血吗？”猴子一副放浪形骸事不关己的嘴脸，跟他的浴帽搭配得十分恰到好处。

我心说，为了你我差点儿让皓天小开给开膛破肚了，你现在倒是事不关己高高挂起的，恨得当即一脚飞踢过去，不负众望地正中了目标。猴子被我踢中肚子，疼得咬牙切齿。

眼看着他要上来报仇，我只能求饶说：“小猴猴，你赶紧坐下，要不要听莉香姐姐给你讲过去的故事啊？”

俨然故事的魅力超过了报仇的快感，猴子乖乖地坐下，星星眼期待状。

而后我缓缓地，用我极具感染力的语调，虽然适时地美化了自己，但还是基本上忠于事实的，跟猴子讲了上午发生的事情。

猴子听完后，举手，说：“报告！我有问题！”

我两手十分豪迈而气壮山河地一挥道：“讲！”

“试问敢问请问宝马大叔是哪一号人物？莉香同学你不简单啊，朋友圈都扩展到上流社会了啊！”这小子一嘴的阴阳怪气。

我一想对了，猴子还不知道宝马大叔这号人呢，可是又有心想保持神秘让他误会下，就说：“一朋友啊，管得着吗你？”

“什么朋友，莉香，你不会堕落了吧？快给我解释清楚！”

“放屁，堕落你个头。彪悍的人生不需要解释！！改天给你讲，现在特累，我身体超负荷了。像我这样的金枝玉叶，怎么受得了一天之内讲这么多话。”

猴子回赠了我一句“切”，一脸“懒得理你”的表情，重新回到浴室里洗面膜，我在外面嚷着说，“你那个假条今天我没开成。”

正说着，猴子走出来，不知何时换下了我的维尼熊浴巾，穿上了件猴子头T恤和夏威夷花裤衩，一脸欠揍的表情说：“办事不利，该当何罪！”

“莫愁大妈在校医室坚守阵地，我就是孙悟空也开不来假条啊。”我嚷道。

“那怎么办，英语老太怎么说？”

“那边我已经给你稳住了，当务之急就是去樱桃姑娘那边开个证明什么的。”

“那样好吗？老麻烦人家樱桃姐姐。”猴子撒娇说，我看看他，丫正在一边羞红了脸扮纯情林黛玉呢。

苍天在上，那鹌鹑样摆的，我恨不得连前天的饭都吐出来。要是我有劲儿，铁定再一个飞踢就过去。

但是这时候，我俨然只能顺手抓起沙发上的抱枕，朝猴子扔过去，大吼一声说：“给我滚！”

3

猴子终于在我连踢带骂羞辱加鼓励之下拨通了樱桃姑娘的电话，几秒之后我听见猴子用特腻味的声音说：“喂，樱桃吗？是我。我是谁？呃……我就是昨天半夜英雄救美被打了的那个小伙子啊。”

我一听就在旁边忍不住大笑起来，这台词说的，都快赶上某些三流编剧的剧本了，将不说人话进行到底。

猴子瞪了我一眼，做了个“嘘”的手势，我识趣地闭了嘴。

他继续说：“是这样的，我想找你帮我弄个证明什么的。今天我在家养了半天，没去上课。学校管我要假条，不然就算我逃课，那样我就拿不到奖学金了。”

我心说以您的逃课记录，不开除你就是学校宽宏大量了，还奖学金。

“嗯，行。嗯，好的。嗯，拜拜。”猴子估计怕我又大嘴巴嚷出点儿什么来，迅速地就把电话挂了。

“樱桃同学怎么说？你瞧你说话那神志不清醒的德行，要是我，铁定打死不帮你。”

“别把别人的道德水准拉到你那么低。”猴子一脸怀春样，“她特别温柔地说没问题，她是晚上的班，让我晚上过去找她。真心是白衣天使啊，不像你，就算穿上白衣服，也是黑白无常。”

“我是白无常，你脸黑成那样，你是黑无常吗？”我看看表，才下午两点多。我决定慵懒地先睡个午觉，自然醒后再跟猴子一起去找樱桃开假条去。

正想着，我就在松软的沙发上安稳地睡过去了。临睡去的前一秒我还在告诫自己：以后，可再也不能在出租车上就这么四仰八叉地睡了，不然全北京司机都得交口相传我的英雄事迹。

4

经过漫长的一觉，我醒来的时候，天已经快黑了，月亮已经隐约浮上天空，天上没有云。

邻居们做饭的声音、电视的声音、训斥孩子的声音，各种家常的声响混杂在一起，隐隐约约地传过来。

我伸个懒腰，擦干净嘴角摇摇欲坠的口水，深觉这是我活到现在睡得最美满的一觉。

我环顾四周，看见猴子正一动不动地盘腿坐在地垫上，屋子里很黑，我看不清楚他的表情。

他抽口烟，烟头那小小的火光照亮了他棱角分明的脸。一个满脸忧伤的猴子，跳进我的眼帘。

黑暗里，我看到烟头的小小火光，闪一次，又闪一次。我呆住了，凝固着一个姿势，无法动弹。

那烟头每闪一次，我的心，都会略微地疼一下。心里感觉空空的，悲伤感弥漫了浮上心的部分，酸酸的。

一根烟的时间过去。猴子叹口气，把烟头掐掉。

“喂，猴子，干吗呢？”我缓缓坐起来，拖着慵懒的声音装作刚醒的样子问。

“没干吗。”他顿了顿，仿佛犹豫了一下，“那个……刚刚……杨沫打电话来了。”

“然后呢？”我一下子从沙发上坐起来。

“她问我在哪儿，她说想见我。但是我拒绝了，我不知道怎么面对她……”

猴子沉默了一会儿：“可是莉香，你知道……挂了电话后，我还是在想她，想得撕心裂肺天崩地裂，我没办法不想她。可是，一想她，我的胸口就开始疼。”

我不知道该说什么好，我不知道该怎么做才能安慰到猴子。房间很静，很黑，很无能为力。

笼罩在这一片黑暗中，我有点儿喘不过气来。

“莉香，我很贱吧？”猴子自嘲地笑。

“算了，猴子。”我走去猴子身边，握住他的手，轻声说，“别想了，感情这回事儿，没什么贱不贱的。喜欢一人是一件挺不容易的事儿，能犯贱也是一件不容易的事儿。怕就怕铁石心肠犯不了贱，那才完蛋了。猴子，我觉得你挺牛 × 的，真的。”

猴子没再说话，咧嘴冲我笑了，那笑容转瞬即逝，那笑容凉至骨髓。他的头缓缓低下去，像极了个沮丧的小学生，看得我一阵翻涌的难受。

我起身开灯，把手机接上迷你音响，调拨至《最炫民族风》，开到最大音量，用一种特没心没肺的声音对猴子吼道：“来，蔫了的那位小哥，用你麻木的心灵和耳朵来感受一下这振奋人心的音乐吧！COME ON（来吧），舞动你的身体，跟我一起来。”

每次遇到身边的人不开心，我却无能为力时，我就用这样的方式来解决问题。

虽然有些扮小丑的成分，可是，我无所谓，只要能让大家别再难过就成。

这一招果然奏效。猴子大笑着，立马跟充了电似的跳过来，大吼：“我掐死你！还不允许别人悲春伤秋文艺一下了啊！”

我灵活地躲开，掐着腰，指路明灯般说：“你给我赶紧的！收拾收拾去见樱桃姑娘了，也不看看表都几点了。”

猴子一听见樱桃的名字立马就跟打了鸡血似的，辗转着开始打扮。刚才的憔悴悲伤瞬间就消失不见了，我突然预感猴子以后一定会红，因为他进入角色实在是太快了。

虽然我明白，猴子现在这副活蹦乱跳的样子，有很大的一部分，是演给我看的。

不过看着他活蹦乱跳的样子，我也舒口气，微笑了起来。

亲爱的猴子，对不起。

在你难过的时候，我除了同样悲伤地坐在你身旁，做这些活蹦乱跳的脑残事，实在是什么都做不了。

如果可以，我多想把我的世界通通拿给你，眼都不眨。

可是，我怕，我怕我毫无保留地交出这一切，换得的却是你无力承担远远跑开的背影。

我们太熟了，也太了解了。

了解到我是如此害怕失去眼前的这一切，宁肯贪婪地握住这一点蝇头小利在手中，仿佛鸵鸟一般埋头沙堆里，做天地间最大的一枚孬种，供众人和自己耻笑，也在所不惜。

5

我和猴子以迅雷不及掩耳的速度收拾好自己，收拾好心情。出门，打车，往积水潭医院窜去。

车上猴子一直一副惴惴不安的样子，两只手的手指不停地打结，分开，再打结。

仿佛一个天真的处女心知肚明今夜要为自己爱的人失去宝贵的初夜般紧张与期待。

那副忐忑的贱样子看得我想骂人，但考虑到他刚刚受过刺激，神经应该比较脆弱，我最终还是翻着白眼闭了嘴。

到医院时，樱桃姑娘正在忙着给一个病人换药，她认真忙碌的样子很美，连我都觉得很美。

女人有种难以抵挡的魅力叫作温柔，樱桃姑娘俨然是一治愈系的。再看看猴子，他此刻已经接近于傻了。

“樱桃姑娘不考电影学院简直是浪费了，搞不好她就是第二个赵薇、第二个章子怡，或者第二个杨幂，你说是吧？”我恭维樱桃姑娘，跟猴子没话找话，想让他赶紧跳出刚刚的情绪。

“嗯，嗯……”他敷衍地嗯了两声，眼睛俨然不舍得移开，“杨幂就免了吧……她不是我的款。”

意识到猴子还是贱的，我就明白是我多虑了，低估了樱桃姑娘的吸引力以及猴子短暂的见异思迁。

樱桃姑娘忙完后，迅速来招呼我们。

“好点儿了吗？英雄？”樱桃背着手，微微嘟嘴笑说，那声音，那表情，那身段儿，再配合上制服诱惑，迷人得骨头都要酥了。

“嗯，好了，好了不少。”猴子再次失语。

“是啊，樱桃姑娘你妙手回春。就算是他死了，只要是你给他治疗下，丫也能活过来。”

说完这句话，我的胳膊就被猴子狠狠地掐了一下，示意让我闭嘴。

说真的，看见樱桃笑得那么甜我都想扑过去像个女流氓一样亲她，然后跟她大搞拉拉。

跟樱桃胡侃了一会儿然后顺利地拿到了病假条，拿着那张单子我想起了莫愁大妈，突然原谅了她早晨对我的刁难，我甚至深刻地理解了，一个面容抽象的人对这个社会的怨恨和不爽。

假条到手后，猴子还是一脸想要赖着不走的样子，这让我在一旁很困扰。

不过，帮人帮到底，送佛送西天。为了猴子，我豁出去了。

“樱桃，晚上你下班之后我们请你吃夜宵吧，就算是感谢你让英雄同学重振雄风。”我再次化身为传话筒。

樱桃望向猴子，那小子正低头拿脚在地上画圈儿呢。看得我那叫一个气，一掌又拍过去。

“赶紧给人樱桃姑娘跪下，求她赏脸一起吃个饭。”

“呃……樱桃姑娘，一起……吃个饭吧。”猴子脸红得跟猴屁股似的，还稍带着结巴。

那样子把樱桃姑娘逗笑了。樱桃姑娘笑着矜持地松口道：“这个……我十一点才下班呢，可还得两个多小时呢。”

我一听这就是变相同意了，俨然咱们樱桃吃害羞的这款，猴子还歪打正着了。

于是高兴得两手一拍说：“就算是凌晨一点我们都等你，樱桃姑娘，就这么定了哈，十一点我们准时来接你。”

说罢，我没给樱桃姑娘任何说不的机会，连拖带拽地就把猴子拎出了急诊室。

6

一出医院，望着新街口东街上茫茫的车流，看看表，还不到九点。我跟猴子面面相觑，不知该怎么打发这两个多小时。

我有点儿后悔，那么迅速地逃离冷气充足的急诊室，跑来这喧嚣的街上。

不过，刚刚离开的那么迅猛，我是不太好意思再折回去了。身为无时无刻尴尬星的公主，我必须避免一些尴尬的可能，哪怕是自我意识中的。

我只能拖着猴子，在街边的椅子上坐下来说：“跟这儿等吧，抽根烟，数数车。”

递了一根烟给猴子，把包里的手机拿出来，分给猴子一边的耳塞。

我们就在街上傻呵呵地抽着烟听歌，十分青春片。

梁静茹的声音，结合着北京夜晚九时的车水马龙，缓缓流淌出来。

“这一刻突然觉得好熟悉，像昨天今天同时在放映。我这句语气原来好像你，不就是我们爱过的证据。差一点儿骗了自己骗了你，爱与被爱不一定成正比。我知道被疼是一种运气，但我无法完全交出自己。努力为你改变，却变不了预留的伏笔。以为在你身边那也算永远……”

我听着这歌的歌词，每听一句，都觉得有点儿说不上来的不对劲儿。

“换一首？”我试探性地询问猴子，拿起手机来，准备换下一曲。

“别，挺好听的。”猴子按下我的手。

“给我讲讲宝马大叔的事儿吧。”我们静静地听了一会儿，猴子又说。

“这有什么好讲的，连普通朋友都算不上。就昨儿晚上在COCO认识的，我打不到车，他就送我去钱柜找你。为了感谢他，我就今儿中午请他吃饭呗。简单吧？纯洁吧？”我再次不知出于什么心理，不由自主地自动忽略了一些事情。

“呃……莉香……”猴子有些欲言又止。

“嗯？有话就爽快说。跟杨沫待久了怎么也沾染了她的不良习气了。”我拍他。

“那个……有句话我也不知道该不该讲，你是我在电影学院认识的，最那个的女孩儿了，你可千万别像别人那样。”猴子低下头来。

“最哪个？最贱吗？别人又哪样啊？”我装傻。

“你明白的。”猴子有点儿严肃。

“真的是朋友，你放心吧，我心里有数的，还是说说你自己吧。”我也严肃起来，是时候跟他正经谈谈了，不然杨沫的坎儿，他还是过不去，这个牛脾气。

“我有什么好说的？健康活泼积极向上的。”猴子也装傻，想避开问题。

“说说你跟杨沫，你跟她是打算怎么着啊？”我单刀直入，为自己暗叫一声猛士。

猴子沉默了，低头又点上一根烟，抽一口，看着车流，缓缓的，仿佛自言自语般。

“我不知道……莉香，你信命吗？我觉得杨沫应该就是我的命中大劫。好多次，我都告诉自己说，小子，算了吧，你放弃吧。可是再见到杨沫的时候，我就什么都顾不上了。我的脑子‘嗡’一下子瞬间就坏掉了，什么理智都没有了，就想拼命地对她好，看到她满脸堆着笑，像咱们刚开学的时候，那时候，大家在一块儿，咱们多开心啊。”

猴子说这话的时候，眼睛里流出异常的光彩，恍若回到了当初的快乐时光。

杨沫刚进学校的时候就是一个简简单单的好姑娘。清汤挂面，有礼有貌。可大二的暑假，她兴高采烈地接了一部戏，跑去南方拍了一个月。大三再开学，这姑娘就跟变了一人似的，虽然大家都说不上来她是哪里变了，可心里明白，是跟以前不一样了，不是那个见人就没心没肺的冲人乐的傻姑娘了。

“我一直想知道上个暑假发生什么了，我知道一定发生了点儿什么事情才让今天的她变成这样。可是我问她，她总是说，没什么，永远都是没什么。也许是我自作多情，我总能看到她眼睛里一瞬间闪过好多好多的难过，多到要把她整个人淹没。”

“也许……真的是没什么呢。猴子，人都会变的。”我叹口气，“变化这事儿，谁都不能保证，咱们只能摊开手心接受。说不定有一天，我会变的，你也会变的，我们不能老是现在这样不是吗？我们迟早得长大，变成我们不认识的那种人。”

“我就这样，我不变！无论别人怎么变，我肯定还是老样子。”猴子有点儿孩子气的气鼓鼓地说。

“莉香。”猴子转脸过来，望着我的眼睛，认真地，“你也不许变！”

我看着猴子那已然是成熟男人棱角分明的脸，闪烁的却是少年执拗又孩子气的眼神，忽然，有点儿鼻酸。

我别过脸去，狠狠抽一口烟。睁大眼睛，好让眼中的雾气散去。

“永远长不大的小屁孩儿。”我用恨铁不成钢的语气骂他。

“哎，随便吧，不管了。其实当小屁孩儿挺好的，真希望永远都是小屁孩儿。”他大舒一口气，仰头躺在椅子上，双手交叉在脑后，微笑着，不再讲什么。

我们就这样听着音乐，有一搭没一搭地讲些无关痛痒的八卦，偶尔发呆似的看看车流，或者望向没有半颗星星的夜空。

原来，北京夜晚的天空，是没有星星的啊，我有多久没有看过星星了啊，我心想。

我们这么匆忙，在这个从来不属于我们的城市里，连漫天星空的美丽都放弃了，值得吗？

如果值得，人生还有什么更重要的事情，比星空，比爱，比幸福更重要？

一个多小时过去，我感觉到我露在外面的半截小腿几乎要被蚊子给咬烂了。

虽然已经是晚上，但是空气里依然是未散尽炎热的窒闷空气，这让我们两个大汗淋漓，仿佛刚刚从蒸汽房出来。

时针终于指向十一点，我俩起身往医院走去。如果再在街边坐下去，我可能很快就会因为失血过多抑或中暑，被直接送进医院了。

7

终于等到樱桃下班，她已然换了便装。卡通白 T 恤，纯蓝色水洗牛仔裤，搭一双白色的匡威鞋，清爽得一塌糊涂。

我自惭形秽地看看自己，俨然是个典型在京务工人员的打扮。

经过短暂的商议，我们决定去簋街吃麻辣小龙虾。我提醒樱桃姑娘，这可是一种吃起来非常不淑女且辣至天昏地暗的食物。

结果樱桃姑娘淡然一笑道："我就是四川人，从小就吃辣好嘛，自己人有什么淑不淑女的。"

这话说得我是心花怒放，立即想拉起樱桃姑娘的手转圈圈，想说就算樱桃姑娘看不上我们家猴子，成一好朋友也真是赞极了。

出租车顺着二环一路走，七拐八拐，大约二十分钟后，就到了簋街上，我们"御用"的麻辣小龙虾觅食场所——通乐。

虽然簋街上有无数家卖小龙虾的馆子，可真正的爱吃鬼都知道。最好吃的，还是这家面积也就二十几平方米，十分不起眼儿的小店。

今儿不是周末，还好人不多。我们十分豪迈地点了一百五十只三块的，北京的物价飞涨，三块的也依旧小得可怜。

浩浩荡荡的两大盆麻辣小龙虾很快上来，特别壮观。我跟猴子都被辣得龇牙咧嘴，几乎要上演吐火绝技。

可樱桃姑娘却一副处乱不惊的样子，手法极其熟练地剥着小龙虾的皮，还捎带着把剥好的放到我和猴子的碗里。

正酣畅淋漓地吃着，有人推门进来，我抬眼一瞥，心就凉了半截。皓天小开和杨沫还有一群小小开赫然一副螃蟹状大摇大摆地走了进来。

我心说，人生真是何处不相逢，都是倒霉催的，一天都遇见两次了。

本想装作没看见，埋头苦吃。可许皓天眼睛倒是很尖也很贱地看见了我，他晃晃悠悠地朝我们走过来，看起来像个嗑了药傻缺不倒翁。

“哟，这不是我们的莉香小姐吗？哦，不对不对，我是应该叫莉香二婶吧。”

皓天小开诡异的语调让我的鸡皮疙瘩一个劲儿地往外冒，猴子抬头看见杨沫也站在旁边神情有些不自然，我仿佛都能看见他的小宇宙燃烧了，于是我赶紧站起来按住猴子，冲许皓天说：“大晚上的，咱们就别给对方添堵了，你走你的阳关道，我过我的独木桥，都别碍对方眼，成吗？”

“可我不觉得莉香小姐碍眼啊……你觉得我碍眼？我可是会伤心的。”

“怎么，那你是要跪下道歉吗？要是的话，我站着等着，受完你的礼我请你们吃麻辣小龙虾，好歹也得算你长辈。要不就赶紧带着你的小婊子滚蛋，不然我想你叔叔应该很有兴趣知道你的光辉事迹。”我拿宝马大叔出来压他。

“莉香，你讲话不要这么难听。”杨沫在一边轻声说，“我们也是路过……”

她不说话还好，她一开口我也觉得火大。我想她今天下午打电话约猴子出去，一定也没什么好事儿，估计又是帮许皓天下套呢。

“你闭嘴，都知道护主了啊。你还真敬业，下午约猴子出去又没好事儿吧？不过这儿还轮不到你讲话，滚一边儿去！”我恶向胆边生，面目一定很是狰狞。

“你下午约这小子干吗？”许皓天俨然不知内情，指着猴子问杨沫。

没等杨沫回答，猴子却站起身来，一掌把许皓天的手打掉：“指什么指？你妈没教你要讲文明懂礼貌啊？”

许皓天的脸一下子白起来，恶狠狠地冲猴子说：“你丫再说一遍？”

“我再说一遍怎么了！”猴子的脸色也不好。

眼看气氛凝固至冰点，樱桃姑娘站了起来，拿起手机，按了几下说：“喂？110吗？我们在簋街通乐的老店，对，路西口那个。这儿发生了一起打架斗殴，希望你们赶紧过来。”

挂了电话，樱桃仿佛一个没事儿人般坐下，继续剥她的小龙虾，霸气十足。

猴子跟许皓天继续瞪着彼此，像是在进行一场漫长的无声眼神战役。

我知道经过下午在电影学院的事情，他现在总还是要让我三分。起码表面上看上去，飞扬跋扈的他还是很怕他叔叔的，所以我下定了决心今天说什么也不能让他再欺负人，不然猴子这事儿就没完了。

于是我拉一把猴子，命令式地说："坐下，吃饭。许皓天，一会儿你叔叔也过来，估计没几分钟也就到了，你可以坐下一起等他来。”

杨沫拉拉许皓天的衣角，可怜巴巴地说：“皓天，咱们走吧？我饿了……”

许皓天终于决定放弃，轻蔑地笑笑，说："二婶你慢慢吃，还有你小子，慢慢吃，小心噎死你。”

他边说边用力拍了拍猴子的肩膀，而后转身揽着杨沫，挥手道，“咱们换一别的地儿吃去，跟这儿看到一帮矮穷矬影响我的食欲。”

猴子的眼睛里面几乎都要喷出火来，我朝猴子使了个眼色，在桌下踢他一脚，示意他不要冲动。

待到许皓天他们一票人消失，我才松了一口气，拍猴子头骂他：“你傻啊，君子不吃眼前亏！”

我斜眼看看樱桃姑娘，我知道她目睹了这一切一定满肚子的疑问，但她没问什么，只是默默地剥着她的小龙虾。

为了不让樱桃姑娘对我们俩产生恶劣的印象，真以为我跟猴子是流氓团伙了，我解释道：“樱桃，刚刚那伙人……”

我还没等说完，樱桃就微笑着打断我说：“甭说了，一看他们就不是好人。”

“樱桃姑娘你刚刚真是太伟岸了有没有！刚那警报得真叫一干净利落，震慑性高极了。不过……一会儿警察真来了怎么办？”

樱桃姑娘大笑起来：“我打的是 114 查号台，谁知道他们智商那么低，那么好糊弄……”

我们都摇着头笑起来，猴子脸上也有了笑意，刚刚的不愉快瞬间一扫而光。

窗外依旧灯红酒绿，这世界并未因为这一丝小插曲而发生任何改变，北京的夜晚，才刚刚开始。

八

每一天都有梦在现实中死掉

Once
Loved You
Distressed
Forever

1

吃完麻辣小龙虾出来的时候已经是夜里一点多，我跟猴子很绅士地打了车送樱桃回家。

不过，虽然许皓天滚蛋后，猴子一直都在强颜欢笑，故作幽默，讲了无数个冷笑话，可樱桃姑娘看不着他的时候，他的脸都会霎时黑得跟包拯一样难看，快赶上川剧的绝活变脸了。

身为他肚子里的小蛔虫一枚，我知道他仍然在对刚才杨沫的事情耿耿于怀。

把樱桃送到家门口，樱桃有话要交代。

樱桃姑娘跳下车后，转身半蹲下来，对着车窗，微笑着对猴子说："后天白天是我的班，记得来换药哦。"

炎夏北京的风轻轻地吹过来，樱桃姑娘的秀发散落到了额前，她伸手拨回耳后，十分完美的一个画面。

看见樱桃甜美的跟桃花儿一样的笑脸，猴子的小嘴也立马呈现出一个不太完美的弧度。

我坐在旁边看着猴子对着樱桃离去的背影傻笑，就特想给他一巴掌，想说猴子你有意思吗？就你那个觍着脸笑的贱样儿，整个儿就是一老年痴呆的状态，任谁看到都吓一跳。

还没等我手起刀落，樱桃刚走出我们的视线，猴子又霎时把脸拉回包拯的状态，对我说："莉香，咱们喝酒去吧。"

我心说，为什么对人家樱桃是老年痴呆，对我就是包拯了。虽然透着不把我当外人的劲儿，可这差距也忒大了点儿，我虽然坚强了一点儿，可好歹也是个玻璃心少女哪。

不过考虑到猴子此时此刻的心情，我还是很善解人意地说："成，我舍命陪君子了。不过咱们买酒回家喝吧，经济又实惠。"

说罢，我觉得自己真是一位勤俭持家的美少女，忍不住扬扬自得了起来。但实际情况呢，我只是不想醉醺醺的，再从喝酒的地儿打车回家，铁定得给司机吐车上，要醉还不如直接在家醉。

"好，那我去买酒。"猴子依旧扮演着包拯，"师傅，麻烦您前面超市停一下行吗？"

车子在超市门口停下来，猴子轰轰烈烈地下车，不一会儿工夫就提着两箱啤酒出来了。我打开车门说："猴子你有病吧，买那么多干吗？"

"里面还有一箱呢，你进去提出来。"

我一听就傻了，想说猴哥，您今天晚上是抱着玩儿命的心态要跟我喝酒哪。

从汽车的观后镜里，我看见自己类似待宰果子狸般骨碌碌转的眼睛，觉得此时此刻我的眼神是那么的悲壮和惨烈。

2

我从超市提着一整箱“青岛”出来，捎带着还有一堆薯片、花生和泡面，很有小学时元旦开联欢晚会的感觉。

我想要是喝酒怎么也要有点儿吃的给本姑娘垫垫胃，就算醉了吐了睡了，明天醒来也一定会饿，东西也是要吃的。

老娘懒得跟蛇一样，酒后铁定宁可饿死也不肯下楼吃东西的。

出租车停到楼下，猴子跟个苦力一样“哼哧哼哧”把一堆东西搬上电梯。

他一边搬，我一边在边上叉着腰骂：“让你买那么多，干脆把超市搬回家好了，不知道物价涨了吗！”

东西很喜庆地堆了一客厅，我在地上铺了一条地毯，跟猴子席地而坐。

转身流利地打开电视和 DVD 机，随手丢入一张碟，电视屏幕上立马上演起了王菲演唱会。

真好，人人都爱小王菲，自恋自怜自爱，多适合对酒当歌，感叹人生几何。

开场曲和歌迷的尖叫声响起时，猴子已然一罐啤酒下肚，我愣了一下，觉得自己不能给女同胞丢脸，心一狠，也一饮而尽。

“莉香，你有没有觉得今天杨沫打电话来，其实是要帮那小开约我的。”猴子冷不丁开口。

我吓了一跳，心说这小子什么时候脑袋变得那么灵光的，吃了什么补品啊。

我装傻，支支吾吾地说：“不会吧……杨沫没那么坏，你能阳光点儿不？”

“全世界最想她好念她好的人就是我，可是……我忍不住这么想，种种线索让我没办法不这么想。”

“猴子你喝多了吧？一罐啤酒怎么就给你喝成这样了。”我伸手过去摸他的头，“脑子烧坏了？”

“我清醒得很。”猴子推开我的手，“我真的搞不懂杨沫了，你说她脑子里是怎么想的啊？”猴子一脸痛苦表情。

“这问题问我的话，你得到的答案会比较不客观。”我这时候俨然只能打太极，“你要是想知道她怎么想的，自己问去不就得了，我又不是她，又不是《十万个为什么》。”

猴子不说话了，咕嘟咕嘟把啤酒当自来水喝，不多一会儿，三个瓶子空了出来。

我知道三罐啤酒就是猴子的临界点，过了这个数他会立马变身为世界上的另外一个祥林嫂，絮絮叨叨的没完没了，跟美少女战士变身一样快。

“行了，猴子。喝的不少了，我困了，早点儿睡吧成吗？”为了防止惨案发生，我准备及时刹车。

“莉香，你说我是不是很傻？”

我此生最烦回答这种形而上的无底洞问题，于是一个空易拉罐丢过去，猴子还算灵活地闪开。

“那你先回答我一个问题，你对樱桃是什么感觉？”

“我挺喜欢她的……”猴子面露羞涩。

“那杨沫和樱桃让你选一个，你选谁？”

猴子俨然被我的这个问题问住了，拿着易拉罐的手停在半空，不知如何回答。我叹口气，喝一口酒。

“你们男人都一样，老觉得自己受了多大伤害。其实还不是吃着碗里的看着锅里的，你小子也一样。”

说到这里，我半真半假没心没肺地就一掌朝猴子的头挥了过去，可那小子并没有像以往那样躲开，傻乎乎地就愣在那里。

“啪”一声，我的如来神掌结结实实地打在了猴子的头上，打得我和他都有点儿蒙。

气氛有点儿尴尬。

电视里，王菲唱到《扑火》，画着华丽的滴泪妆，幽幽怨怨的，很猴子。

“不在乎多少人在等我的拥抱，只迫切想拥有你的微笑。自尊丢到墙角，掏出所有的好。你还是不看，你还是不要……”

今日的猴子又在重复昨日歌中的故事，难怪怨妇歌永远不过时，因为这世界的人都爱将犯贱进行到底。

看着被我打得一动不动的猴子，我忽然有点儿心疼。

赶紧伸手过去，哄孩子似的，在猴子头上摸摸，说："哥们儿你还真是厚道啊，平常那机灵劲儿哪儿去了，怎么就不知道躲啊。"

不知道是酒精起了作用，还是菲姐的歌声催化了猴子的敏感神经，抑或是我雄起的一掌真把我们的小猴子打疼了。

猴子"哇"的一声哭出来，跟个小孩子一样倚在我的肩膀上，眼泪鼻涕横流，很快把我斥巨资购买的昂贵上衣给渲染成了地摊货。

我一时手足无措，但只能拍着猴子的背，轻声说："好猴子，哭出来吧。哭出来好，把所有的委屈都哭出来，一滴都别剩。哭完了，就忘了那贱货，好好追人家樱桃姑娘，好好儿过，成吗？"

"可我，我，我还是，喜欢杨沫。"猴子哽咽着十分艰难地讲完这话，哭的声调再次提高。

我长长叹口气，想说孽缘啊，继续拍着猴子的背。像小时候妈妈在我哭时，拍我的背。

猴子哭得好大声，好绝望，看着他颤抖的身躯，我的眼眶也湿了。我像一头鹅一样昂着头，想让眼中的泪溜回去。

为了不让猴子继续把他的眼泪、鼻涕往我的身上抹，我拿起纸巾给他擦眼泪。

慢慢地，他停止了哭泣，抬起头来傻乎乎地看着我。

我用手把他脸上残留的泪擦去，微笑说："看看，多标致一好小伙儿啊。乖乖的哈，别哭了。"

结果猴子又"哇"的一声哭出来，大叫说："我要回家，莉香，我想回家。"

这一下，猴子同学成功地击中了我的哭点。我再也憋不住了，酒精也乘机来捣乱，致使我用分贝十分高的哭音大吼猴子说："你给我闭嘴，谁他妈不想回家！猴子，谁他妈不想回家！可你丫来了北京，拼死拼活考上电影学院，就别给我说什么回家不回家的鬼话。不混出个样子来，你回家给谁看。”

猴子被我的反应吓了一下，随即又大哭起来，任性又孩子气地哽着说，“我，我不管，我没那么多梦想和抱负，我就简简单单地生活。我，我要离开北京，我要回家，我不回来了。”

“你还是男人吗你，你为了一个不爱你的女人，就给我做缩头乌龟！”酒精彻底发挥作用，我上去就对猴子一阵暴风雨般地拳打脚踢。

猴子也不躲，就委屈地坐在地上，任我由重变轻的拳头打在他的身上。

直到我再也下不去手了，猴子对我粲然一笑，微微地说：“莉香，你舍不得打我。”

听了这话，我再也忍不住了，我“嗷”一声彻底崩溃了，抱起猴子，彻底地哭起来。

这次轮到猴子安慰我，轻拍我背，把我当孩子哄。

不知道过了多久，我们都迷迷糊糊的，眼睛肿肿的，脸上还挂着泪痕，又开始喝。猴子一边喝，一边讲胡话。

“你知道吗？莉香，每次你骂杨沫的时候我都特难受，真的。我总是想为什么我喜欢她但是你却不，我希望你能跟我一样喜欢她，但是你不能。现在好了，我恨她了，你跟我一样恨她。现在我再也不会因为你不喜欢她难受了，这样挺好的不是吗？”

“我不恨人家杨沫，我有什么好恨的。人能屈能伸的，我羡慕，我嫉妒成不成。”

“莉香，要不你把你的脾气改改，咱俩好吧。”猴子目光涣散，忽然有些认真地说。

“神经病……别说了，我要吐了。”我不接他的话，低头喝口酒，一下子就清醒了，心跳得那么快。

“我说真的。”猴子再次重申。

我忽然有点儿手足无措，时间顿时凝固了。

“哈哈。”猴子没心没肺地笑了起来，凝固的时间重新恢复了流动，“被我耍了吧，全天下女人都死光了，本少爷去搞GAY（同性恋）也不会跟你好。”

他信誓旦旦地，几乎要赌咒发誓。我看在眼中，想笑，心里却一阵隐约的疼。

“幼稚鬼……我告诉你，地球上就算只剩下你一个男人，我就算让人类灭绝也不会跟你好的。”

我没搭理此时此刻这个像小孩子般的猴子，猴子喝多了就是很欠抽，这是众所周知的。

我喝着啤酒吃着薯片睥睨一切状，看着王菲演唱会跟着哼歌儿，竭尽所能地控制着自己不去抽在一旁活蹦乱跳的他。

缓缓的，仿佛乱花渐欲迷人眼，我的世界，时间仿佛被慢放了。

多想时间就此停滞在这一刻，我们有喝不完的啤酒，吃不完的薯片，听不完的演唱会。

亲爱的猴子，我想你永远都不会知道，我刚刚要给你的答案。

如果有一个可能，我真希望，能永远悲伤地，十分二百五地，坐在你身旁。

然后跟你说一句，我愿意。

因为只有那个时刻，我才能卸下所有坚硬的伪装，把我蜗牛一样柔软的心，洋葱般层层剥开，安心地摆放在你面前。

我所有自以为是的强悍，都仿佛是自己给予的一道魔咒，也仿佛是一个赌局。

没有任何一个女孩子真正想变得坚强，只是所有看到的人，都自动忽略了这一点罢了。

我赌上我的整个人生，只等着王子吻上我，让我从春秋大梦中醒来的刹那。

你懂吗？我多希望你懂。

3

我不知道我们是几点睡去的，也不记得最后发生了什么，我只记得猴子说了很多很多让我想抽他的话。

我们哭哭笑笑、手舞足蹈，对他人，对社会，对人类，都进行了充分的控诉。

醒来的时候已经是第二天中午，我发现自己挺尸在地板上，隔着不远的地毯上，猴子也四仰八叉地睡在那儿，一脸安详。

地上堆满了啤酒罐和薯片残骸，还有散落了一地的烟头和摔烂的烟灰缸。看着自己的房子被糟蹋成这样，我心都疼了，心想我好好一闺房哪里经得起这么台风过境般的摧残。

盛怒之下我一脚踹在猴子身上，几乎是用吼叫的声音说：“你赶紧给我爬起来收拾房间。”

猴子不紧不慢地睁开眼看了看我，翻了个身，又睡着了。

我几乎要哭出来，觉得这个世界也太过残忍。

不过，活着，本身就是件顶级残忍的事儿。

梦醒来，无论梦中的风景多么美，你依旧得面对现实的穷山恶水。

许许多多的事情，该面对的，你始终还是得面对。

除了死，你永远无法退出这个名为人生的全球联网角色扮演游戏。

而偏偏，谁又能那么潇洒地选择死亡。

我们依旧还有那么多留恋，我们依旧忘记不了对方手心的那一丝自以为是的温度。

4

时间过得飞快，暑假转眼就“嗖”一下到了。

我和猴子在晓林的紧催慢磨下过了将近一个星期的不眠不休的生活，总算是把期末考试给挺了过去。

其过程真是惨绝人寰，令人发指，考虑到大家的心理承受能力，在这里就不赘述了。

考试这样的事情，重要的是结果，过程都给我一边儿去。

要是有人要在我面前叽歪说自己享受考试的过程，老娘绝对立即化身藏獒咬断他的喉咙。

放假那天，我跟猴子一起去火车站送晓林，虽然是晚上，北京站依旧是人山人海，彩旗飘飘。

晓林险些买不到回青岛的票，这家伙觉得身为一个学生不买学生票就亏了，结果在西直门的北京北站连续排了三天的队都没买到。最终还是托了樱桃小医生的关系，才原价搞到一张回青岛的D字头和谐号列车，所以说，不合时宜的学生票真是害死人。

在车站两个大男人搂搂抱抱的，兄弟情没看出来，断背山的味道倒是十足。

我一个大好女子离别的时候却没有人抱我，真是失落，我只能很贱地在一旁哼哼唧唧唱道：“送你送到小村外，有句话儿要交代……”

“你真的不回家了？”跟猴子抱完后，晓林无视我美妙的歌声问我。

“不回了，”我说，“我打算去旅旅游，视察一下祖国的四化建设。”

晓林白了我一眼说：“你就知道贫，你不回家，你爸妈不想你啊？”

“你以为我不想回家啊，我们家太后陪伴着父王飘移到东南亚去了，声称不要我破坏他们的二人世界。我有什么办法，一个人回去独守空房吗？”

“那你可以来我们家做客啊。”

猴子一脸贱笑：“你们两家距离不超过三公里，做什么客，新媳妇儿进门吗？”

晓林的脸一下子红了：“我……我不是那意思。”

我猛捶猴子：“你不说话没人当你是哑巴，你就是贱死的你知道吗！”看看时间，我推一把晓林，“赶紧进站了，别火车开走了你在后面哭着追。”

晓林憨憨地笑，挠挠头：“那我就再回来换下一班呗。”

他向我摆摆手，提起行李转身，没走几步，就仿佛下了很大决心一般回过头来，默默冲我把手伸了出来。

“还没跟你正式告别呢。”

我被晓林的一本正经逗乐了，冲上去握住他的手一阵猛摇：“满意了吗？”

他这才心满意足地笑着走人了。

猴子在我旁边踮着脚一直看着晓林的身影消失才算完，眼神那叫一个望穿秋水。

最后他叹口气对我说：“小香香，你看离别是多悲伤的一件事情啊，我这么硬的一个汉子都有些伤感了。”

“最伤感的事情是我们跟你的关系，那叫人鬼殊途。”

“鬼？你不要妄自菲薄好吗？你哪里有鬼的本事啊。话说我觉得晓林的状态有点儿不对啊，他怎么满脸写满了‘暗恋你’三个字啊？他这算饮鸩止渴吗？”

我棋差一着，被这只贱猴子成功占去有利地形，此刻只能一脸不屑，自动屏蔽他这满嘴的贱话，转身就走。

猴子不依不饶，在我身后苍蝇一般紧跟着：“有没有，有没有啊，你不要伤害我们家晓林哪，你荷尔蒙过剩就冲我来吧，他是无辜的……”

他一定不知道我的右手已经紧握成拳头，恨不得当下一记天马流星拳就朝他挥过去。

正压火的空当，电话响了，我一看是宝马大叔。

这才想起继上次狮子头之约后，我疲于跟猴子备战期末考，短信不回，电话不接，人间蒸发了半个月，我们俩已经很久没有联系了。

5

这电话救了我，我冲猴子做了一个嘘的手势，接起电话，十分装模作样、特别声讯台小姐地说：“您好，请问您哪位啊？”

那边宝马大叔一定是被我给问愣了，空白了足足有十秒才吞吞吐吐地说：“是莉香吗？”

“莉香？不认识，打错了吧您。”

“哦，对不起，可能是我打错了，打扰。”

“天哪，太伤心了。”我扼腕道，“就算我不承认你也得硬逼我承认啊，难道就想这样挂了电话不成？”

“嘿嘿。”宝马大叔特别奸诈地笑了一声，“我知道你没办法屈打成招，只能智取。”

我这才醒悟到自己中招了，姜还是老的辣啊。

“这个……那个……今天天气挺好的啊。”我用了全宇宙最白痴的一句话岔话题。

“你现在在哪儿？”宝马大叔人很好地没有顺着这句话羞辱我。这招很绝，每次都搞得我跟吃了蟑螂一样。

“在车站送朋友，刚送完。”

“放假了吧？”

“对，今天刚给放出来。党和人民政府最终还是给了我一个重新做人的机会。”

“有空吗现在？一起吃饭吧。”

“我跟我同学一起呢。”

“那就叫你同学一起来呗。”

“呃……这个，现在都九点多了。”

“九点多就不吃饭了？按照推算，这应该才算是你的饭点儿吧！好了，别磨蹭了，就这么定了，十一点在你们学校门口见。”

“咔嗒”一声，电话迅速地挂断了，挂得我心旷神怡。我悻悻地刚把手机塞回包里，猴子就在一旁开始絮叨。

“是谁，是谁？都这么晚了约你出去？十一点？！怎么不再晚一点啊你！是要吃完直接去开房吗？莉香，你跟我说实话，你堕落了是不是？”

“白痴……”我白他一眼，“是上次那个变相救你出水火的宝马大叔，说好久没见了，一起吃个饭，你陪我一起见见呗。”

“可我跟樱桃约了去看午夜场电影了。”猴子扭捏一下，瞬间又变得特别大义凛然，“不过，我还真有点儿不放心，这大晚上的，孤男寡女的，不然你们跟我们一起看电影去吧。嗯，就这么定了！”

“贱！谁跟你就这么定了。什么时候跟人樱桃约的，我怎么不知道！太重色轻友了！！要是没人约我这一出，你是准备自己去过二人世界把我撇在街边还是怎么着，”我拿手指猛戳猴子的头，自谦道，“你还毁我贞洁烈女的名节，整个四九城谁不知道我是富贵不能淫、威武不能屈的！而且，人家宝马大叔可是正经人，就是我愿意，他还不愿意呢。”

“嗯……也对，那我单方面批准你去赴宴了，你们俩在边上我跟樱桃怎么甜蜜哪，我会害羞的。”猴子做深思状半天，蹦出这么一句话来。

这好像不是我渴望得到的反应，压抑已久的火终于还是按捺不住，我爆发了，迅雷不及掩耳地伸出魔爪，使出吃奶的劲儿，狠狠地在猴子的胳膊上掐了下去。

猴子“嗷”地怪叫一声，胳膊非常给面子地瞬间浮出了一块儿瘀青的痕迹，十分地家庭暴力，让我特别地有成就感。

6

我到电影学院门口的时候，宝马大叔已经到了，一身青春洋溢的蓝白色运动装，摇下车窗在车里翘首以待，特别地不中年，倒是有几丝拆白党的意味。

我悄悄走到车的一侧，迅速打开车门然后稳稳当当地坐上车，他转头看是我，笑了。

“挺准时的呀。”他说。

“那是，怎么说我也是个演员，在我还没红之前就必须准时。”

他笑着点点头，竖起大拇指：“敬业！你朋友呢？不是说要一起来？”

“我朋友都重色轻友，跟自己的女人跑了。”

“想吃什么？鹿港还是簋街？”

“什么也不想吃，一想到吃饭会变胖，我就浑身没劲儿。”

“那你说什么有劲儿？”

“什么都没劲儿。”

“那你下车吧。”

“什么？”我心说生活就是很没劲儿啊，难道因为我说了实话就要翻脸赶我走不成？

“下车，我给你找点有劲儿的事情做。”

我一头雾水地下了车，心说不会拿出酒精灯和锡箔纸当街教我吸毒吧。

宝马大叔下来后，转身十分干净利落地打开后备厢。我一看，里面放着两辆折叠的小自行车。

他把自行车拿出来，熟练地摆弄两下就神奇成型了。我注意了一下车上的LOGO，再次小弄了一下，车头位置赫然印着BMW，俨然这就是传说中差不多十万元一辆的宝马牌儿自行车。

猴子上次拿着一本时尚杂志跟我叫嚣，此生一定要摸到这奇贵的自行车，说那样才叫没有缺憾的人生。

这下好了，我一下子见两辆，估计有一辆还会骑在我的胯下，那么是不是就算立马死了也值了呢？

“这个就是你说的有劲儿的？啧啧，BMW啊，你们有钱人脑子真是坏掉了。”我像是一个百分百没见过世面的女屌丝。

“朋友送的。”他低调而谦逊地说，“我是很久都没骑过自行车了，不知道你觉不觉得有劲儿，反正我觉得挺有劲儿的。”他一连说了两个“有劲儿”，结合他似笑非笑的表情，我知道他故意逗我呢。

不过，我想了想，自从我上了高三就没再骑过自行车了，转眼这都三年多了，真怀念当初下了晚自习听着音乐飙车的时光。

所以，我个人觉得，这还是挺“有劲儿”的，哈。

宝马大叔跨上一辆，看起来很有型。我也犹豫着上了另外一辆，其实我犹豫不是因为我不想，而是我不能确定，这么多年了自己是不是还能很熟练地驾驭这玩意儿，更何况还是一值十几万的。

我操练了几下还不错，比想象中的要好得多，我又在心底小小地骄傲了下，赞叹了下自己的多功能。

我跟宝马大叔在午夜还算安静的北京三环辅路上，有些傻帽儿地骑着价值十来万的宝马自行车，仿佛两名年轻的少先队员。

如果我们戴着红领巾，那它一定已经迎风飘扬了。

想到我胯下的这东西价值十来万，但还是一自行车，并不能变身火箭，我就想笑。

夜空难得的满是星斗，夜风也吹得轻柔，偶尔有一两辆汽车从我们身边穿过，“嗖”一下就开远了，真不知道他们在急什么。这么美好的夜晚，多么值得慢慢地走，欣赏啊。

“好快啊，我高三的时候来北京考专业，转眼这都三年多了。”我单手掌把，把被风吹乱的头发拨回耳后，感叹道。

“我的三十年都‘唰’一下过去了，三年不长。一辈子也很短，关键要看怎么过。”他又露出招牌的笑容。

“给我讲讲你的过去呗。”

“其实……没什么好讲的，过去都过去了，要来的始终要来。我唯一做的，就是等着。”

“喂喂，总有些什么会留下来吧，不好的事情我们要忘掉，可快乐的事情总是要记得的啊。这位先生，您的人生观世界观太不正确，该打！”我伸手过去，拍一下他的背。

“呃……被打中了。”他很萌地做受伤状。

“少来，赶紧说！”

“嗯，让我想想。”他挠头，“说点儿‘最近’的‘过去’好了。”

“成！”

“最近最重要的事情，就是……”他卖关子，拖长声音。

“就是什么啊，男子汉讲话要干净利落有没有啊？”

他声音低下来，竟然仿佛有些害羞的样子说。

“就是认识了莉香小朋友。”随后他快步蹬了几下，赶超过去，把我甩在了后面。

还好他这样做了，不然我脸红的事情就会被发现了。

我一青春少女，哪儿经得起这么煽情的话啊。

不过很快，我深呼吸一口气，笑着吼着追了上去：“喂！等等我……”

后来，我们都没再说话，只是认真地骑着可爱的自行车开始飙车，两边的风景一闪而过，就像很多很多的记忆。

我仿佛看见猴子、晓林、樱桃、我爸我妈、宝马大叔、杨沫、皓天小开……

他们从我的身边一一掠过，仿佛一部老旧的纪录片，在片子的末尾放映出众人的脸。

我不知道等到很多年以后，我是否还能想起这些人，或者他们中的有些还能记得我。

我渺小而做作的世界观总是固执地认为，我们的生命本身就是一个不断重复和遗忘的过程。

只是现在的我还不能搞明白，那么多刻骨过、铭心过的人和事，是否同样会在这个过程中被彻底磨灭，一丝痕迹也留不下。

而此刻，我知道，我终于要同这个大三的北京夏日，轻声地道一声，再见了。

再见了，我的夏天。再也不见。

九 没有什么能够阻挡

Once
Loved You
Distressed
Forever

1

我们傻兮兮地几乎围着三环骑了一圈儿，而后熬到了凌晨四点多，去了北新桥那家卖卤煮火烧的摊子，狼吞虎咽了两碗卤煮，补充了体力。

吃完后，我打个饱嗝，伸个懒腰，“好了，我已经感觉到浓浓的疲倦袭来，我要回家了。”

“我得先跟你把车骑回学校去啊，难道你一人能骑回去啊？脚踩两只船的我见过，脚踏两辆自行车的，我还真没见过。”

“你就先骑回家呗，那么麻烦干吗？”

“啊……不太好吧。”

“有什么不好的。”

“这车贵着呢，弄坏了卖了我也赔不起。而且，你不怕我携车潜逃？”

“再贵也是一辆自行车，没你贵。潜逃了更好，我正愁这车占地儿呢。”

“那个……”

“别废话了，又不是送你。不过，你要是想要，送你也成。”

“我不要。”我吐吐舌头，“我骑上也像一假的，人家以为我跟动物园批发市场买的呢，还自己 DIY（动手做）贴了一假标。”

他笑：“你这张嘴啊……”

“而且，没听过不食嗟来之食的典故吗？等我成为女富豪，我会自己买的。买两辆，自己骑一辆，让司机骑一辆。我跟在后面，见人就说，瞧见没，这两辆车都是我的！”我故作高傲地昂昂头。

“好了，别贫了，赶紧回家。”他亲昵地拍一下我的头，矫健地蹬着车子走了，意气风发的。

我望着他的背影笑笑，想说也好，带回家给那个爱车如命的猴小子见识下传说中的宝马自行车。

2

蹬着自行车回到文慧桥的时候，我已经几乎要化为一摊浓血，我低估了两地的距离，直接导致了我此刻的狼狈。

天已经蒙蒙亮了，为了不让猴子骂我傻逼，我踏着北京清晨特有的晨雾，在楼下整理了仪容，故作朝气蓬勃地回到家中。

我不敢把自行车放楼下，力大无穷地扛着它，上了十一楼。

不过，大概是因为特殊材料的关系，我虽然身为一个手无缚鸡之力的弱女子，这玩意儿还真一点儿都不沉。

我拿钥匙开门，结果门从里面关上了。我知道猴子在家，就跟警察在宾馆查房似的“嘭嘭嘭”敲门，一点儿都没想到那是我家的门，我应该爱惜。

一向得过N久才能来开门的猴子，今天这门竟然开得无比迅速，啪一声开了门，却像不认识我似的上下冷冷打量了一番，转身就摇摇晃晃地折到客厅，一屁股坐到了沙发上。

我把自行车提溜进去，丝毫没有注意到猴子的情况不太对劲儿，正要跟丫炫耀呢，丫先冷冰冰地给我来了这么一句。

“这么早，哪儿去了？”

“你小子脑袋进水了啊，咱能别明知故问吗？”

“那给你打电话你不接！”他嘟囔一句，“挺牛的啊，都学会夜不归宿了啊。”

我看一眼手机，吐吐舌头：“没电了，嘿嘿。”

“干吗去了？”

我在他身边的单人沙发上坐下来，点上一根烟，没接他的话。这小子今天貌似情况不太对，难道是跟樱桃闹矛盾了？

“先别关心我了，你跟樱桃约会的如何啊？”

“不劳您关心。你甭岔话题，干吗去了？”

“没干吗啊，骑自行车。”想到这个，我起身来，准备把自行车给猴子炫耀下，虽然不是我的，可是老娘用过，嘿嘿。

猴子冷笑一声：“骑五六小时的自行车？把北京当法国了是吗？环法自行车赛呢？”

“人家环法自行车赛骑二十几个小时呢，我没这素质！”我虽然给猴子那一声冷笑笑得不太爽，可也没多想什么，权当是我自个儿细微敏感了。

“来来来，猴小子，过来睁大你的小眯缝眼儿看看这是啥！”我故作大大咧咧地讲。

“不看！”他不理我，拿起电视遥控器泄愤似的乱调台。

“看看嘛。”我犯贱般过去拉他胳膊。

“说了不看了，不就是一宝马的自行车嘛！”他甩开我的手，“刚一进门我就看见了，穷得瑟什么啊你！一自行车就弄得你神魂颠倒了，是不是连姓什么都忘了啊你。”

我给他的这反应弄得有点儿蒙，过了约有三十秒才反应过来，但还是强压住怒火体贴温柔地说。

“怎么了你？”

“没怎么，犯贱。”猴子丝毫看不到我的隐忍。

“那你慢慢犯吧，不拦你。”我也有点儿气，但还是忍住没发飙，转身要回卧室换个睡衣洗澡睡觉。

3

“你站住。”猴子叫住我。

“干吗？”我也冷冷地回头，不用说，我现在肯定也是一副冷冷的嘴脸。

“你，以后不准再跟那人联系。”

“啊？”我一时间没反应过来。

“就是那姓许的，有钱的，送您这昂贵自行车的。把车还给人家，你要喜欢，我砸锅卖铁给你买，这我还买得起，需要您陪人一整晚吗，需要吗？！”

我终于明白今儿猴子一上来就洋腔怪调的原因了，敢情以为我援助交际去了。我的火“腾”一下就冒上来了，加上刚刚一直积压的怨气，估计上点儿火药，我都能自爆了。

“关你屁事儿啊！”我怒了，声音顿时提高了八度，心说别人误会也就算了，你竟然也不相信我的为人。

为了气他，我气话就出来了：“把我当卖的了是吗？对啊，我一晚上卖了十几万，你行吗？我卖我开心！我骄傲！你卖不了你嫉妒啊！再说了，你是我什么人啊？你凭什么管我啊。我跟谁来往是我的自由，轮得到你呵护我成长吗？”

“是，不关我事儿，不关我事儿。”猴子拿遥控器的手有些颤抖，“那你还回来干吗啊，干吗不一直卖啊，行情这么好，再去卖啊你！”

“匡明，你搞清楚了，这是我家。”我气得手也在抖。

猴子把遥控器往沙发上一摔，声音有点儿抖：“对，我都忘了，这是您家，我都忘了我这是寄人篱下了，要不要我给您拉拉客报答您啊。”

我不讲话了。房间里静下来。

“你给我滚。”我咬着嘴唇，一字一顿地说。

猴子仿佛不认识我似的盯着我看说:“芬芳，滚我不会，我堂堂正正地走出去。”

然后他起身，穿衣服，摔门，走了。一系列动作编排得行云流水，跟演戏似的。

4

门“砰”一下摔过来的时候，我苦撑了许久的眼泪瞬间就掉下来了。

我傻呵呵跟大木头桩子似的立在屋中站着哭，站得累了，就蹲下来。

想跟电视上演的那样摔东西，“噼里啪啦”摔个爽翻天。

可看看满屋子的东西，都是自己一分一厘花父母的辛苦钱买的，于是拿起来又给放下了，干哭。

哭了一会儿，我忽然觉得挺没劲儿的，我有什么好哭的。

为了猴子误会我？我心里知道当然不是。我只知道我爱猴子的那一颗心，终于裂开了一小块，我很舍不得。

于是我不哭了，一直反复地暗示自己说，你是个没心没肺的女人，你不是林黛玉，你没长成那样。

我默默地去洗了澡，任热水当头浇下，我蹲下来，难过得没有眼泪，只是心中一阵又一阵，针扎般的刺痛感。

而后，我完全不困了，我躺在沙发上，放一张许巍的专辑，翻到《蓝莲花》那首歌，我按下了重复播放的按钮。

“没有什么能够阻挡，你对自由的向往。天马行空的生涯，你的心了无牵挂。穿过幽暗的岁月，也曾感到彷徨。当你低头的瞬间，才发觉脚下的路。心中那自由的世界，如此地清澈高远，盛开着永不凋零，蓝莲花……”

这首四分三十秒的歌重复了十二遍后，我站起身来，环视了下我温馨的小家，作了一个决定。

我要离开北京，独自上路，不告诉任何人。

决定独自上路，可得有个方向。

我站在地图前，闭上眼，朝地图射了一支飞镖，睁开眼后，飞镖插在湖南省的凤凰。

凤凰，挺好的，我心想，沈从文的故乡。

我果然是个有品位的女人，乱戳都能戳到一个格调高尚的古城。想着这个，我想笑，嘴角却像是凝固了，怎么也咧不开。

5

凤凰没有机场，我只能先从北京飞去张家界，再坐汽车去凤凰。

我天没亮就跑去北太平庄坐机场大巴。

请不要误会我是一个爱早起的上进少女，我只是贪图便宜订了早班的飞机，致使自己不得不五点一刻就要咒骂着上路。

当飞机升上天空，气压的改变弄疼了我的耳朵。我长长地舒了口气，告诉自己说，亲爱的莉香，请开始新的生活。

事实证明，我是一个心理暗示超强的女人。

我反复地心理暗示了自己几遍，然后睡了过去。当飞机落到张家界的简易机场，我被空姐叫醒时，我就知道，我复活了，我压根儿忘了北京的那些破事儿。

到了张家界，实在没有不逛一下就直奔凤凰的道理，于是我就在张家界停留了两天。

事实证明，我真的不适合观赏祖国的壮丽山河。

比如我看着山顶的一块破石头，动用从头发到脚趾所有的想象力细胞，也无法把它同一个“仙女散花”的名词联系起来。

倒是我身边无数的中年大叔、大妈，十分雀跃地发出赞叹声，说出诸如“哇塞，从这个侧面看简直是一个仙女在散花”之类的话来。

这让我十分自惭形秽。

所以，在张家界的两日，我全程都只是在坐索道和走马观花。

最爱的是那个叫作天然氧吧的林子，我在里面狠狠深呼吸了大概十分钟，搞得路人都用惊讶的眼神看我，以为我哮喘了。

其实，我只是很傻很天真，想把身体里两年来在北京呼吸的空气，全部换成张家界的仙气，以达到我长生不老、永葆青春、称霸地球的肮脏目的。

6

从张家界风景区逃出来后，我坐上去凤凰的大巴，一刻都不想再在张家界停留。

结果在路上幸运地遇到堵车。本来四小时的路程，大巴开了近六小时，其中有两小时，车子一动没动，堵得老娘那叫一个酣畅淋漓，下车几乎抽光了半盒烟。

在车开动的整个过程里，我都在睡觉，感觉自己好像睡美人。

司机十分厚道，把车上的冷气开得很大，还十分敬业地放了一路周杰伦的MTV，他一定很爱周杰伦。

接近冷库的冷气，让我不得不拿出准备在夜晚的沱江边扮忧伤的毯子盖在身上。

我不想一到凤凰就要治疗该死的感冒，我更不想让猴子因为这个而耻笑我。

记得大一那年的夏天，猴子感冒了，整天在我跟前寒酸地甩着大鼻涕，把冲剂粉末直接吃下去，然后再去喝水摇晃身体。

那段时间，我重新迷恋起了《流星花园》，看到道明寺对杉菜说“这种天只有白痴才会感冒”的时候，我就忍不住地戳猴子说：“说你呢，说你呢。”

你瞧，我们做人做得要多么小心，一个闪失，就会因果报应到自己身上。

想到这里，我拍了一下自己的脑袋，禁止自己想那个死人。

车子中途在一个休息站停下来，车上的人纷纷活动起来，上厕所的上厕所，抽烟的抽烟，还有的比如像我，只是想下车暖和会儿的。

但在内心里，我被开车的大叔能够这么慷慨地，把冷气开到这份儿上，还是感动得要飙泪并问候他全家的。

“能给我一根烟吗？”我蹲在路边点了根烟刚猛吸了两口，一个人就在我身边蹲下来，问我。

我给了他一根，他自己点了火，接着说：“你挺能睡的啊。”

“还行吧，你谁啊？”我的口气不是很客气，说实在的我不是一个很会跟陌生人交流的人。

我其实是个特害羞的人，我害羞到了极点，就成了女流氓，这就叫物极必反。

“我坐你旁边啊。”他说。

“真的吗？我一直以为我旁边没有人。”

那人不说话了，我也懒得搭理他，不过我还是用余光偷偷地狠狠地瞟了他几眼，又是一张不怎么年轻的脸，还长了一脸很能编俗气的八点档故事的样子。

“上车吧，我上去了。”我站起来说。他也跟着起来，尾随我上了车。

回到车上我才发现他果然是坐在我旁边的，我下意识地往车窗位置靠了靠，想跟他保持距离。然后听到他对我说：“你知道吗，你长得很像我以前的女朋友。”

我被他的这句话雷到了，想说拜托，还能再俗一点儿吗？还能再八点档一点儿吗？现代社会果然是人可貌相啊。

“是吗？”我敷衍道，“我大众脸，这一路你已经是第九十八个跟我说这话的人了。”

然后我瞬间就挺尸过去了，假装熟睡来逃避跟他说话的任何一个空间和机会。

7

经过那个休息站后，车子兜转过几个破落但清新的村庄，再翻过一座无比陡峭的山，就豁然开朗地到了凤凰市区。

车刚停稳，我就以迅雷不及掩耳的速度复活，站起身来拿行李准备飞奔着离开，好逃离俗气男子。

“我帮你拿行李吧。”俗气男子阴魂不散地飘至我身边。

“不用了，我很强大。”我做了一个奥特曼发射动感光波的姿势。

“哦，你第一次来凤凰吧？”他百折不挠地把搭讪进行到底。

“嗯。”我惜字如金。

“联系好旅店了吗？”

“没。”我继续惜字如金。

“那我带你去找吧，不然你会迷路的，古城离市区还有段距离。”

“不用，我看了攻略，拜拜。”

我拖着箱子以每秒几十海里的速度前行，我想我要赶紧去凤凰找个庙或者什么的拜拜，好散散遇见八点档俗气男之后一身的晦气。为什么没有金城武来跟我搭讪，我是中年男子吸收器吗？

不幸的是，在那个鬼地方转悠了大概半小时之后，我依然没有看到像攻略上所画的那种良辰美景。

果然，我还是在俗气男子带来的诅咒下迷路了。

我以十分农民工般的姿势豪迈地蹲在路边抽了一根烟，看着身边的行李箱一副比我还要委屈的样子，我便十分不爽地站起来踹了它一脚，边踹嘴里边骂说，“老娘拖着你到处走，又不是你拖着我，你委屈个鸟啊。”

我真的是火大了，要是现在让我喝口酒，我绝对能就地上演真人喷火的戏码。

火了一通后我才意识到，自己为什么不打个车，而是像个白痴一样地蹲在这里幻想着卖艺赚钱。

我优雅又十分仙女般地招手，一辆超级破烂的出租车停到了我面前。

我“哧溜”一下就钻进车里，生怕司机弃我而去。

这里的起步费很便宜，只要三元，这让我兴奋得恨不得走的时候就直接打车回北京。

我在北京每打一次车，我的心都会狠狠地疼一下，可是在这边只要几元就可以天地任我行，生活真是很美好啊。

上车后，我泄愤般大吼了一声“我靠”，把司机大叔吓了一跳，痴傻地看着我。

我赶紧解释说：“啊啊，大叔，没靠您，没靠您，麻烦您带我去虹桥。”

司机大叔没接我的话，默默地开动了车子。

车上正放着蔡依林姐姐的《舞娘》，依林姐姐活蹦乱跳的身影在我的脑子里不断地闪现。为了缓解刚刚“我靠”后的尴尬气氛，我忍不住说：“叔叔您挺时尚的呀，您这么大还喜欢蔡依林，真是不容易哪。”

那大叔从后望镜里看了我一眼，又特别与世无争似的没搭理我。

但是我看得出他被吓到了，大概他以为是遇到了什么女流氓之类的角色。我才想起这不是在北京，只有在北京，司机师傅才会不把自己当外人似的跟我说这说那，批判社会，讨论物价和男人。

我明显感觉到司机大叔把车子提了速，一曲《舞娘》还没唱完，他就跟我说：“虹桥到了。”

我突然有一种坐了“神舟六号”的感觉，这么快就到了。心想还是咱们凤凰的人民朴实啊，都没有带着我这个明显的外地待宰游客，绕城一周，以示纪念。

多好，多好，凤凰人都是活雷锋。

我给了钱，临下车的时候为了挽回自己的形象还特别娃娃音、十分鹌鹑般地说了一句：“谢谢您啊，叔叔。”

说完这句话，我从那人的脸色上看出他受到了更大的惊吓，我刚把车门关上，他就开着车绝尘而去了。

难道，我真的那么像一女流氓吗？不，不是的，这位叔叔一定是不敢嗅到我的美而已。

想到这个，我又特别二百五地趾高气扬了起来，像只春天里的骄傲小公鸡。

8

我终于进了凤凰古城，我站在一座桥上俯视着美丽的沱江、两边的吊脚楼、泛舟的游人、唱山歌的姐姐，还有在河边洗衣服的妇女以及随地对河小便的小男孩……

我张开双手伸了个懒腰想说：赶紧让我融入这美好的生活里去吧，老娘生是凤凰人，死是凤凰鬼，北京的那些破事儿都给我通通退散好不好！

想到这里我又傻了，我环顾四周根本找不到从虹桥下去的路，难道是要本姑娘纵身一跃吗？

我真的是要哭了，站在凤凰古城上面的桥上却下不去，看着下面笑至缺心眼儿的游客们，我不知道他们是不是也是跳下去的，幸运的就活了下来可以在凤凰游玩。

我今天从遇见俗气男子就开始发衰，如果现在跳下去绝对是要死的，难不成要在这里等到明天再跳吗？

凤凰真的是民风纯朴，我正在桥上犹豫是不是要跳下去的时候，忽然一个小女孩走过来问我：“姐姐你是要到古城去吗？”

我说是，我正在思考要不要跳呢。

这一句话把小姑娘逗乐了，她自告奋勇地说：“我带你去吧。”

“好，好，好……”我一连啰唆了N个“好”，以示我的兴奋。

那小姑娘还要接我的行李，我赶紧说不用不用，我自己来。

我当然是要自己来的，一是因为那小女孩叫我“姐姐”而没有叫我“阿姨”，我已经爽翻天了。二是我实在是一个怀疑心很重的人，我想把包一交给她，她跑了怎么办，就我这样的从小学开始体育成绩就开始拖社会主义后腿的，怎么追？

那小妹妹果然是神通广大，带着我左转右转，上上下下，一会儿就找到了下桥的扶梯，我兴奋得恨不得把箱子一脚踹下去然后自己再跟上。

我转身飞速地塞给那小妹妹二十元逃也似的下了楼梯，怕她张口问我要个百八十的带路费，我可不敢在凤凰大战凤凰小妹，就算老娘再怎么像强龙也不可能傻逼到去斗地头蛇吧。

一想到这个，我跑得更快了，丝毫不顾背后小妹妹让我停下的叫喊声。

但不幸的是，我还是被小妹妹追上了，她把钱塞回我的手里，像是受了侮辱一样红着脸说“我不要你的钱”，然后跑开了。

我被小妹妹的举动雷到了，站在原地看着她小鹿样的背影好一会儿。而后，我舒口气，笑了，无比舒畅。

此时，才真正地意识到，我终于逃离了纷乱的北京城，那让我又爱又恨的北京城。

十

生活就是一个大波
紧接着另外一个大波

Once
Loved You
Distressed
Forever

1

跟攻略上写的一样，沱江边有很多旅店。

但是很多旅店都只是看上去很美，跟我梦想的完美度假旅店相去甚远。

我一向不能理解那些所谓的驴友，我是个很庸俗的女人，我得承认这一点。

既然出来玩儿，老娘就要住最好的，吃最好的。

旅行又不是忆苦思甜，要忆苦思甜请支援大西北或者去非洲拯救饥民。

我顺着沱江一路走，每路过一家就会被热情的客栈老板拉进去，虽然有些也算干净整洁，但我依旧是老乌龟吃秤砣，铁了心要找一家无比豪华的。

终于功夫不负有心人，我在水车对面的位置，找到了一家光看门脸，就十分让我倾心的旅店。

刚一进门，就看见一个类似老板的东西在跟一个人吼叫：“滚出我的店，钱我可以退给你。”

我听了在心里暗骂说："拽个屁啊，你的店里难道有宝？"

正想着呢，那人听见门上的铃铛声朝我转过头来。看见那张脸，我恨不得扑上去咬断他的喉管。

那人不是别人，正是让我发指、引我发衰的俗气男子。

俗气男子看见我，又看了看那个脸都绿了的人，一副电视里八点档连续剧主角们"心生一计"的表情，只见他迅速调整了下面部表情，对那人说："总之请您离开。"

我杵在那儿听他说完这句话，立马提起行李准备走。俗气男子立即闪到我面前，拉住我说："你终于来了，房子都给你空好了。"

我一听这话就有点上火，心说这是学雷锋吗，让我相信人间有爱处处真情吗？臭流氓，明显是当街非法拉客，强买强卖，而且明显是想借我赶走眼前这位，不要看我长得美就以为我智商是低的。

但是向来通情达理的我依旧保持着梨涡浅笑，用余光扫视了周围的店员，他们的脸上刚都带着轻微的尴尬和无限的窃喜。

我知道这个时候要是我再不发威铁定就成全了那群三八，于是我跳出来对要被赶走的那位仁兄说："算啦，人家叫你走你就走好了，这里这么多旅店你住哪不行，干吗死乞白赖地待这儿？"

"有你什么事儿啊，你谁啊你？我今天还就是不走了。"

这一句堵得我无名火起，心想凤凰人民我惹不起，你跟我一样是一外地游客，我还惹不起吗？不过转念一想，老娘是来度假不是来吵架的，还是算了。

"不走您就站这儿吧，说不定过了十二点还能化身兵马俑，以后也能成凤凰一景。"我甩下这么一句，转身就要走。

可俗气男子一把就把我给拽了回来，还顺手十分大力士地把我的小红行李箱交给一个看热闹看得正带劲儿的店员说："你先带这位小姐去客房，这里的事情我处理好了就来。"

那店员一脸比我还不情愿的样子接过我的行李，招呼我跟她上了楼。

我本来想大吼说为什么本小姐要乖乖地住下来，可是一看这个客栈的装修布置，综合对比我一路走来路边的诸多类似“农家乐”的客栈，本着“看看又不会少块肉”和“要深入敌人内部跟一切恶势力作斗争”的可贵精神，我乖乖地闭了嘴，优雅地冲“兵马俑”一笑，转身婀娜地上了楼。

2

俗气男子的旅店装修真不是盖的，特有品位，跟他本人完全是一对反义词。

旅馆整体是用木头搭建的，走在里面都能够闻到浓厚的木香，仿佛置身森林。

浴室大得都快赶上我家客厅了，阳台也宽敞得我都可以在上面跳舞了，还贴心地放了两把藤编的椅子，细心地罩上了柔软的垫子，很休闲，很宜家，很有让我立即掏出手机自拍发微博装忧伤的冲动。

我舒畅地坐在椅子上点了根烟，看着喧闹的沱江，对面有一姐姐站在水中一直鬼哭狼嚎地唱着山歌，小声特甜，一曲唱毕，那姐姐似乎还不尽兴，又豪迈地来了一句：吆嚎……喂……

听到这句我整个人都抖了一下，忍不住倒吸了十几口凉气。此时我特想一个猛子扎下江去，游到她身边去，对她说：“姐姐，留口气去考北京音乐学院吧，就凭您最后那一嗓子肯定能红，您就别在这儿折磨我们这些肤浅的小老百姓了，成吗？”

正想着呢，就听见有一船的大叔跟那姐姐互动起来了。在大叔们合唱的感召下，那姐姐立刻用小甜声开始唱被她自己改编了的《对面的女孩看过来》，歌词大致就是“对面的游客看过来……欢迎以后经常来玩……”之类的东西。

我立即心生崇拜，差点儿给跪了，这姐们整个儿就是一急智歌王啊，能唱能改的，真是一方水土养一方人哪，我要是从小在这儿长大，估计人生的坎坷也能少点儿。

我正沉醉着呢，俗气男子就上楼来了。我仔细打量下他的脸，发现在房间的衬托下，他好像也变得顺眼多了。

他看见我一脸骄奢淫逸的表情就笑了，谄媚之余也让我寻觅到了丝丝的憨厚。

“少给我跟这儿装鹌鹑，就你刚才骂人那德行，哥们儿你混黑社会的吧。”为了避免他兔死狗烹赶我走，我先下手为强，冒充江湖女子。

“刚才那人实在不像话，整天闹到凌晨，把房间都折腾成什么样子了，就差给我拆了。我开旅馆，就是图一舒坦，他让我不舒坦了，所以我赶他走，很简单。好好跟他说他赖着不走，只能凶点儿。”

“拆了再盖嘛，旧的不去新的不来，你要时刻保持与时俱进的心态。”我没心没肺地说。

“要拆也是我自己拆，轮不到他。”他笑，“我叫苏冉，苏东坡的苏，冉冉上升的冉，你叫什么名字啊？”

“莉香。茉莉的莉，花香的香。是不是很清纯？”

他一脸不知道如何接话的尴尬：“你是出来旅行的吧？”

“对啊，难不成我出来自焚吗？”说完这话我是多想抽自己一嘴巴，人话都不会说了是吗？

“你就住我这儿吧，我不收你钱。”苏冉慷慨地说。

“凭什么啊？我又不是没钱。”我不领情。

“不是跟你说了吗，你长得特像我以前的女朋友。”得，又来了。

“那她现在哪儿去啦？”我问。

“死了，”他说，“车祸。”

我愣了，想说这未免俗气过了头吧，您怎么不说她变成蝴蝶飞走了啊，再加个第三者都能直接在湖南台八点档播了。

我正准备嘲笑他，但看见他两眼直勾勾地盯着远方，眼睛里充斥着满满的悲凉与哀伤。

我没有打扰他，乖乖地闭了嘴，他大概已经沉浸在自己编剧的八点档连续剧里去了。

既然他要做个有故事的人，我也犯不着要追根究底，我又不是名侦探柯南。

有故事的人，总比没故事强。

这个浮躁而现实的年代，肯沉浸在自己小世界里不知魏晋的人，应该加以围观保护。

3

把柔情似水和忧伤诠释够本了，俗气男子站起身双手一挥说：“好了，不说这个了。你一定也累了，快好好休息一会儿吧，有什么需要的就随时叫我。”

“唉，谢谢你啊。”我终于说了句人话。

说完人话后，我顿时觉得我真是一个有礼貌且健康向上的好青年，想想我能没礼貌吗？有这么好的房子住着还是免费，搁任何一正常人身上，谁不会觉得生活美好得五光十色啊。

俗气男子一走我立马脱了衣服，换上印有维尼小熊的小可爱，冲进跟我们家客厅一般大的浴室。

先是十分贵妇似的从箱子里把我诸多的护肤品拿了出来，在那个竹制的梳妆镜前摆得满满当当，看着它们我就十分满足，仿佛摆满了人民币、美元、欧元或者英镑。

事实是，毫不夸张地说，我所有的钱都贡献给了各大护肤品公司和时装公司。

在北京的时候，我去各大化妆品专柜，小姐们见到我都几乎要跪下来给我服务。我可是出了名的冤大头，震新光天地震世贸天阶加震国贸。

从孩儿面到LAMER（海蓝之谜），哪个是老娘没用过的，老娘才是美容大王！大S给我一边儿去！

我对着镜子，一边在心底默念这句话，一边冲镜子做了一个很妩媚很耀眼很风骚的动作，然后直接导致我自己有点儿反胃。

随后我哼着《大话西游》里猪八戒唱过的“吹个球，吹个大气球……”的著名歌曲选段，洗了我人生中最美满的一次澡，一边洗还一边赞叹说，老娘的皮肤也太滑了吧，也太白了吧，也太范冰冰了吧！

洗完后，我直接飞身跃上松软的双人床，翻滚，翻滚，旋转，跳跃。

洁白的床单不时飘出洗衣粉被阳光晒过后的香味，我把头埋在里面狠狠地吸了几口这美妙的气味，还捎带着放浪形骸地吼了几声，完美表达了我此时此刻的愉快心情，然后一闭上眼睛，就几乎要给融化掉了。

就在我几近要在美梦花园翩翩起舞的前一秒，我又听见对面唱山歌的姐姐撕心裂肺地来了一句：吆嚎……喂……

我打了个冷战，忍不住地拍着胸口自言自语道：“太吓人了，真是太吓人了……”

当即恨不得跑去阳台上拿爱国者导弹把那姐姐轰到九霄云外，或者直接送上“神舟六号”抑或嫦娥卫星，把丫发射到太空，给外星朋友们唱歌去。

4

美人们的觉总是长的，我一觉醒来天已经黑了，掏出手机看了看表，已经晚上九点多了。

我狗熊状伸了个懒腰，缓缓坐起来，对面的山歌姐姐已经下班歇了，这会儿正轮到那些小酒吧热闹呢。

我听着那些喧闹的音乐，整个人就跟打了鸡血似的瞬间精神起来，恨不得立即飞奔河对岸加入他们。各种版本的《狼爱上羊》，有摇滚的，爵士的，蓝调的……特牛气地响彻夜空，就差二人转版的了。

记得这首歌刚红的时候，我跟猴子两个人很热情加深情地去学唱，还专程去钱柜开了一房，主题就是唱这歌，大有想凭借这歌成为超女快男的架势。

我们都觉得那歌词写得特彪悍，不过每次猴子唱到高潮的时候就会笑场，让我不得不痛心疾首地责怪他不专业，继而罢免了他，让他待边儿上吃钱柜的免费食物，只负责聆听。

我一个人开始挑大梁，唱得那叫一个轰轰烈烈潇潇洒洒，策马奔腾青春年华，就只差一人分饰两个角色——扮演狼和羊了。

这会儿整个凤凰城都沉浸在《狼爱上羊》的气氛中，比一年一度的春晚上赵本山哥哥演小品还让人精神抖擞，猴子的脸非常不和谐地隐约掺杂在其中，我再次拍了拍自己的头，骂道，臭女人，停止想关于那只臭猴子的任何事情。

我穿上衣服正准备在音乐声中摇摆着出去逛逛觅食，就听见有人敲门。

我开门看见俗气男子穿得特鹌鹑般地站在那儿，他看见我愣了一下，一脸受了惊吓的样子，我还在犹豫应该以何种态度搭理他，他就开口说："你总算是起来了，你可真能睡？我都来敲三回门了。"

"干吗？"我又恢复了自己小龙女般冷若冰霜的姿态，我这么百变，女流氓已经演累了。

"我带你出去逛逛呗，想说可能你也饿了，顺便带你出去吃点儿东西。"

"你人怎么可以这么好，我告诉你无论你做什么我都不会爱上你的，我的美是只可远观不可亵玩的那一种。"

"……"他一脸尴尬，"我真的只是觉得跟你有眼缘，没别的意思。"

"哈哈哈，跟你开玩笑哪！"我也被自己搞得有点儿尴尬，猛拍他肩膀，"我正准备出门儿呢，走吧，说好了啊，我请客。"

"我没有让雌性付钱的习惯。不过，就这么走？"

"那就把我当公的，我这么强大，野火烧不尽，春风吹又生的。不这么走怎么走？你觉得我能飞？我有那么像仙女吗？"说实在的，我已经没有那么讨厌俗气男子了，自从他说不收我钱的时候开始，老娘就是小市民，史上超级容易被收买，爱咋咋地。

"你弄弄头发去。"他脸上的笑荡漾得仿佛要溢出来。

我冲进洗手间从镜子里看自己的形象，出了一头的冷汗，整个就是一梅超风的翻版哪，难怪刚才俗气男子在我开门的时候一脸见到鬼的样子，估计是被我披头散发的熊样给吓着了。

我用自己修长的爪子随便抓了抓头发，立马就有了效果，亭亭玉立，人模狗样的。

我心想，人长得好真是弄什么样子都好看，然后沉浸在对自己美貌的赞美中，从洗手间里十分聂小倩似的飘出来，跟俗气男子一起义无反顾地投奔了灯红酒绿的凤凰夜晚。

5

如果没有各种版本的《狼爱上羊》和那姐姐的山歌，我可能会在那晚之后立马把北京的房子卖了，然后在凤凰买一套小破屋常住久安，然后带朋友们都过来，我们一起大闹凤凰城，就跟五鼠闯东京似的。

苏冉的导游功力十分到位，那天晚上他带着我，几乎吃遍了凤凰城所有好吃的东西。

当最后我又兴致勃勃地吞下两份麻辣小土豆的时候，苏冉惊讶地看着我，一句话都说不出来。

这时候我也不想听他表扬我食量大或者什么的，我心想你丫要是开口，我立马就把一锅的小土豆给你塞进去，想着想着我就忍不住横了他一眼，这招果然奏效，他看见我犀利的眼神之后，马上把已经到嘴边的话硬生生地咽了下去。

回到旅店的时候已经快十二点了，喧闹的凤凰城渐渐安静下来，我又一次冲进了我心仪的浴室再次沐浴，沉浸在我昂贵的沐浴液香气中，怡然自得，宛若赫本。

临睡觉之前我仿佛又听见山歌姐姐的声音，她特别敬业地唱了一首山歌版的《狼爱上羊》，最后还不忘来一句：吆嚎……喂……

我被那一句清晰逼真的“吆嚎……喂……”给震惊了，霎时清醒。心想完了，来了一趟凤凰给整幻听了。随后我嘴角带着莫名其妙的笑意，安静地蹬着被子睡了过去。

有苏冉在凤凰照顾我的饮食起居，我的新生活过得往死里安详。

俨然我已经不再抵触他介入我的旅行生活，他老是暗里明里地给我塞这塞那。今儿一苗族银镯子，明儿一蜡染小围裙的。

我一开始觉得不好意思，但丫每次都搞得特巧妙，逼我欲拒还迎。

推了几次实在推不掉，我干脆就特物质女似的心安理得地收下了，心说等走的时候把这些东西的钱和房钱，迅速地丢到前台服务员那里，然后瞬间消失。不然人送东西，我老是推推推的，还显得我矫情了，而且，关键他送的东西，我还真是挺喜欢的，嘿嘿。

我爱凤凰，它让我恢复了正常的生物钟。

早晨八点我一定会准时被山歌姐姐叫醒，如果透过窗子看，一定可以看到山歌姐姐在水上跳来跳去，精力充沛活力无穷地敲鼓，跟健身教练似的，让你不得不感叹湘西地区的民风彪悍。

我睁眼后会慵懒地窝在床上听几首山歌，有时候我还能跟着哼唱几句。我向来对我的歌喉很有信心，尽管每次我开口的时候，猴子他们都忍不住让我闭嘴。但我还是自信地觉得，要是找个老师调教我几天，我准能接替山歌姐姐的工作，出去走个穴，赚赚外快什么的。

等回了北京我就唱山歌去，说不定大红大紫，一跃成为山歌界的小王菲、小祖英、小麦当娜也不一定。

那个时候我就有钱了，有钱了我就在北京买十套房子，一套给我爸住，一套给我妈住，一套给他们两个一起住，剩下的……剩下的几套没人住就空着，反正老娘有得是钱，哇吼。

我越想就越开心，仿佛这么躺着人民币就排着整齐的队伍踢着正步向我走来。

我想那个场面一定很壮观，到时候一定得拍下来留给我的子孙后代们，让他们看看当初他们的祖宗多牛，都能指挥钞票了，整个儿一女霸王嘛，当年的武则天什么样儿啊。

我正躺在床上指挥人民币把白日梦做得酣畅淋漓呢，就听见有人敲门。

我一听敲门声这才想起今天还跟苏冉约了一起去苗寨的，我在床上意淫得不亦乐乎，早就把这事儿给忘得一干二净。

低头一看表都快九点了，约好了八点见的，他应该已经等得不耐烦了。

我心想这会儿大巴车应该已经走了，苗寨我们去不成了，但是总得给自己找个台阶下才行，昨天晚上信誓旦旦地说“谁迟到谁就是傻子”的人可是我。

这回可好了，苗寨去不成还把自己给活活逼成傻子了，事实证明，做人真的不要太绝。

我赶紧起床披了条毯子体弱多病状地去开门，果然，门口的苏冉脸黑得都伸手不见五指了。

我先发制人，装出一副几乎要归西的样子，气若游丝道：“我要死了……”

丫一看我这样就慌了：“你怎么啦？是不是身体不舒服？感冒了？还是水土不服？”

我一听心里就乐了，想说小样，姐姐可是根正苗红的表演系的，你八点档的表演爱好者演技怎么比得过我。

而后我缓缓地欠身，扶墙，顺着小碎步儿一溜儿迈，缓缓坐回床上，整个儿一林黛玉的范儿，完美系数十点零，继而一头窝进被子里憋笑憋到嘴角都抽搐了。

话说我正在赞叹自己扎实的表演功底，突然听见“滴”一声，丫十分豪迈地把冷气给关了。

我立马就沉不住气了，从被子里跳出来说：“你有病吧，零上好几十度哪，您把冷气关了干吗？我是雪孩子，我会化掉的。”

“你身体不好不能吹冷气了，快点儿躺好，今天哪儿都不去了，我留下来陪你。”

他的一句话真的是如乌云盖顶般，让我瞬间快意全无。留下来陪我？天啊，你知道老娘身体有多好，自从来了凤凰我是腰不酸了，腿不疼了，连走路腿也不抽筋儿了，天天跟打了鸡血一样健康，活蹦乱跳的。

可我的戏演到这个份儿上，自作孽不可活的我想中途罢演是不可能了。伴随着滔天的悔恨，我决定睡个回笼觉，把自己溺死在无尽的睡眠之中。

窗外的凤凰，又是一个艳阳天。

我则仿佛是一株讨厌阳光的向日葵，迅速把自己沉浸在无尽的漆黑中。

6

我这一觉又睡得天翻地覆七荤八素的，说实话我真觉得自己是睡美人转世。

蒙眬中我看见一个男人模糊的样子，很高很瘦很像猴子，而后他的脸渐渐地清晰起来，就是猴子。

我做起了梦，梦见在凤凰的江边，猴子左手搂着杨沫，右手搂着樱桃。

可是猴子没有手用来搂着我了，他一脸无奈地看着我，我也一脸无奈地看着他。

我们就这样无厘头地对看了很久之后，猴子拉着两个人的手，坐上了船，紧接着船飘走了，我就一边追，一边喊：猴子你等等我啊，等等我啊，我跟你们一起走，让我跟你们一起走。

可是我眼看着，船就那样在我眼前消失了，消失了，再也找不到了。

看见船消失了我就开始哭，然后还是追，一直追，大声地叫他的名字，却再也追不上。

然后我又变回了一个小小女孩，时间仿佛又回到我独自上学的小学一年级。

身边都是雾，都是白茫茫的雾，一望无际全是雾。

我蹲着，自己蹲着，哭着喊所有人的名字，却无人回应。

那种被全世界遗弃的孤独。

而后我醒了，眼角还挂着几滴虚情假意的眼泪和一身的臭汗，苏冉仍然在，他看见我醒了愣了下，问道："做噩梦了？"

"没有，梦见一朋友，他在我梦里不见了。不过不见了好，我恨不得他立即从我的世界里消失……"

苏冉沉默了一会儿，眼神突然略带迷离地伤感起来，他说：“你知道吗？琳琳死前的那个晚上，我也是梦见她消失了……”

“你说什么哪？咒我朋友死啊你。”我的起床气还是挺大的，“我虽然不想见到他，可是也不希望他死的好吗，我虽然嘴贱，可是我的心美好得跟白雪公主一样，不，观音菩萨。”

“不是，我不是那个意思。”

“那你是什么意思？”我是真的有点儿火了，天知道我多害怕周公解梦那一系列神神道道的东西。

“如果真的那么害怕失去那个朋友，为什么不珍惜呢？如果那个猴子不是欠你很多钱，你在梦里那么声嘶力竭地喊他的名字，他一定对你很重要。”

“我没什么害怕的，我怕个鸟啊，我野火烧不尽，春风吹又生的。”

“怕失去，或者是怕永远都得不到，当然，这种怕是建立在爱的基础上的。”苏冉头头是道地分析着，我没再搭理他，瞪大眼无辜状看着他，懒得跟他一起进入任何一个俗气的话题，说实话，我更害怕他会突然又扯出他琼瑶故事般女朋友的故事。

我从小就害怕看琼瑶阿姨的电视剧，一票人从头哭到尾没完没了的，哭得我全身的汗毛都竖了起来。还有姓马名为景涛的那位，要不是我打小就比较强悍，铁定这辈子就对男人免疫了，丫演戏整个儿一西北唱信天游的范儿。

可我妈很吃这一套，每次都一副要与剧中人同甘苦共患难的样子。

一看到她那个欲语泪先流的样儿，我就在屋里发癫，上蹿下跳地扮孙悟空，嘴里还发出“嗷嗷……”的叫声，为这我也打烂了家里不少昂贵的家具，还被强制地捉去验过智商。

后来上了高中便没时间再待在家里，只是每日阅读《孙子兵法》以及各类军事类书籍，跟处在更年期的班主任斗智斗勇，整整演出了四年的《沙家浜》高中版，把班主任气出了心肌炎，把自己锻炼成了二皮脸。她做手术那天，我在她病床前哭得死去活来，说我再也不跟您吵了。还好手术成功了，不然我得悔一辈子。

再后来上了大学，我更是无所不能起来，整个儿一川岛芳子，身边净是豺狼虎豹的，天天上演残酷青春，让我几乎忘记世界上有琼瑶阿姨这号人。

我很害怕苏冉一下子琼瑶阿姨上了身，再次勾起我那么多年没发作的“苦情症”，说不定要是有根金箍棒，我都能把整个凤凰城给砸了。

7

看我一脸暴君相，苏冉很乖巧地没再提梦的事情，出门去给我买吃的了。门刚关上，我就一跃而起，以迅雷不及掩耳的速度打开冷气，站在冷气底下猛吹。

在冷风的激荡下，我又想起刚才苏冉对我说的关于梦的事情、我不相信那是个什么狗屁预兆，于是我只能相信我是在害怕，害怕失去或者根本得不到。

几番百爪挠心后，我从行李箱里翻出被我尘封了许久的手机，开机，收到一堆有用的没用的短信。来凤凰后，我就把手机关机了，对于失踪这样的事情我向来是做得很彻底。

我一条条检阅完毕，没有一条是猴子发给我的。死小子，我消失都不关心一下。正愤恨地考虑要不要打给猴子，手机忽然响起来，吓了我一大跳，我一看，竟然是宝马大叔。

“喂喂……”

“喂喂……”

“……”

“……”

他先笑了，像是解释般说道：“小快嘴现在变回音壁了吗？给你发短信你也不回，打电话还关机，我刚刚看到短信发送成功的提示，知道你开机了，就赶紧打过来了，还以为你出事儿了。”

“呃……我在外边儿玩儿呢，想要消失一下，让大家意识到我的重要性，手机就一直关机来着。”

“这样啊……那以后消失能不能给我留一点儿蛛丝马迹，好让我能够当一下福尔摩斯？

“嗯，我暂时把这个事儿记下来，等抽空开会研讨一下再给你答复好了。”

“去什么地方了？能说吗？”

“当然是你不在的地方。”我逗他。

“赶紧说，干净利落的劲儿哪里去了。”

“嗯，凤凰，你知道吗？”

“听说过，一个人？”

“当然，旅行就是要一个人嘛。”

“谁说的，旅行当然是要两个人，不然遇到美景，没人分享，多寂寞。发生什么事情了，干吗不说一声就跑了？”

“嗯……说了嘛，就是为了让这个世界意识到我的重要性嘛。”

“肯定是跟谁闹别扭了吧？”

“这个……没有啦，我这么宅心仁厚的女子。”我狡辩。

他也不跟我争，只淡淡问：“那什么时候回来？”

“就这几天吧，我好像出来挺久了，在这边不知魏晋的。”

“嗯，都消失整整十二天了。说出来你别不信，我差点儿报警。”

“呃？有那么长吗？”

“当然。”

“你怎么记得那么清楚？你是不是暗恋我？”

“我……我闲着没事儿干，记着玩儿行不行。”

我笑了起来，不再接话。

“你回来的时候短信我，我去接你？”

“不用啦，我又没多少行李？”

“那回来一起吃个饭吧。”

“行，到时候我给你发短信。”

“嗯，那你好好玩儿，注意安全。”说完这话后，他挂了电话。

这是一场没有什么意义的谈话，可在这遥远的异乡，听到大叔温暖的声音，意识到这个世界上还有人这么心心念着我，我的心瞬间温柔得像是要滴出水来。

8

刚挂了电话，苏冉就敲门了。我瞅了一眼他手里的东西就心花怒放了，他把凤凰所有能买的小吃都买回来了，有社饭、小汤圆、麻辣小土豆，还有一大把烤肉串儿。

我语重心长状拍拍苏冉的肩说：“哎，你去买点儿酒呗，我十分赏脸地跟你把酒言欢一下。”

“不行，你还生着病呢。”

“我已经好了，睡了一觉就复活了，老娘可是人送外号火凤凰的。快去买啦，快去，大男人不要婆婆妈妈的。”

苏冉还在犹豫着不知如何是好，就被我十分女大力士似的一把推出去买酒了。

说真的我是真的想喝酒了，我想喝酒之后或许我会不那么傻一点，或许我会遗忘掉那个该死的梦和那个梦衍生出来的许多许多，又或许，我能再次鼓起消失殆尽的勇气，跟猴子做一个了断。

我也是时候，该从凤凰离开，回北京面对那所有的一切了。

那在离开之前，可以允许我醉生梦死一次吗?

那天晚上我跟苏冉都喝醉了，而且很荣幸的，我终于还是听到了苏冉的俗气女友的故事。

苏冉告诉我说他的女友叫琳琳，很漂亮（那是当然，如果真的长得像我自然是很漂亮的说）。

他们在上大学的时候就已经在一起了，没有谁追谁，只是天雷勾动地火，仿佛注定好了的，两人见了第一面后，第二天就在一起了。

他们相爱了整整七年，他说七年里面，两个人磨平了所有棱角。和谐之下，激情也全无。貌似平淡的生活要把苏冉逼疯，除了麻木和快要崩溃的时间，他觉得两人间已经一无所有。

苏冉对我说，他一直都知道自己是会娶琳琳的，可是有时候突然想到要与她一生，就会莫名地恐慌起来。

那天晚上苏冉边喝酒边做作地问我说："莉香，你说爱情为什么这么脆弱？"

我也很配合十分文艺腔地回答说："这不是脆弱，只是爱情终究熬不过时间。"

跟任何一个恐婚症的男人一样，苏冉的脾气变得很不好，一点点小事就可以惊天动地。就在他们要结婚的前一个晚上，他们大吵了一架，苏冉说："你怎么不去死啊？"琳琳哭着跑出了家，就真的去死了。

苏冉说，虽然是意外，可他觉得是他的责任。所以他离开了北京，他用了很长很长时间才接受了琳琳离开他的现实。他说他已经准备好了自己的一生，但是故事却在第七年的时候，结束了。而他的整个人生，也截止在了那一刻，从此之后，他再也没有爱人的可能。

可故事结束之后，他才发觉他的爱，其实一直没有消失，只是被时间的洪流掩藏在了心的最深处。

琳琳死了，带走了七年的时间，而那份积累了七年，原以为消失了的爱情又浮现出来，触目惊心。

他找回了丢失的爱情，却是通过失去最爱的人这样残酷的方式。

说着说着苏冉就哭了，哭得肝肠寸断。看着他的样子我觉得很难过，于是我也哭了，不是为他的故事感动，而是伤及自身。

我们看一场悲伤电影，哭的，从来不是剧中的人儿，只是自己。

而且捎带着，我也被苏冉感动了，想说这哥们儿为了泡女人，这一招都使出来了，实在太佩服了。

我们两个十分梁山好汉似的把橘子味儿的绝对伏特加当农夫山泉喝，对酒当歌，感叹人生几何。

我记得睡着之前我一直在叫一个人的名字：匡明，匡明……

匡明，是猴子身份证上的名字。

9

第二天清晨，被山歌姐姐杀猪般歌声吵醒的时候，我发现我跟苏冉如尸体一样横竖躺在地上，身边散乱了一地的啤酒罐和饭盒，还有小土豆、社饭等一堆东西的尸体，场面十分壮观。

目睹了这一切之后，我“噌”一下站了起来，用无影腿踢醒了身旁还在熟睡中的苏冉。

他揉着眼睛缓缓爬起身来，我没搭理他就横冲直撞地进了卫生间看着镜子里面的自己，我简直都被吓到了，眼睛肿得跟麦当娜的胸部一样大，两只眼球就像两枚绿豆一样熠熠生辉地贴在浮肿的脸上，一脸仇视社会的样子。

回想我昨晚一直很贱地叫猴子的名字，加上一股起床气，以及对我目前丑恶面目的憎恨，我不由得怒火中烧。

所以，顺理成章的，我只能把一腔怒火发泄到离我最近的这位先生身上。

于是我走出浴室，对着还没有清醒的苏冉大吼：“你看看，你昨天晚上都做了些什么啊？”

苏冉被我这么一说就惊了，他像被雷劈了一样瞪着眼睛看着我，变结巴了。

“我……我做了什么……对……对不起……”

“如果道歉有用的话还要警察干吗？”我拿流星花园的台词出来无理取闹，“你看我眼睛都肿成什么了，这样子老娘怎么出门，我昨天已经一整天都没出门了，再不呼吸新鲜空气我会枯萎的好吗！”

“我只记得昨天你说要喝酒……我就出去买酒，然后我们就喝了很多，之后发生了什么我就不记得了……莉香，我不会做了什么不该做的事情吧……”苏冉准确地回忆了昨日全过程，低下头，像是被我强奸了。

“我……”苏冉这么一说我就词穷了，他一定以为跟我发生了些什么，我深吸口气：“首先，你先放心，我们没有发生什么不该发生的，然后，请你注意，我仇恨的是我的绿豆眼睛和我浮肿的脸，还不都是你跟我喝酒喝的吗？”

“可是，可是说要喝酒的是你啊。”

“……”

“……”

“好，就算是我，你怎么不劝着我啊，你分明就是目的不纯嘛。”我能听见我的声音，因为理亏都已经在哆嗦了，但还好我是那种无理走遍天下的贱人。

“行了行了，我这么大度，我原谅你了，你快点儿回去吧。”我迅速地把他推出房门，继而三下五除二把房间里的垃圾清理掉，麻烦服务员换了新的床单和枕套，然后快快乐乐地洗了澡，觉得顿时如获新生。

10

洗完澡，我换上那身蜡染的苗服，摇身一变成为最炫目的民族风少女，准备去找苏冉，让他帮忙订回北京的机票。

他的房间在三楼，我敲了门，里面无人应声，我轻轻一推，门开了。

身为一名充满了好奇心正值青春期的正常女性，门开后我自然走了进去，想看看他的房间是不是也十分八点档。

进屋后，我惊呆了。

苏冉的房间，有整整一面墙，贴满了他同一个女孩儿的照片。

而那个女孩儿，长得……跟我几乎一模一样！

如果不是相纸已经泛黄和女孩身边的苏冉，我几乎以为苏冉有计划地偷拍了我。

照片上的苏冉还很年轻，两个人阳光灿烂地笑着，甜蜜又温暖。

那些照片，从左至右地竖排着，一共七排，每一排上面分别写着，第一年、第二年、第三年、第四年……直到第七年。

我在床上静静地坐下来，不知不觉中，已是泪流满面。

我忽然想到猴子。想说我还闹什么脾气啊，这个残酷的世界，有那么多的来不及，好多人拼命地想抓住的东西，我却一次次甩开。

我狠狠地摇头，为猴子，为自己。

我望向那满墙的照片，叹口气，想说我们真是一群小孩子，一群把青春当游戏的顽劣少年。

五分又十秒过后，我决定打电话给猴子，跟他冰释前嫌。

猴子是我手机号码簿的第一个，为了把他排到第一位，我还在他名字前加了一个“啊”字。

电话震了几下铃后，被接起来，可传来的不是熟悉的猴子的声音，而是樱桃。

我迅速调整成娃娃音，问樱桃说：“亲爱的，猴子呢？”

在电话那头的樱桃，先是沉默了下，然后不知所措地说：“莉香……猴子，猴子被人打了。”

“什么？你说什么？”我从床上一下子站起来，腰杆挺得跟被惹怒的小公鸡似的。

“猴子被人打了，我昨天跟他吃完饭正打算去看电影，然后突然就出来一伙人把他给打了。”樱桃的声音里已然带着哭腔。

“樱桃，你别着急，慢慢说。”

“昨天晚上……莉香，我说不清楚，猴子不让我告诉你，他到了医院就晕过去了，可，可我……啊，他叫我了，我得挂了，别说我接了你的电话。”话音刚落，樱桃迅速挂掉了电话。

听着电话被挂断的忙音，我突然手足无措起来，猴子被人打了？猴子怎么会被人打了？！

无数的问题在我脑海中盘旋，而我却什么都做不了，此刻我恨不得大声地朝着天空骂“去死吧”，我在房间里焦急得仿佛一名更年期的妇女。

我想我要立即回到北京去，我想到了苏冉，打电话给他，电话里，我用因着急而变得有些颤抖的声音说："苏冉，我朋友出事了，我得马上赶回北京去，怎么办，凤凰的机场呢，我要坐飞机回北京。"

"莉香，莉香你冷静点儿，你又不是不知道，凤凰没有机场。"

"那怎么办？我现在连跳河游回北京的心都有了。"

"莉香，你先冷静点儿，最近的机场在张家界，但现在绝对没票了。我现在去给你买去长沙的车票，然后从长沙给你订机票，成吗？"

"苏冉，我很急真的很急，你一定要帮我办成。苏冉你知道吗？我真的很急，我朋友出事了，我得马上回北京去看他。"我说着说着眼泪差点儿都掉下来了，语无伦次得一塌糊涂。

"你等着好了。"他挂了我的电话，声音冷静又沉稳。

十一 记得当时年纪小，我爱花香你爱笑

Once
Loved You
Distressed
Forever

1

挂了苏冉的电话，我呆坐在床上开始想那个梦，在此之前，我从来都没有那么固执地相信过，有关梦的任何预兆。

我不敢再打电话过去问猴子的情况，我很害怕一切真的像梦里一样，他真的就那么消失不见了，真的就这么残忍地不回头。

想着想着我就开始哭了，为我的束手无策，为我的无能为力。

在北京，每次猴子有什么事情都会打电话给我，然后我铁定在半小时内就杀出一条血路来奔去他身边，记得有一次猴子对我说："莉香，要是没有你，我真不知道该怎么办。"

可是这次他是真的没有我了，他怎么办？他要怎么办呢？

我开始马不停蹄地打给苏冉，几乎每隔三分钟就忍不住要按下他的号码，不管什么狗屁长途加漫游。

他正到处忙碌着辗转于各个旅行社给我订票，看见我这么着急地一个劲儿打电话给他，他就好脾气对我说："莉香，你别着急，在房间里面好好待着，等我一拿到票就给你送去。"

我想我现在能好好待着吗，还不都是托你的福知道了什么关于屁梦的预兆，我现在怎么可能待得下去。

但我还是"嗯"了一声乖乖地就把电话挂掉了，现在已然不是任性的时候。

苏冉过来给我送票的时候已经是下午五点多了，那时候我正一个人在房间里跟倩女幽魂一样四处乱飘。苏冉看见我那副熊样几乎要哭出来了，我看着他心想干你什么事啊？你难过个什么劲儿？

他说："莉香，你别这样行吗？"

"没事儿。"我说，"我是野火烧不尽，春风……"话说到一半我哽住了，眼泪开始在眼眶里打转。

"那个人对你来说一定是很重要的人，你这次见到他，一定要好好把握住机会，别让他再溜走了。"

"我不想把握，好多东西，我觉得我也把握不住。我就是那种大家会哀我不幸、怒我不争的女人。我其实只想他好好的，他只要好好的，我就安心了，我不要占有他，不要把他牢牢地攥在手里面，成为我一个人的专属。"

苏冉沉默了："傻姑娘，谁教给你的这么畸形的感情观？你得多坚忍才能与合你胃口的人终成眷属？看到你爱得跟雷锋一样，我都替你着急。"

我虚弱地笑了："苏冉，你怎么一眼就把我看透了，你不是应该是个笨蛋吗？"

"你这样的姑娘我太熟了，虽然不多，但是也见过几个，至今难忘。"

"她们下场如何？"

"她们都会幸福的。"

我跟苏冉相视一眼，他冲我点点头，把票放到我的手中，紧握一下我的手，以示安慰。

我现在总算是明白真正的活雷锋是我，我一直都扮演着这样一个自我的悲剧角色且乐此不疲，把什么都让给别人，伟大得仿佛生下来就是圣母玛利亚。

我仿佛迷恋着一无所有的感觉，喜欢那种情感上的献祭滋味，可是我知道我并不快乐，只是我希望能够跟命运赌一把，赌相信，相信有一人，懂得我，爱我，会来到我身边。

我只玩了一局，就输得倾家荡产，可我依旧热衷于这个游戏，不连自己都奉献出去誓不罢休。

2

“苏冉，我饿了，你能给我弄点儿东西吃吗？”

票一到手，我就安心了不少，高度紧张的神经松弛下来，一天没怎么吃东西，饥饿信号频闪。

苏冉一听我说饿了，激动得眼泪都快飞出来了，转身就跑出了房间。记得在北京的时候，每次我闹脾气不吃饭猴子都劝我，说：身体是革命的本钱，什么也不做也还是得吃饭不是？

虽然这些话都特俗，但我每每都会特别给猴子脸把东西给吃了，猴子看着我吃东西脸上笑得跟雪莲花似的，我不知道他是庆幸我吃了东西，还是在欣赏自己的劳动成果。我饭量很大，吃到最后往往把猴子的那一份也一起吃了，吃完后我们俩就一起坐在地板上看DVD，我总能听见猴子的肚子就跟摇滚唱片一样狂叫着，那时，我就会特别没心没肺地笑起来。

不行，不行，我不能再回忆了。

回忆是件不好的事情，回忆是件很丧气的事情，我不能回忆。

莉香，你给我管住你的猪脑。我拍拍自己的头，恶狠狠地对自己讲。

苏冉做了一桌子的饭让我吃，花花绿绿、大鱼大肉的，丰盛得要死要活，可是我吃了几口就吃不下去了。

不是我扮贵妇，是真的吃不下。

我终于体会到茶饭不思的高级矫情境界了，这滋味真的不好受。

苏冉一直往我的碗里夹菜，一个劲儿地对我说，是不是不合口，他可以重新去做。

我强颜欢笑地摇摇头，告诉他每个菜都很好吃，只是我没胃口。

这话是真的发自内心的，这么多年了，除去我爸，苏冉的菜是我吃过的最好吃的菜。

吃完饭后，我跟苏冉都特别沉默，坐在阳台的藤椅上，我们看着滚滚东逝的江水，像是在进行一个无声的告别。

那只叫强夫的金毛犬，很乖地蹲坐在他脚边，不停地“呼哧呼哧”地吐着舌头。

耳边，山歌姐姐依旧在不知死活地唱着，这时听起来，竟是那么的悦耳动听。

我“腾”一声坐起来，朝山歌姐姐大声喊道：“美女，我待会儿就要走了，唱首歌儿送我吧。”

山歌姐姐愣了下，咧嘴就冲我笑了，那样子，倾国倾城。

而后她用甜美的声音说：“有位妹子要离开咱们凤凰了，我唱首歌，祝她一路顺风，别忘了咱们美丽的凤凰。”

歌声很快地飘过江水，传入我的耳中，我仔细聆听，是王洛宾的那首《一江水》。

风雨带走黑夜，青草滴露水。大家一起来称赞，生活多么美。

我的生活和希望总是相违背，我和你是河两岸，永隔一江水。

波浪追逐波浪，寒鸭一对对。姑娘人人有伙伴，谁和我相配。

等待等待再等待，我心儿已等碎。

我和你是河两岸，永隔一江水。

黑夜过去到黎明，像飞鸟呻吟。

我没有另外一个人，只等你来临。

等待等待再等待，我心儿已等碎。

我和你是河两岸，永隔一江水。

山歌姐姐唱到最后，我十分默契地跟她一起吼了一声：“吆嚎……喂”，声音盖过了她的。她远远地，隔着一江水，朝我竖了竖大拇指，随后便继续忙她的事情去了。

我真的无意抢山歌姐姐的风头，仅仅是想通过这一声干号，来制止在眼眶中转了好多圈的眼泪，好让他们随风散去，随风散去。

苏冉盯着我看，而后仿佛默默地下了决心，一副视死如归的样子，站起来说：“我要回去了。”

我看他那样子我就特想笑。

我说行，你早点儿回去休息吧。

然后他特别失望地转身就要走，临走到门口的时候，我叫住他说：“苏冉，谢谢你啊。”

他回过头，眼睛里闪闪的，跟身边的金毛的眼神儿相得益彰，看起来特别地可怜加可憎。

他有些憔悴的微笑说：“为人民服务嘛，以后你再来，还住我这儿，成吗？”

看到他那个样子，我突然觉得很心疼，心说人家一大老爷们有钱有势有狗有旅馆的，却这么好脾气特别爱的奉献地对我这么一个在京务工人员这么好，我却蹬鼻子上脸，把人吆喝来吆喝去的，当孙子使不说，还不给人好脸，还真把自己当回事儿了。

霎时，我恨不得自抽两巴掌，一股愧疚感冲上心头。

我点点头说：“肯定的，我会不带钱来的。”

顿了下，我鼓鼓勇气，继续对他说：“苏冉，能认识你，是我来凤凰最高兴的事儿。”

我真的很不擅长讲煽情的话，所以一讲完我就觉得特尴尬。

他却一脸满足的样子，刚要走又转过身来问我：“那我要是去北京，能给你打电话吗？”

“那肯定的，不然你去北京干吗？”我兴奋地说，说完之后又后悔了，心想这是什么屁话啊。

“那，你会记得我吗？”他又问。

我不知道苏冉一大老爷们儿哪来那么多琼瑶似的问题，问得我直觉得背后一股淋漓寒气袭来，把我全身的汗毛都要吹起来了。

我心说，苏冉亲，咱不至于这么文艺吧。

但考虑到我之前的诸多劣迹，还是十分配合地、小心翼翼地点点头，我怕点头幅度大了就不像琼瑶小说了，电视里的女主角不都是那么演的吗，眼泪汪汪的，点个头也得半小时。

“行了，时间不早了，你快回去吧。”看见他又要开口说话，我赶紧先下嘴为强。

谁知道接下来他又问出什么问题来，我又不是《十万个为什么》。

“嗯，那我回去了，你要是在北京遇到什么困难，记得打给我……”

“我怎么可能遇到困难，我是谁啊我，我野火烧不尽……”

“春风吹又生的。”苏冉抢着接上，我俩相视一眼，都笑了。

打发了苏冉，我坐在阳台上，静静的。

直到看着天缓缓暗下来，凤凰城的灯一盏盏地亮起来。

我发现，这是白天和黑夜交际时，凤凰城会出现的短暂的沉寂时刻，家家户户都在吃饭或者做饭，山歌姐姐歇了，酒吧也还没到开始折腾的时间。

此刻的凤凰，无比安静，人们都沉默着，脚踩在石板路上，不知从哪里来，又将要往哪里去。

我为自己的这小小发现而感到一种莫名的欣喜，就像小时候我们开辟了自己的小小秘密基地，那种孩童般狡黠又幼稚的喜悦。

这是凤凰城只属于我一人的沉寂时分，只我一人。

这平凡生活里，突然出现的奇迹，终于让我满脸泪水。

我不知道这个时候，凤凰除了我之外还有谁是无所事事的，于是我打算做个试验。

我猛然站起来靠着栏杆，在凤凰城最安静时分里大声地叫：“去死吧。”

我这一声叫得斗转星移，叫得美轮美，叫得撕心裂肺，叫得我都爽翻了，还惊动了对岸树上一群不知名字的鸟，它们“呼啦”一声集体飞起，叽叽喳喳地叫着飞走了，然后一切慢慢安静下来，成了空。

3

我走的时候，没有让苏冉来送我。我悄悄地提着行李，像贼一样把一千元压到了前台的招财猫下，蹑手蹑脚地走出了客栈的门，然后一路狂奔到虹桥，跳上出租车。

到了出租车上，我才打电话给苏冉说：“喂，我走了。”

“啊？”然后我听见手机里他“噔噔噔”上楼的声音。

“不用上楼了，我现在已经在出租车上了。”

他停下来：“为什么不让我去送你？我车都准备好了。”

“我讨厌离别，我怕我哭。”我微笑着说。

“你这姑娘……”他叹口气，“我真拿你没办法。”

“对了，我把房钱什么的乱七八糟的钱放到可爱的招财猫下了，钱不多，我给自己算了友情价。”

“说了不收你钱的。”他有些固执有些急，“我把钱给你寄回学校去。”

“随便。”我笑，“反正我不去领，钱还得退回来。”

“那我就一直寄，寄到你领为止。”

“哎哎，用不着哥们儿，等我再来凤凰，你请我吃鲍鱼花了那钱得了，而且我保证，我再来绝对一分钱都不带，连车票都让你买。”

“凤凰没有鲍鱼。”他小声嘀咕，“莉香……”他沉吟。

“嗯？”

“你能不走吗？”

“啊？”

“你能不走吗？”

我笑了：“苏冉，你怎么跟个小孩儿似的。”

他也笑了：“我也挺痛恨自己这点的，好好保重，有事情就给我打电话，一定要给我打电话。”

“还有……”他欲言又止。

“干脆点儿啦你，要跟我表白是吗？我听着！”

“那个，莉香，做我干妹妹吧！”他仿佛下了很大的决心，“那个……其实，我一直以来对你都没有别的意思，只是你默认我暗恋你，我也就顺着你了……”

听到苏冉的这个话，电话那边的我愣了一下，瞬间又笑了，笑得很开心。

“哥……”没等他讲完，我便甜甜地叫。

“哎……”他也笑了。

挂掉苏冉的电话，我透过车窗看着夜晚的凤凰城，黑漆漆的，很苍凉，天空不知什么时候飘起了毛毛雨，十分应景，让我不感觉到凄楚都不成。

我也不想走，哥。

我轻声说，声音小到连我自己都听不到。

出租车很快开到凤凰那小学操场般的破公共汽车站，我提着行李，冒着小雨，跳上了破烂且满是臭脚丫子味道的小长途汽车。

车子颠簸了一个多小时，坐我边上的某龌龊大叔一直假装睡着，不断地往我身上靠，几乎要逼我跟车窗合为一体，还露出一脸得意扬扬的表情，意思好像是他有豆腐吃我却没有。

我看着他一脸的疙瘩，血压都飙升起来了，心说大叔，但凡您长得稍微有点儿人样，本着救苦救难普度众生的原则，这会儿我也就无怨无悔地给个肩膀让你依靠，让你靠，没什么大不了。

偏偏现实往往如此残酷，搁我身上更是玩儿命得变本加厉。

此大叔不仅出脱得十分蹉跎，特别铿锵，且不说中华五千年的苦难仿佛都集中他一人脸上似的，更彪悍的是丫长一包子脸，还得是一被人踩烂了的肉包子，再搭配上他不淫自荡的神色，就算我再菩萨心肠，也忍不了了。

眼看着我憋不住要发飙，立即要酿成一场血案，车停了。

我探头一看，前面堵了老长一串车，其中像这样的小破烂公共汽车占一半以上。大叔一看停车就精神了，坐直了身子四处观望，嘴里还自言自语地说："怎么啦？车祸啦？"说着还转过脸来冲我笑。

我看见那笑脸心脏都跳到一百三以上了，我赶紧从包里拿出烟点上把窗户打开，稳定稳定情绪。

那大叔一看我抽烟就老实了不少，我知道像他们这纯朴型的人一般很少看见女孩儿抽烟的，更何况我吞云吐雾得特潇洒，整个就是一川岛芳子的范儿。

这一招比我想象中还要好使，车子再开起来那大叔坐得比雕塑还直立，那叫一刚正不阿。

正为我的革命成果得意呢，售票员就冲我喊："火车站的下了啊。"

我赶紧拿了行李下车，还没反应过来车子就一阵风似的开走了，我看看四周当场就傻了，哪里有什么火车站，根本就是一条小马路，而且四周人烟稀少。

我想这下完了，难道因为在车内抽烟，被人无声无息地撂路上了？

经过仔细寻找，我终于在小马路的尽头，发现了火车站的痕迹。

连候车厅都没有的火车站，十分有气势，孤零零地矗立在那里，很有一番魔幻现世主义的味道。我猛掐自己胳膊，以此来验证这不是一场梦。

我被撂的这地方叫麻阳，一般人离开凤凰，都是去吉首坐火车的。

但是苏冉同学不是一般人，我也算是一不走寻常路的女子，所以命运就把我给撂在一个如此不红的地方。

我心想这才几点啊，街上就一人没有了，简直是酆都城的范儿啊，全城人都要躲起来想吓哭我吗?

火车是晚上十点的，我一看表现在还不到七点，我站在空旷的大街上都快哭出来了，我本来还想找个星巴克之类的地儿，坐下来跟个作家似的找个本子涂涂写写一番，抑或忧伤地喝着一杯咖啡，先把猴子的事情抛在脑后。可是现实经验冷静地告诉我，这个地方很可能连个超市都不会有。

我拖着箱子到处转悠，功夫不负有心人，还真给我找到一市场，我心说原来全城人民都赶集来了啊，夜晚的集市，真猛。

赶紧一个猛子就扎进人群里，想找点儿人气，找点儿温暖。

正看谁谁顺眼，听啥啥亲切。就看见一男人赶着一群鸭子敢死队般招摇过市，鸭子在人群中杀出一条血路。我站在原地看着鸭子一只只朝我跑过来视死如归地要报仇雪恨的样子，脚跟生了根似的，动都动不了。本莉香天不怕地不怕，可就是怕鸭子，这源于小时候的惨痛回忆。

我整个神经绷得跟吉他弦似的，心说你们丫要是敢过来咬我，老娘今天就咬回去，谁怕谁啊。

正摩拳擦掌磨刀霍霍呢，电话就响了。我一边虎视眈眈地瞪着鸭子，一边摸索着在上衣口袋找手机，接起来一听是苏冉，我就叫起来，“苏冉！怎么办，我快被鸭子军团给围攻了。”

苏冉听见我说这个在那边就傻了，我想你傻什么啊，老娘虽然走南闯北，关心国事家事天下事，可是什么时候见过这阵仗?

我是语言上的巨人行动上的矮子，这可是一群鸭子，一群真鸭子。

苏冉反应过来后说：“那你跑啊。”

这话提醒了我，自己还有双腿这么好用的工具。

我提起箱子抱头鼠窜，狼狈不堪。

我的逃跑直接引发了鸭子敢死队的杀戮心，它们争先恐后地跟着我跑起来，大有不咬死我誓不罢休的念头。

小镇的集市一时间被鸭子敢死队和我弄得鸡飞蛋打，人仰马翻。

我一边跑，一边在电话里狂骂苏冉，说："你丫出的这是什么鬼主意，哑巴都给你治成瞎子了。"

苏冉委屈地说："我对鸭子也没经验哪，好了，你赶紧逃命去吧，我就是打一电话看看你是不是顺利到了。"说罢，丫把电话挂了，让我一人直面残酷现实。

我只能一只手拿着电话，另一只提着箱子，在伟大的麻阳，继续同鸭子敢死队赛跑，那一刻，我恨不得王军霞、刘翔、刘易斯集体灵魂附体。

最终的比赛结果自然是身为人类的我胜出，在我成功地闪入一个巷子后，鸭子敢死队由于不太会拐弯，终被我远远地甩在了身后。

之后，我胆战心惊地再次回到麻阳冷清的火车站，在一张油渍比我脸皮还厚的桌子上吃了一顿竟然不怎么难吃的饭。

于十点在众多等火车的人里面脱颖而出，第一个登上了去长沙的火车，风风火火曲线救国地朝中华人民共和国伟大的首都北京奔去。

一沾火车的铺我就睡着了，因为我知道，回到北京后，等待我的，并不是美酒加咖啡，而是源源不断永远收拾不完的烂摊子。

4

我火急火燎地赶回了北京，在长沙等飞机的时候，我在候机大厅里忧国忧民地走来走去，搞得机场的警卫差点儿怀疑我是敌对组织派来的劫机分子，把我给抓起来。

下了飞机我连机场大巴都没坐，也来不急向北京表达我对它深刻的想念之情，直接忍着被放血的心痛打了车直接冲向积水潭医院。

坐在车上我还在想，怎么在凤凰的时候打个车才三元，回了北京怎么就近一百了呢？同样是生活在中华民族繁荣富强的大地上，怎么差别就那么大呢？

樱桃短信告诉了我猴子的房间号，在出租车上，我一直都在编排以何种形象出现在猴子面前。

俏皮型？没心没肺型？可爱型？大傻型？黑社会型？

我最终决定以微笑型出现，再加上适当的冷嘲热讽，这才是本莉香的讲话风格。

就当什么事儿都没发生过，在不知不觉中冰释前嫌好了。

可当我走进病房，看见躺在床上的猴子，脸搞得跟福娃似的，还有一条腿很滑稽地吊在那儿，樱桃正喂他吃水果，猴子的脸从来没有那么幸福过。

我微笑不出来了，我也没办法再像以前那样，拍着他的头假讽刺真心疼地说，小子，这次栽了吧，你可都改了吧。

我的眼泪哗一下就掉下来，连遮掩的机会都没有给我，十分没面子。我的心阵阵地泛起疼痛的感觉来，除去对猴子的心疼，心里还有个声音说，莉香，猴子不再需要你了。

猴子看见了站在门口的我，先是吃了一惊，随后赶紧用自己已经讲话不顺溜的嘴安慰我："莉，莉香，你这是干吗啊？我又没死，我这，我这不是好好的吗？"

"我没哭，我喜极而泣行不行，隔着千山万水的，我还以为你死了呢。"我拿袖子抹眼泪，可眼泪还是一直掉，决堤了似的。

"我没事儿，休息几天就好了，别哭啊，乖。"猴子硬生生地挤一个微笑出来。

"是谁他妈这么操蛋啊，我好不容易去趟凤凰，就不能让我好好玩吗？"我脸上挂着泪，在猴子身边坐下来，恨得牙痒痒，心里其实已经把那人猜得八九不离十。

"你甭管了，这事儿就这么得了。"猴子淡淡道。

"是许皓天吧。"

猴子愣了下，摇摇头。再次说："不是他，说了让你甭管了。"

猴子的反应再次证实了我的想法。我的火“腾”一下烧起来，跟浇了汽油一样旺盛。

“他看来是没完了，他还想怎么着啊，我找他去，妈的，跟丫拼了。”

撂下这句话，我就要往外冲。

猴子连忙叫樱桃：“樱桃，拦……拦住她。”

樱桃一下子冲过来，特英姿飒爽地把我拦下了。

“莉香，你干吗去啊你，你能听猴子一句吗？”

我没好气地说：“去死，你别管。”

樱桃不知如何作答，可还是抓着我不撒手。

“你脑子还正常吗？”猴子冲我嚷，“你干吗去啊？你去了能干吗？捅了他还是怎么着，人家在哪儿你知道吗？人家的别墅你进得去吗？我都这样了。你就不能消停会儿吗？”

猴子讲出的话，瞬间让我停住了，气全泄了。

我回头看着猴子，心里觉得很委屈，心说还是我多管闲事了。

沉默了一会儿，气氛有点儿尴尬，我说樱桃你先陪着猴子，我去走廊抽根烟。

走廊上，不一会儿，我就收到猴子发来的短信。

猴子说：“对不起，莉香，你走后，我又犯贱联系杨沫，让许皓天知道了，他才找了人打我。这事儿你别告诉樱桃，别生我的气，成吗？”

我拿着手机，大哭起来，哭得肝肠寸断。

亲爱的猴子，我生全天下人的气，也不可能生你的气啊。

你刚刚说得都对，我只是气我自己，气我自己什么都做不了，气我，再也无法为你做任何事。

犹豫再三，我打电话给了杨沫。

“喂，找谁。”杨沫娇滴滴的声音传来。

“找你。”我努力压着怒火。

“哇，是莉香呀，好久没联系了，你好吗？暑假快乐啊。”

“你先甭问我好不好，你怎么不问问猴子好不好。”

“……”电话那头沉默了一下，声音也不再装可爱，“猴子怎么了？”

“杨沫，咱别装了成吗？你就不能放过猴子吗？你傍上了小开就高抬贵手把猴子放了吧，他是猴子，不是猫，没有九条命，经不起你折腾。”

“到底怎么了啊！！”杨沫有些急。

难道她是真不知道？“猴子差点儿给人打死，你不知道吗？幕后黑手是谁我就不用讲了吧。”

“你说皓天？不，不可能。皓天没有理由再打猴子的。”杨沫的声音有些变调。

我冷笑一声：“你说，他的女人要是暗地里跟前暧昧对象联系，还是有梁子的暧昧对象，他能不发飙吗？”

“我……我就跟猴子联系过一次，我没想到会那样。”杨沫有些哽咽。

“杨沫……”我叹口气，语气稍微好些，“我打这个电话，不是想要来讨伐你的，事情变成这样，讨伐谁都没有用。只是，你已经钓上了金龟，猴子这个替补，你就放过他吧，看在他自打大一就为你出生入死的分儿上，你就别再纠缠他了，就当我求你。”

杨沫沉默了，十秒后，我挂掉了电话。

一会儿，杨沫的电话又打回来。

“他伤得重吗？”杨沫的声音，明显是刚刚哭过。

“算是半死了。”我冷冷的。

“那我去看他，这就去，在哪个医院？”电话那头一阵手忙脚乱的声音传来。

“不用了，你别来了，你还想再惹事儿吗？”我叹口气，“猴子已经有另外一个很适合的人陪着她了，这姑娘你也见过，就是上次在簋街坐猴子身边儿的那个，是个护士，猴子挺喜欢她的。”

“……”杨沫沉默了。

“就这样吧，杨沫，你走你的阳关道，让猴子过他的独木桥。”

“我……我也不想事情变成这样。”

“没有人想把事情变成这样，就这样吧，杨沫，放了猴子，也放了你自己。”

“咔嗒”，杨沫的电话挂断了。我叹口气，不知道自己做得对不对。

只身坐在走廊的椅子上，我忽然有些冷。

樱桃走到我身边来，递给我一杯水，轻声道：“莉香，你别生气，猴子心情也不太好。”

我跟樱桃笑：“宝贝儿，我没那么容易生气。我抽完这根烟就进去陪猴子。”

樱桃拍拍我的肩膀，转身回了病房。

我看着连背影都透着温柔的樱桃，望着空无一人的走廊，狠狠地吸了口烟。

烟经过我的嗓子、食道一系列器官还没到肺就把我狠狠地呛了一口，我坐在走廊上咳嗽，咳嗽得很大力很大声，像要把整个肺都咳出来一样，咳着咳着我的眼泪就流出来，没有人再在我身边，拍我的背跟我说：“你怎么那么不小心啊，不会抽烟就别抽，看你那熊样……”

我突然觉得自己仿佛被整个世界都遗弃了，就连一直跟我相依为命的猴子，现在都不是我的了，时间兜转了一个圈，我还是一个人。

我把头仰向椅背，两臂搭在椅子上，望向天花板，瞬间，我有了一种奇妙的眩晕感。

当初刚跟猴子认识时的情形，就像昨天发生过的事情那样，在眼前，在医院空旷的走廊上奇妙地氤氲开来……

5

那是入学的第二天，我深爱的蒙奇奇玩偶还没来得及从行李箱里拿出，还没等记清楚宿舍的另外几名女孩叫什么名字，大家就要被驱逐进几辆大巴车，送去通州区的某炮兵团军训。

我赖床的毛病依旧改不了，如果不是睡我对床的杨沫矢志不渝地把我从床上拖起来，我估计我能睡到军训结束。

等我衣冠不整披头散发地抱着被子，拎着水壶和蒙奇奇同杨沫跃入大巴车，车上的座位已然都坐满了，我俩只能傻乎乎地稻草人一般站着。

我特不好意思地看一眼杨沫，她拍拍我肩膀，嘴角一抬，以示没关系。

啧啧，那笑容，灿烂得跟向日葵一样，我要是冰激凌，估计都能当场融化。

我一下子就喜欢上了这女孩，跟我一样多通情达理贤良淑德哪。

我环顾四周，满车除了一染了一头黄毛的男生吊儿郎当地坐着，其他座位上都是女的。

我本来要路见不平一声吼，可又转而想到刚开学，我还是坚持与人为善的原则，低调一点儿好了。

也就暂且控制住了自己，没冲上前去把他从座位上拎起来，告诉他应该如何做一个男人。

车刚开上三环，杨沫的小脸就有些泛白了，一脸的晕车症状，我一看就各种愧疚翻江倒海地涌上心头。

于是也就恶向胆边生，三步并两步拖着杨沫走到那黄毛男身边，虎逼少女一般用几近命令的声音冲他说："你起来，让她坐。"

我知道，对于一个胆敢坐在万花丛中巍然不动的黄毛男来讲，温柔是没用的。

只有气势强压过他，才能取得革命胜利。

没想到我低估了革命对手的顽固程度，黄毛男并没有被我的气势磅礴吓到，而是淡然地斜眼瞟了我一眼，没搭理我，继续跟个少爷似的坐着，还从上衣口袋里掏出耳塞来，摇头晃脑地听起了音乐，关注起了窗外的风景。

这下我真的火了，什么与人为善的人生信条都一下子给抛到了垃圾堆里。

跳起来就朝黄毛男吼道："你给我站起来，别以为你染个黄头发装古惑仔本小姐就怕你。我告诉你，你姐姐我还没怕过什么人呢，一车女的，你一大老爷们真好意思大模大样地坐着，有本事你把自己阉了再坐啊！”

一看我火大了，旁边就有一女的站起来拉我，一边拉还一边说：“同学，你坐我这儿，坐我这儿吧。”

“不坐，”我很欠抽地说，“我就是要站着骂这傻逼才骂得爽，我喜欢站着，我站着看傻逼看得更清楚……”我骂得如火如荼如胶似漆，整个把憋了一夏天的火和不想去军训的情绪全都发泄出来了。

“他脚伤了。”那女生轻声说。

听她这么一说我就闭嘴了，跟吃了蟑螂一样，那女生没看到我的反应接着说：“他昨天下午打篮球的时候把脚给扭伤了，所以我们才让给他坐的。”

“扭伤了？扭伤了他也是一傻逼，”我不肯就势下台，继续无理争三分，“扭伤了他怎么不说啊，干坐着让我骂，我看就是贱吧！”

正说着呢，我身旁的杨沫“哇”一声就吐了。我低头一看死的心都有了，杨沫准确无误地吐在我昂贵的鞋子上，车上乱了起来，大家都忙着收拾起呕吐物来，我想你们收拾个鸟啊，全都吐在我鞋子上了。

我悔恨地看着天，眼泪都快掉下来了，再看一眼那个黄毛，丫正乐呢，继续戴着耳塞摇头晃脑的，鼻子里还哼出两个字：“活该！”

我气得鼻子都冒烟了，可依旧没辙，毕竟是我理亏。

我要是再骂人家，俨然就是一泼妇了，铁定一战成名，以后四年也甭混了。

但还是当即恨不得化身为一只藏獒，扑过去就咬住丫脖子，“咔嚓”一声就咬断，血溅一身。

那个让我如此痛恨的黄毛，就是猴子。

我跟猴子的梁子就这么结下了，我想反正军训闲着也是闲着，找个人骂骂也挺有乐趣的，所以刚进军营的那段时间，我整天都盼着跟猴子重逢然后骂他，往死里骂。

军训开始的第一天我看见猴子出现在我们班的队伍里，当即就心花怒放了。

据猴子回忆说，当时我摇摇晃晃得走到他面前模样特得瑟且十分欠抽，但我还是很固执地认为自己潇洒得跟女版楚留香一样。

“嘿，挺有缘分的嘛，表演系的，挺像，一看就是演古惑仔的。”我阴阳怪气地说。

“你倒是不像太表演系的，”猴子十分好脾气且笑眯眯看着我补充说，“长得不像。”

听他这么一说我就来劲儿了，说实在的，我吵架最怕遇见那种半天憋不出一个屁的人，让我骂着都觉着郁闷。

最爱的就是他这一款，骂起来带劲儿，甭奇怪，我这跟独孤求败是一种心理。

“男人嘴还这么贱小心成一跛子，不然就只能当济公的特型演员了喔。”我脸上的表情贱得都可以入选百科全书。

他刚要张嘴回点儿什么，教官就来了。

那教官趾高气扬的头抬得跟在练瑜伽一样，还没等走近我们就大吼一声：“集合！！！”

大家赶紧乱哄哄地站队，站了好一会儿都没站好。

我当时正处于看啥啥不爽的叛逆少女期，看到教官，就在心理嘀咕说，你一臭当兵的拽个屁啊。

我真怀疑我们的教官有读心术，我这嘀咕刚一闪而过，他就立刻说：“我知道你们现在看见我一定很不爽，不过没有关系，我相信你们的这次军训生活将终生难忘。”

最后那四个字他说得特别咬牙切齿，听得我所有汗毛都瞬间竖起来了，估计脱了衣服都能角色扮演刺猬了。

之后教官用特诡异的眼神打量了下我们这群人，我也抽这个空当仔细地观察了下，我未来要相处四年的同学们。一看之下我就知道完了，仪表这第一关大家肯定过不了，我们这哪儿是一群人啊，根本就是一群妖魔鬼怪，把军训当Party（聚会）

呢。

果然，那人开口了，说让我们女生把指甲油都刮干净，把指甲剪短、把首饰摘光之类的。而男生，集体把头发给剃成草坪。

我差点儿就笑场了，想说：拜托，现在指甲油谁还要用刮的啊，您是还活在十八世纪吗？难道没有听过洗甲水这类的工具？

教官围着我们转悠了两圈，最后停在了猴子面前，上下打量了他好几遍。我一看直接就爽翻了，我知道那厮这会儿铁定被抓典型了，心说亲爱的教官啊，往死里训丫的。

果然，教官十分配合地冲着猴子开炮了。

“你头发怎么回事？被火烧了吗？剪掉。”

嘿，小样挺幽默的嘛，还会用比喻，不过说实在的，猴子的头发还真是被他形容出精髓了，丫的头发，俨然就是一染发失败的范本啊。

我差点儿当场就给教官鼓掌，并施以热泪。

所有人都以为猴子会乖乖服从，成功配合地完成一出杀一儆百的戏码。

谁想到他竟然十分彪悍地，特别不给教官面子，令所有人大跌眼镜地说：“我不要。”

“你说什么，你再说一遍？”教官的声音变了一变，整个儿提高了一个八度。

我虽然没当过兵，但是我可知道，军营里哪儿有人敢说“我不要”这仨字儿啊。

虽然基于仇恨，猴子遭殃我会觉得很爽，但心地善良立志普度众生的我还是暗暗地为他捏了一把汗，心说黄毛兄，赶紧报告教官说乖乖去剪了，头发没了还可以再长回来嘛，命没了就只能去投胎了，何况以你的人品，估计只能做肉猪了。

“报告教官，我不要剪。”猴子用很专业的方式回答了教官，声音比教官的还要大。

然后整个军训场都冷掉了，气氛一时间降到冰点，时间瞬间凝固了。

教官冲着猴子点点头，拍着他肩膀说：“小子，挺横的啊，说实话，你这样的我每年都见到不少。我不管你是表演系还是什么系，来了军营，都一样！你们学校有一制度我得告诉你，就是完不成军训，就取消录取。”

我乘机看了一眼教官，丫的脸都憋绿了。

“你现在马上去绕着操场跑二十圈，跑不完今天中午不许吃饭！”

说真的，我这个人平时虽然没心没肺的但其实我超级有正义感，搁美国说不定我就是一女超人或者女蜘蛛侠。

当时的我虽然觉得猴子是个贱货，恨不得他死在我的手心里，但我也知道，他脚上的伤肯定还没好，跑二十圈，还不如让他去吃屎呢。

可那教官一副咄咄逼人绝不让步的样子，好像要是猴子不跑完二十圈，他就会跟他同归于尽的感觉。我看着猴子心想，黄毛弟弟你还真是傻，你赶紧说你脚有伤啊。

“快去，马上跑。”教官狂叫了一声差点儿没把我吓得晕厥过去。

“报告教官，他脚扭伤了，不能跑。”我脑袋一热，血一上涌，不由自主地就跳出来了。

想想当初的我多奋不顾身啊，为了自己一痛恨的战友都宁愿牺牲自己，俨然是观音菩萨的范儿哪。

现在想起来，我都特想颁个年度缺心眼儿奖给自己，来纪念自己没头没脑的青春。

“脚扭伤了也要跑，这是命令，在军队里只有服从。还有，谁让你讲话了！你给我出列！！”得，枪口直接就转到我这边来了，我懊恼极了，当即想给自己一大嘴巴子。

但是都开了这个头了，要是这个时候老娘退缩了，以后可怎么在电影学院闯出一片新天地，活出一番真自我。

于是我下了决心跟教官斗争到底。

“你这人怎么这样啊？他脚都扭了你还让他跑，跑个鸟啊，你扭伤脚去给我跑一个试试，什么傻逼服从，身体是革命的本钱，要是丫今天为了你这二十圈脚废了，你养他啊。”

天知道我当时是鬼上身了还是郭德纲听多了，一开口就特来劲儿，“突突突突”，跟小冲锋枪似的。

说完之后我盯着教官的脸，才发现他的脸瞬间绿了，再配上军装整个一绿巨人，找不着脸了都。

他气得半晌说不出话来，而后咬着牙，脸上浮出一丝扭曲的笑，指着我缓缓道：“你既然那么仗义，就替他跑二十圈好了。”

“跑就跑！我跑给你看！少一圈儿我就滚回家不上了！”

我一边跑眼泪一边跟瀑布似的流下来，都赶上孟姜女哭长城的范儿了。

我这辈子被我妈娇生惯养的，什么时候受过这么大的委屈啊我。

一边跑还一边把猴子和教官的祖宗十八代骂了个遍，最后没得骂顺便连自己的也骂了，心说让你给人出头，这下给引火烧身了吧，活该！

猴子自然也没捞着好，那厮罚我替他跑圈儿，然后让猴子对着墙站军姿直到我跑完为止。

那天晚上，我回到宿舍就跟瘫痪了一样躺在木板儿床上，杨沫跑过来好心好意的要给我按摩。我急忙制止了她，我想丫瘦得跟一火柴棍儿似的还给我按摩，回头再把自己的手给按摩骨折了，我可没力气陪丫上医院。

我就那么躺着，躺着躺着就又哭了，哭得还特悲壮，枕头都给我哭湿了大半个。

整个寝室的人都在模仿四面青山侧耳听，大气都不敢出。

最后等大家都就寝了，我起身披了件衣服一瘸一拐地出了门。

我坐在操场上点了根烟，看着漫天的星星心里感慨万千，心说等哪天老娘出去了，铁定串通敌对分子把这军营给烧了。

正想着，我就感觉到有一人在我身旁坐下了，吓得我打了个激灵。

我知道，要是这个时候被那群当兵的给逮了没准儿又被罚一千个仰卧起坐之类的，我哪里还受得了这份儿摧残啊，我心惊胆战地歪头一看，这才松了口气，是猴子。

他坐下后也没打招呼，就很不把自己当外人地，拿起一根烟就给点上了，还特潇洒地深吸了一口，吐出三四个烟圈儿。

我以为他怎么着还不得谢谢我今天大无畏地付出，没想到他上来就说了一句让我特吐血的话，他说："你说你一女的，怎么就那么不知好歹啊。"

真是世态炎凉人心不古，现代人知道感恩的还有几个啊？ 80 后都这样吗？我我我，我要批斗 80 后，老娘非主流，老娘做 80 后去！

当时要不是我累得都快瘫痪了，铁定一个天马流星拳般威力的大嘴巴就给丫抽过去了，抽不死也得重伤。

这是一什么男的啊，我屁颠儿屁颠儿地跑二十圈结果成了不知好歹。

二十圈啊，想想我从小学到高中毕业一共加起来，体育课跑的可能都不够二十圈。

"不过，还是谢谢你啊。"看我气得都要冒烟儿了，他终于说了句人话。

"没事儿，我帮你还不是因为看你跟个傻帽儿似的，怪可怜的。"我嘴上铁定是不输人的。

"我叫匡明，朋友们都叫我猴子，大概是因为我像猴子那么可爱吧。"他伸手出来，笑眯眯的。

"我叫莉香，我叫这个名字就是因为美和香。"我也大方地伸手出去。

星空下，我们的手握在了一起，他的手很大，很暖。

之后我们聊了很多事情，给教官起了外号叫卡拉，因为有部电影叫《卡拉是条狗》。

还说了专业考试时的趣事儿，原来我们曾经一组面试过，只不过都没注意到对方。

好多好多的话，只是我现在都无从记起。

大概就是从那个时候，我跟猴子就默默地建立起了友谊的桥梁，还是混凝土搭造的，无比坚固。

军训持续了整整十五天，当时跟我们同在一个军营军训的还有别的学校的大一学生，我们看着他们可羡慕了，死活不明白为什么别人的教官那么慈眉善目，而我们的教官却把我们当阶级敌人整。

后来才知道，这是学校通过军队给教官们下达的命令，说是要把我们往死里整。

披荆斩棘考上电影学院的孩子们，个个都觉得自己是人中之龙凤，学校怕我们开学之后难管，就想出了这阴招。

可现在回想起那十五天，想起大家不设防的、年轻的脸，再看看现时的我们，卑微的我们，变形了的我们，不是没有伤感的。

汇报表演的那日，我们这群妖孽几乎都脱胎换骨得仿佛被太上老君的炼丹炉淬炼了一把。

看着班里同学迈着整齐的步伐，英姿飒爽地穿着军装，喊出震天的口号，把别的学校的学生远远地比了下去，我看到卡拉教官偷偷地抹掉了眼角的泪。

临走那天，她们抱着卡拉教官哭得稀里哗啦的，我却咬着嘴唇，站在边上装流血不流泪的女英雄。

结果卡拉教官主动走过来，微笑又真诚的，看着我的眼睛说："你，以后肯定会成功的，就从你跑圈儿那天我就看出来了，以后好好干啊，卡拉教官等着你红，等着在电视上看到你。"

听他这么一说，我"哇"一声就哭出来了，把所有人的哭声都盖了过去。

我哭着说："教官，我再也不叫您卡拉了。"

而教官则只是微笑的，拍拍我的肩膀："可我觉得这名字挺可爱的，谢谢你。"

卡拉教官把我们送上车，等我们都上车了，教官站在车边，向我们郑重地敬了一个军礼。

我们不约而同一一站起身来，默默地流着眼泪，用军礼回敬了教官。

车子缓缓开动，越来越远，改变我们这一群人人生的大学四年就这么开始了……

我坐在那里想这些的时候心疼得跟刀割一样，想起我跟猴子这短暂的几年一路走来，经历过的一切，好笑的好哭的好爽的，仿佛过了一生那么长。

做了几个深呼吸，医院浓重的消毒水味道差点儿把我呛倒。

起身走进病房，猴子躺在床上瞪我，特生气的样子，那小子装模作样地说。

“你想气死我是不是？我没被人打死却被你气死了，你说我冤不冤啊？”

我给他一个白眼：“我没那么大本事，气不死九命妖猴。”

樱桃同学赶紧出来打圆场，把我拉到猴子的身边，也拉住猴子的手，轻声说。

“怎么刚见面就吵啊，都是为了对方好嘛，跟俩小孩儿似的，你赶紧跟人家莉香道歉。”

猴子舒口气，咬咬嘴唇，轻声说：“莉香，对不起。”

猴子说这句话的时候看起来特别委屈特别乖的样子，再结合上他的福娃造型以及吊起的腿，我再也撑不住了。

我“哇”的一声哭出来，嚷说：“你对不起谁啊，你对不起谁啊，谁都别跟我说对不起，我这辈子最讨厌别人跟我说对不起了。”

樱桃赶紧过来抱我，我把头埋在樱桃的怀里，把鼻涕眼泪都一水儿抹到樱桃姑娘洗得干干净净的白色 T 恤上。樱桃拍着我的肩膀，使劲儿地抱着我，略带哭腔地说：“莉香，你别哭，你别哭，你再哭我也要哭了。”

我抬眼看猴子，猴子的眼泪也在眼眶里一个劲儿地转悠呢。

我心说不能再上演悲情戏码了，搞得那么丧气，都是被苏冉传染的，就努力地强迫自己破涕为笑了。

“樱桃姑娘，还是你好，我要跟你搞拉拉。”我拿头在人樱桃姑娘怀里猛蹭，跟狗似的。

“行啊，没问题。”樱桃姑娘笑。

“吼！我不依！！”病床上的猴子怪叫一声。

病房里又出现了欢声笑语，我声情并茂地跟猴子和樱桃讲我在凤凰的传奇生活。

我讲到好玩的地方，大家就没心没肺地跟我一块儿笑。

不过，无论笑得多么开心，在场的这三人，其实都无比的清楚，在这一份“欢声笑语”背后，有多少默默的，正在流淌的眼泪，和再也回不去的现实。

6

知道这事情总得有个了断，找个理由跟两人告别后，我在医院的洗手间随便洗了个脸补了个妆，犹豫再三，拨通了宝马大叔的电话。

电话响了差不多六声才被接起来，宝马大叔显然没有想到我会主动打给他，声音很是欣喜。

“莉香？回北京了？”

“嗯，刚到的。”

“这么快？我还以为你乐不思蜀了呢。”

“嗯，发生了点儿事情，所以就赶回来了。”

他敏感地听出我话语中的犹豫和不快：“莉香，发生什么事了？能说吗？”

“没怎么。”我狠狠心，“我求你个事儿成吗？”

“啊？什么事儿？你说，别说求不求的，只要我能做到，就肯定帮你。”

“帮我管管你侄子，让他别再跟我朋友死磕了，我朋友就是一胳膊，掰不过他许皓天的大腿，你让许皓天高抬贵手一下，别再闹了，再闹就得出人命了。”

“……”他沉默了一下，“虽然我不知道发生什么事儿了，不过你放心好了，我会处理的。”

“嗯，谢谢你。”随后，我挂掉了电话，拿手机的手一直在颤抖。

我果然跟一切反动派一样，是个纸老虎。想到这个，我自嘲地笑了笑。

拖着行李出了医院，望着茫茫的车流，却不知道该去哪里。

我想我应该先回家把东西放下，可是然后呢？这个时候我根本就不想睡觉也不想吃东西，那我要做什么呢？

想到这些我才发现，原来在北京的这几年，除了吃饭和睡觉还有和猴子他们鬼混之外，我根本就无事可做。

出了门我拦了辆出租车，刚把行李丢到后备厢，坐到后座，宝马大叔的电话便打过来了。

“在哪儿呢？”

“回家的路上。”

“家？”

“对啊，我没告诉过你我有远见的妈妈在北京房价上涨前砸锅卖铁给我买了一套房子吗？”

“没有……你的好多事儿我都不知道。”他话语中有轻微的埋怨，“我去找你？一起吃个饭？”

“好吧。”我实在无法一人独守空屋，我无法做翻版王宝钏，那会让我抑郁致死的，“不过我心情很差，你不要嫌我一张死人脸。”

“你底子太好，没人舍得你死的。”

回家后，我刚把行李丢到阳台，随便收拾下屋子，冲了个澡，就接到了宝马大叔的短信。他说：“我已经在你们小区门口了，你们小区的保安说我不是业主，不让进。”

我不由得赞叹了我们小区铁面无私的保安，想立即手工制作一面锦旗给他们。

随便扯一身运动装在身上，懒得吹头发，戴上一顶白色棒球帽，我就出门了。

走到门口发现宝马大叔正安静地把车停在小区门口等着，车内的灯开着，他正安静地看着一本书。

我推开车门，大大咧咧地坐进去，顺手夺过他手中的书，手很快，他都没反应过来。

我一看书名儿，乐了，《如何消除你跟年轻人的代沟》。

“你要消除跟谁的代沟啊？”我打趣他。

“你的。”他温暖地笑着，半真半假地说。

“咱俩没代沟。”我拍拍他肩膀，“我跟同龄人有代沟，跟你没代沟。”

他盯着我看，微微笑。

“看什么啊？我脸上有人民币啊？”

他浮出一丝装坏的笑，抿一抿嘴唇。

“没有，好久不见了，看看你变样儿没。”

我被他盯着看得不好意思，装作挠头把目光移向别处。

“才几天啊，能变什么样儿。”我嘀咕，“我又不是变形金刚。”

“你哭过？”他脸上的笑消失了，声音有些严肃。

“呃……没哭，我很强大的，野火烧不尽，春风吹又生。”我死不承认。

“那眼睛怎么肿成那样？”他追根究底，还摆出论据。

“嗨，长途旅行嘛，都那样。”我岔开话题，“咱们到哪儿吃饭去？”

他看了我一眼，仿佛想起了点儿什么，终于没有再问下去。

“去鹿港小镇吧。”他说，“估计你现在也没什么胃口，先去吃个冰，开开胃。”

他拿起手机发了条短信，发完了，他一踩油门，车子拐出我们家小区的那条路，往南上了二环，往工体西路的鹿港开去。

非周末夜晚十点多的鹿港小镇，并没有多少人。

但我跟宝马大叔还是不约而同地找了一个比较偏僻的位置，坐了下来。

哈，俨然我们都挺低调的。

我点了一个综合冰，自作主张给他点了芒果冰。他又拿过菜单，帮我点了一个干炒牛河，并细心地交代服务生说，先上冰，再上牛河。

冰很快上来，我无聊地在综合冰的中间开挖，试图要开一条隧道，挖得不亦乐乎，他也微笑着，看着我在胡闹。

正挖着欢腾呢，就瞟见门口进来一人，看轮廓很眼熟，就是走路挺逊的。

仔细一看，俨然那就是枯萎了的皓天小开，我心想这世道是怎么啦，前几天丫还挺拔得跟松树一样打了猴子，怎么转眼几天就被糟蹋成这样了？正想着呢，那厮就朝我跟宝马大叔过来了，我已经磨刀霍霍整装待发了，想说孙子你今天要是闹事姐姐我就把你抽成牛头马面。

可转念一想宝马大叔也在这儿呢，叫我如何下手。

皓天小开走过来，很温顺地叫了声“二叔……”，整个人缩成一团看起来挺可怜的，也不得瑟了。

我这才有点儿觉悟，想到可能是宝马大叔叫他过来的，这俨然是皓天小开忘本猛回头秋后算账大会，不是闹事大会。

宝马大叔看都没看他一眼就说：“皓天，你知道我今天叫你来干吗吧？”

“嗯……”皓天小开有点儿惶恐。

“那你自己说。”宝马大叔严肃起来。

“我，我……二叔，这事儿也不能全赖我啊。”许皓天辩解道。

我一听许皓天说这话，火“噌”一下就上来了，一拍桌子不由自主地就站了起来，指着许皓天就开始骂：“不赖你？你丫少给我装大头蒜，动手打人的是你吧，有什么事儿解决不了得动手啊！有钱怎么了，有钱也不带你这样的，有娘生没娘养……”

“咳……”，宝马大叔咳嗽一声，拉了我一把，硬生生地把我按回座位上，轻声说，“莉香，小声点儿，你先别说话，我跟他说。”

我有些不情愿地闭了嘴，看一眼皓天小开，他被我骂得站在那边脸都发青了，鹿港小镇里面那些跟我一样深夜闲着无聊地吃冰的人就跟看戏似的看着皓天小开跟我。我想你们使劲看，最好把眼珠子贴在他许皓天的身上才好。

“这儿有你什么事儿！我这是给我二叔面子！你丫……”许皓天恶狠狠地瞪我一眼，手在抖。

“皓天！”宝马大叔低沉地喝止了许皓天，“这事儿无论怎么讲，你打人了，就是你不对了。这事儿就这样吧，别再纠缠了。”

“我没纠缠！就算我纠缠了，怎么着吧！”许皓天一改刚刚的窝囊相，语气横起来，“二叔，就算她是你女人，有咱们俩亲吗？你这样做，是不是有点儿胳膊肘往外拐啊！”

我一听这话，差点儿急了，我怎么不清不楚地就成宝马大叔的女人了。

“你闭嘴！”宝马大叔吼一声，吓了我一跳，从没见过他那样。许皓天俨然也吓到了，乖乖地闭了嘴。

“你要是再这样下去，那以后你的钱，就甭想拿得这么痛快了！”宝马大叔冷冷地说。

许皓天俨然没想到宝马大叔会出这一招，看情况俨然这招对他来讲是必杀的，他瞬间软了下来。

“好……”许皓天气得直点头，“我他妈认孙子了，我以后见他们躲着走成了吧！”

说罢，许皓天怒气冲冲地转身走了，出门的时候还差点儿撞到人。

我们沉默了一会儿，大叔轻声说：“生气我打断你没让你发泄了？”

“我能生什么气啊。”我自嘲地笑笑，“我一外地女孩儿……”

“你别误会。”他打断我，“皓天他……”，他有些欲言又止，“皓天他爸妈出了车祸……很早就去世了，你刚刚说那话，有点儿刺激他，所以我才……”

“那……那他那态度也不对。”我也有点儿后悔，觉得自己太口不择言了，但还是嘴硬。

“他是不对，那我替他向你道歉。”

“别扯上我，这事压根儿就没我的参与，我就是替我朋友找个公道。”

“我回头让皓天买点儿东西去医院看看你朋友。”宝马大叔还是很好脾气。

“得了，你可千万别，我那朋友本来就快半身不遂了，他再去，回头指不定看见他就吐血身亡了，还是拉倒吧。”这话出口，我都觉得自己欠抽，我这是一什么女的啊。

“你还是生气了，我就说有代沟吧……”他叹口气，沉默了。

我也不想讲话，我也在好奇自己哪里来的莫名的怒气，越想就越痛恨自己。

综合冰已经融化得差不多了，坍塌下来毁坏了我刚才挖的洞，我看着盘子里面的冰支离破碎的，跟一堆尸体似的，心里生疼。

我想生活还不就是如此，一开始富丽堂皇，可时过境迁，也不过就是一摊臭水。

7

时间滴答地过，我们虽然相对无言，却也出奇地没有尴尬。

他接到一个电话，“嗯嗯啊啊”了几声，挂了后，对我讲说：“你等我一下，我很快回来，二十分钟。”

我还没等反应过来，他就跑了。百无聊赖地抽完一根烟，我结了账，想去街上坐着等他。

我先是蹲在路边看着过往的车辆和人们，又站起边走边低着头踢路上任何可以踢的东西玩，最后还在马路崖子上来来回回地当独木桥走，我自小就擅长打发时间，是自己跟自己玩儿的个中高手。

所以大叔不知不觉地出现在我身后时，我并未发现。

他轻拍我肩膀，吓了我一大跳，“莉香，跟我来。”他神秘笑笑。

“呼……吓我一跳。”我摸摸胸口，“怎么神出鬼没的你。”

“来吧。”还没等我反应过来，宝马大叔就拽着跌跌撞撞的我上了车。

车子开到三环路上一片安静的空地上停下来，大叔很潇洒地撤下安全带说：“下车吧。”

我不声不响地下了车，周围很安静，我心想您不会因为我摆臭脸，就想在这鬼地方把老娘给奸杀了吧，您可是一长辈，正淫荡地想着，充分发挥我无厘头的被害妄想症。

宝马大叔就把后备厢打开了，我探个脑袋看了看，惊呆了。

满满一车的烟花，各种各样的，琳琅满目，跟一博览会似的。

虽然我没买过烟花，但我知道这东西在物价飞涨的今天卖得挺昂贵的。

我活到这么大什么时候见过这么多烟花啊，难道宝马大叔是卖烟火的咩？我有点儿蒙。

“你整一堆这个来干吗？”

“放啊！难不成吃吗？”大叔笑着，一边往外搬烟火一边问我，“莉香，你敢放吗？”

“笑话，本姑娘上过刀山下过火海，还不敢放这东西。你想想，我下的可是火海，够点一火车这个了。”我站在一边又贫嘴。

宝马大叔笑笑没说话，拿了一个特大号的在找芯子，我说：“你怎么突然想起弄这个，玩儿火可是要尿床的。”

“我想让你高兴一下，我知道你不高兴了。”他傻呵呵地笑。

“我……”我刚想说点儿什么，他就点燃了芯子，大叫一声：“快跑！”

我全然没有了刚刚的英雄气概，鬼叫着跑开。

烟花冲上天空绽放开来，照亮了北京黑漆漆的夜，大概也照亮了很多人回家的路。

我站在那里看着绚烂的烟花，看到它们毫无忌惮地腾空而去，绚烂过后，撒下灰烬。

此刻，我无暇顾及那绽放后的伤感，我为这份儿美丽感动着。

我知道，这个刹那，它们为我而绽放。

而我要做的，只是努力地，努力地记住它们瞬间的令人动容的美。

让自己不要忘记，在这样一个夜晚，有这样美好的事物，为我而绽放。

喧嚣辉煌中，大叔侧身过来，在我耳边轻声说声：“莉香，你也是我的烟花。”

这句话，一字一顿地敲击着我的心底，他的声音那么温柔，仿佛在春风里盛开的花朵。

我觉得我的心，此刻柔软得仿佛要滴出水来，而那份氤氲，升上眉头，眼睛就湿了。

我再次睁大了眼睛，让风吹走了其中的雾气：“那我岂不是很丧气？一会儿就没了。”

“可在我这儿是永远的。”

我微笑装傻，推他一把：“少啰唆啦！快点儿，去放。”

大叔乖乖的，拍一下我的头，起身走过去，点燃了一只又一只。

不一会儿工夫，地面上就摆满了烟花的残骸，横七竖八的，场面看起来挺壮观。

中间大叔让我也点一炮，我很赖皮地说：“我妈说了，不能玩火。”然后就屁颠儿屁颠儿地跑开了。

大叔点着以后就跑到我身边站着，还一个劲儿地用眼横我，意思是说：“小样，你不是下过火海吗？”

我站在一边流着口水看着烟花装着大头蒜，果然他横了我一会儿觉得没意思就不横了。

我俩正在暗地斗法呢，就听见一洪亮的声音冲我们咋呼：“嘿，你们俩嘿，怎么回事儿啊？”紧接着就看到，不远的远方，一戴红袖章穿制服的城管大叔神奇地冒出来，几乎是以冲刺的架势朝我们这边跑过来，好像我们反党反人民了。

我一看这阵仗就慌了，特别没种又慌乱地说：“糟了，糟了，怎么办？城管啊，我们会被杀的！”

“怎么办……”他坏坏一笑，故意拖长声音，而后大声说，“跑呗！”

说罢，他把后备厢“啪”一声盖上，用电子钥匙把车门关上，看我呆呆地站在那里跟雕塑似的没反应，他手伸过来，一把拉起我的手就开始跑，身手特矫健，特别刘翔的范儿。

看到我俩跑，城管就在后面炸锅了，说："嘿，你们俩嘿，别跑，怎么回事儿啊，嘿，回来啊……"

城管嘿来嘿去的最后就销声匿迹了，听着他的"嘿"声渐渐消失在北京深夜安静而暧昧的空气里，挺逗的。

我跟宝马大叔不知道跑了多久，直到"嘿"声散了，体力也不支了，才停下来。

我俩看着对方低眉顺眼地笑，眼里全是小时候那种做了坏事又没被捉住的快乐。

我这才发现原来我们的手是一直牵着的，他的手很大，很暖。

发现了这一点，我忽然有些不自在，我长这么大，还真没跟异性这样手牵过手。

我知道你不信，说实话连我自己都不信。可这就是现实，我就是一无论从精神还是肉体都特别处女的姑娘，只是硬要把自己搞成女阿飞而已。

于是我装作拿烟，把手特自然地从他手里抽出来，然后大口地喘着气说："嘿，我肺都要炸了嘿，刚刚那城管那么爱说'嘿'，他跟黑猫警长一定是亲戚嘿。"

宝马大叔笑得更开心了，借着月亮的光我看见他的眼睛闪闪的，洁白的牙齿也闪闪的，他的笑也是闪闪的，就跟个孩子一样。

我忽然很想对他大声地说一句谢谢，跟电视上演的那样。

但是我说不出口，我就是个没心没肺又没种还特别不擅长煽情的没人要的傻姑娘。

于是我沉默着，笑着。

在心底一遍又一遍地讲说。

大叔，亲爱的大叔，真的谢谢，谢谢你。

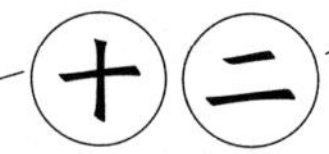

有什么样的女儿，就有什么样的妈

Once
Loved You
Distressed
Forever

1

那天回到家之后已经很晚了，一进门我就冲进浴室开始洗澡，边洗边抱怨自己家的浴室寒酸。

记得在凤凰的时候我每天就跟在客厅洗澡一样，这才两天工夫我就要回北京面对自己鸽子窝似的小房子，就这鸽子窝还是我们家太后动用了养老的棺材本给买的，北京的房价还让不让我们劳动人民活了。

不过，我很快就特阿Q地安慰了自己，心说亲爱的莉香，你就先住着鸽子窝，赶明儿就把浴室的这套行头转移到客厅去，把浴室客厅一体化了，等你红了就去CBD（中心商业圈）买一电梯入户豪宅，拿别墅当浴室。

这样一想我就开心了，我就是这样一个特容易满足特容易开心特小市民般的姑娘。

洗完澡连头发也懒得吹就上床躺着，我太累了，从离开凤凰到现在我几乎快四十小时没合眼了。

可是躺在床上我怎么也睡不着，我觉得自己挺傻帽儿的，冰也吃了人也骂了烟花也放了可我还是想起猴子，想起今天发生的事情。

我不知道我是怎么了，我不知道为什么我要耿耿于怀今天猴子对我吼的事情。

跟猴子吵架其实早就算是家常便饭，我受了班里同学的委屈，就会打电话过去跟猴子诉苦，顺便骂人，把所有不好意思当面骂的话通通讲给猴子听。每次我噼里啪啦一通讲完，猴子就会冷冷丢出一句话说："你搁我身上的那些本事呢？"然后就直接引爆我开始骂他。

不过我们唇枪舌剑地羞辱完对方后，猴子还是会站在我这边，偶尔还表扬我两句说我刚才哪句骂得最经典，哪句骂得很没有水平以后不要再用，我们会真的很认真地讨论起贫嘴心得，讨论到天空都露出鱼肚白。

今天即便他是为了不让樱桃知道他私下见杨沫的事情向我吼，即便有一千个可以让我不纠结的理由。但是猴子从来没有一次，像今天这样，让我如此的痛心疾首于心不忍。我终于明白，他心里还是有杨沫的，他还是放不下她，尽管杨沫是个贱货，可就算她被浸了猪笼，猴子依然会不顾一切地跳下河去救她，继续爱她爱得找不着北。

我想我大概是前世欠杨沫的，所以上天就惩罚我，让我跟她撇不清关系，让我帮她作孽。

如果不是一开始杨沫跟我扮好姐妹，我瞎了眼当她是亲人，跟猴子猛夸杨沫，猴子也不会认识杨沫，更加不会迷恋上她。

突然，家里电话响了，我看下来电显示，是猴子。

我调整下情绪，接起电话，没好气地说："猴子你有病吧，头都给打成那样了还打手机，你知不知道手机辐射很大啊你。"

"……"，猴子在那边沉默了一会儿说，"莉香，对不起。"

猴子一说这句话我的眼泪“刷”一下就下来了，我使劲憋着不想让猴子听见我哭。

“咱俩之间有什么好对不起的啊，我压根儿就没生气，跟你一残疾人我犯得着吗我。”

“我知道你肯定生气了，无论咱俩当着樱桃的面儿对手戏演得多好，可她一走，我用脚趾都能想到你心里肯定不舒服了。”

“所以你要把你的存款都打给我道歉吗？”

“我没存款。”

“那你有什么？”

“命给你，要不要？”

“不要，贱命一条。”

嘻嘻哈哈几句，我借口累了挂了电话。其实我很想跟以前那样特大大咧咧地骂他说，一次次的道歉你烦不烦啊。然后说上几个段子，抖几个包袱，把我们两个人都逗乐。

可是我不能，我不能再像以前那样跟猴子讲话了，他已经不是我的猴子了。

我怕我话一出口就会哭得红尘做伴潇潇洒洒。

所以我只能什么都不说，只能找个理由挂掉电话。

因为我知道猴子明白，他什么都明白的。

我抱着床头的蒙奇奇开始哭，为了不让邻居以为闹鬼了，我还把电视打开，声音开得很大声。

我就这么哭着，哭着，最后就睡着了，我想大概是我哭的时候消耗了太多的体力，所以那一觉我睡得特别好特别安分守己。

我睡着睡着还做了一个梦，我梦见很多很多人的脸从我面前一晃而过，有很多认识又不认识的人，大家围坐在一起，唱啊跳的，只是，大家都老了。

大家的脸上都爬满了岁月的痕迹，可大家依旧很开心，因为再也没有什么好争的了，都快老死了还有什么好争的呢。

醒来之后我觉得很伤感，我们就这么每天看着时间，从我们身边倏忽而过却无能为力。

不知道，是不是真的要等我们老了，我们才能意识到，今天在我们手中，这些被当作珍宝的东西，其实皆是虚妄。

我告诉自己说，亲爱的莉香，是时候开始新的生活了。

给你自己，也给别人一个机会。

2

那天以后，我就一直在家养着，偶尔去医院看看猴子，但是都觉得挺尴尬的。

那种尴尬，无从解释，但是经历过的人，肯定懂。

大叔偶尔过来看看我，每次都会带我去吃好吃的，虽然有时候我也抢着付钱，但是每次抢到最后，还是大叔豪迈地大手一挥，就把账付了，让我觉得我每次的争抢，都特别虚伪，至于那次牵手逃跑的事就跟小雪花一样融化蒸发了，我俩谁都没有再提起过。

可隐约的，我明白，大叔已经完全地进入了我的生活里，成为了我生活里的一部分。

而我，也缓缓接受了猴子跟樱桃好的事情，看着两人甜蜜蜜的样儿，我也高兴。

这期间我妈来了一趟北京，因为我暑假没回家，她就一人千里走单骑，奔北京来了。

她一进门就眼泪汪汪地开始数落我，说我不孝，说我不顾家，不顾他们老两口，说我翅膀硬了会飞了，飞出去不知道回家了。

我虽然表面上撇嘴，可实际上，看着我妈那样心里面特难过。

我知道我妈爱我，但是我爱他们也没少过他们爱我，只是我不会表达就是了，我想着要是我能是一特没脸没皮敢于讲煽情话儿的人，没准儿我现在就是一小琼瑶了。

我妈大包小包地从身上卸下来，那都是她带给我的补品。我瞟了一眼，看见一堆食物里面还有一盒脑白金和一条中华烟，我就想完了，我妈确实是老了，连给我带东西都不着调。

她告诉我说这些都是人家送给我爸的，放在家里吃不完喝不完的就给我拿来，能吃的就吃，不能吃的就送人，最后她还强调说：“你应该经常给你们老师送点儿东西联络感情的。”

我急忙点头说：“行行行，您就放心吧，我多会来事儿啊。”接着就在心里默默画着圈圈说，让我去给老师送礼扮亲切，不如杀了我吧。

看着那条中华烟，我忽然想起来，我大一的时候告诉我妈说我会抽烟了，我妈横了我一眼没搭理我。

我说：“您怎么没有反应啊？”

我妈白眼都懒得翻：“反应什么，你是抽烟又不是吸毒，难道还得让我把你用绳子绑起来不成？”

我妈一句话说得我就闭嘴了，长辈就是长辈，经历的事儿就是比我们这些小字辈儿多，我妈那个时候的反应是如此波澜不惊，让我狠狠地佩服了她一阵子。

但是后来我就没有再告诉我妈什么了，我知道当时她以为我是小孩子觉得新鲜闹着玩，要是她知道我现在依然抽烟而且抽起来有模有样跟个女流氓似的，肯定立马跳起来把我给废了。

我妈来了以后我感觉就跟回家了一样，成天连袜子都不用自己洗，往墙角一扔转眼就消失了，下一次再见到它的时候，它绝对干干净净地躺在衣柜里，幸福得仿佛提前大跃进了共产主义。

我妈来了之后，我打电话给宝马大叔告诉他说，最近几天别给我打电话也别来找我了。

他问怎么了。

我说你别管了，等过了这几天我再联系你。

他自然说好。我说什么他都说好。

我这事儿办得的确是有点儿未雨绸缪、居安思危，但是，我想要是我妈知道，我一个人在北京的这些日子跟一奔四的男人鬼混，偶尔还一起看看日出，跟两朵向阳花似的。老太太一怒，说不定都能把房子给烧了，然后再把我硬生生地拖回青岛，效仿慈禧，从此把我软禁起来，面朝大海，春暖花开。

某天晚上为了给我妈普及电影知识，我跟她坐在客厅一边看蓝光版《色戒》一边聊天，看到汤唯妹妹被梁朝伟哥哥施暴那一段，我就说秃噜了嘴，发散了思维，跟我妈八卦说猴子被人打了。

她立马像猫被踩到了尾巴似的，从沙发上弹起来紧张地说："什么？被谁打的，严重吗？你怎么不早说，我得去看看他。"那过激反应，硬生生地吓了我一大跳，仿佛她老人家被打了。

还没等我反应过来，太后就要穿上衣服往外冲，我赶紧拉住她说："您干吗哪，现在都几点了，您看谁去？看鬼啊。"

其实我当时觉得挺心酸的，心想我伤了的时候怎么没见您老那么紧张啊。

太后被我暂时劝住后，从桌子上抓了个苹果一边啃着一边继续看电视，看了一会儿之后她突然特无辜问我说："哎，猴子是哪个啊？"

听了这句话，我觉得整个人血糖都低了好几个百分点，头晕。

心说不愧是我妈，我的二百五俨然是遗传的，不能怪这个社会。

其实我妈认识猴子。

大一那年的暑假，猴子突发奇想要去青岛旅行，他来青岛，我自然得尽地主之谊。

于是我就热情似火地邀请猴子去我家里，还交代我爸妈一定得拿出看家手艺来，做一桌好菜来款待我同学。

我妈当时一厢情愿的以为，那是我在学校交的男朋友，登门来走老丈人家了。

所以猴子刚一进门，她就开始用她那对吊梢丹凤眼上下打量猴子，目光那叫一深邃。

猴子给我妈看得一头雾水，站在门口都不知道手往哪儿摆了，不过我妈最后还是很满意地点点头，一把拖过猴子来，立即开始盘问，恨不得连人家家族有无遗传病史都给问出来。

我记得那次猴子一开始特鹌鹑地自我介绍："阿姨您好，我叫匡明，是莉香的同班同学。"

我横了他一眼，想说小样我让你装，这一横不要紧丫更来劲儿了，跟我妈说："阿姨您看起来真年轻，要是您跟莉香走在街上，不知道的还以为你们俩是姐妹呢。"

我妈一听这话更开心了，脸笑得跟朵塑料花似的，有种永不凋零的决绝和死板。

我知道她老人家最经不起这一类的糖衣炮弹，记得有一次我跟她一起逛街，植村秀专柜的小姐一个劲儿夸太后说："像您三十岁的话应该用这种，这种……"

我妈十分不好意思特别害羞无比少女的用台湾腔说："哪有，人家都快五十的人了。"

"呀，看不出来，您一看也就顶多三十出头啊。"

我当时直接就想用锐利的眼神捅了那专柜小姐，想说她三十，那我是什么，我这么大一活人站这儿您就不会忖度一下关系吗？这哪儿是植村秀专柜啊，简直骗人秀专柜。

那天太后疯了一样，买了一堆植村秀的化妆品，凡是人说"适合您这样三十岁女人的"，她都给买了，我在边上劝都劝不住，眼睁睁地看着钱像流水一样，被POS 机刷走。

结果那堆东西拿回来用了没几天，我妈就不幸地中招，过敏了。

之后它们就被我妈束之高阁了，直到现在，我在家收拾东西的时候，还能偶尔发现剩下来的诸多瓶瓶罐罐，但是我很乖巧地从来不提，因为提了我妈也不会承认。

猴子去我家那天也把我妈哄得特开心，我坐在旁边整个就一透明人，任务就是看着这两人跟那儿谈笑风生，相互吹捧。

最可气的是，那天我妈一口一个“我们家芬芳……”，为这猴子嘲笑了我差不多得有半学期。

这也难怪我妈不知道猴子是谁，她只知道匡明不知道什么猴子，但我还是决定明天的时候再告诉她是匡明被人打了。

因为我怕这老太太今天晚上再折腾点儿什么事儿出来，比如连夜熬鸡汤，肯定搞得我也没得睡。

3

我发现来到北京之后，我妈勤劳了几天，很快就原形毕露，变得比我还要懒惰。

第二天我都起床敷完脸了，我们家老太太还在床上窝着呢，我跳到床前把她摇醒：“您这是什么时候养成的不良习性啊？”

我妈睡眼惺忪得宛若少女：“退休在家没做别的，就学会睡懒觉了。”

这倒是真的，有好几次我早晨打电话回家，我爸接电话都小心翼翼地仿佛鼹鼠。

“爸您干吗哪，不大声说话。”

“你妈还没起床呢，待会儿要是吵醒了，她又要跟我急。”

我很同情我爸，觉得他有点儿伴君如伴虎的意思。

我站在床前腰掐得仿佛地主婆：“今天不是要去医院看匡明吗，您要是不想去了就继续睡吧。”

我妈顿了几秒，“噌”一下就从床上弹起来，一脸要把我吞下去的架势，“匡明怎么了？”

“昨天不是跟您说了，他被人打了……”

我还没等说完，老太太就从床上飞跃下来，套上衣服洗脸刷牙去了，我一看就乐了，想立即打电话给老太太报名参加消防队。

临出门的时候，我妈把给我带来的补品能带的全都给带上了，说要拿去给匡明补补。

我心痛地想，这是谁妈啊？

最后她只把脑白金和烟给我留下，其余的东西悉数卷走了，我眼泪汪汪地求她把海参给我留下，结果被她白了一眼说，你有什么好吃的，吃了也浪费！

我看着她迈着矫健的步伐冲在前面心都碎了，顿时有一种魔幻现实主义的感觉。

我伴随着心急火燎的太后，赶到猴子的病房时，樱桃姑娘正跟他卿卿我我的。

猴子脸上带着很久没有的天真烂漫的笑，整个儿一天线宝宝。

看见我妈，猴子的脸都僵了，就跟被混凝土浇灌了似的，样子特逗。

只听他吞吞吐吐地说：“阿姨，您，您怎么来了？”

我妈一看猴子又是绷带又是石膏的，上去一把就把猴子的手攥住了，樱桃在一边也看傻了。

瞬间，我妈带着哭腔就爆发了：“真是缺德啊，这么好一孩子，怎么就给人打成这样了，来，阿姨摸摸。”

说罢，我妈的咸猪手就朝猴子脸上捏去了。

猴子给我妈捏得十分痛苦，可是也不好说什么。

我赶紧一把把我妈的手扯回来：“妈，您这是干吗啊，他没事儿都能被您捏出事儿来。”

“我捏人家匡明，关你什么事儿啊，人匡明还喜欢让我捏呢，是不是，匡明？”我妈冲猴子嚷。

猴子只得委屈地点点头。两人当即上演母子情深的戏码，看得我那叫一个难受。

看着我妈那样，我都想当场拉我们仨一起去做个亲子鉴定看看，谁才是名正言顺她老人家生出来的种。

“原来您是莉香妈妈呀，我都没看出来，您可真年轻，跟莉香站一块儿跟姐妹似的。”樱桃似乎看明白了这一切，在一边乖巧地说。

我抬头一看，我妈的脸瞬间就从刚才的热泪盈眶血海深仇，顿时就转为笑靥如花如沐春风了，那叫一浑然天成。

我不得不在心里赞叹说，真牛，我妈才应该上电影学院，她要是年轻的时候遇上一伯乐，还有刘晓庆什么事儿啊，她老人家才是真正的表演艺术大师哪。

从医院出来，我跟太后坐上出租车，太后看着窗外，忽然装作不经意地说：“樱桃那姑娘挺好的。”

我一愣：“没人说不好哪。”

“人比你温柔，虽然因为你长得像我，她没你漂亮，可男的不管这些的。你这性格得改改，不然哪个男的敢要你啊，跟你谈恋爱跟搞同性恋似的。”

“妈，您说什么哪。”我汗都飙下来，听出我妈的弦外之音，“自始至终都是您误会我跟猴子的关系，我可没说我跟他怎么着。”

“妈说话点到即止，你喜欢不喜欢自己清楚，最好是别喜欢。”

见我接不上话，我妈翻个白眼，开始掏包，抓了一把东西给我递过来，我一看，是几枚海参。

“哼！我一进门看到匡明跟那姑娘的状态，就赶紧给你从袋子里扯了几根最大的出来，回家妈给你泡发了炖了吃，不想做我女婿，就给他几根小的吃得了。”

我给我妈逗笑了，笑得差一点儿眼里的泪都要泛出来。我妈迅速地捕捉到了我情感中的细微变化，伸手像逗猫似的摸我的头发，摸得我肝肠寸断。

如果我不是一个“野火烧不尽，春风吹又生”的女子，她老人家这么不遗余力地攻陷我，我绝对得泪洒当场。

嘿，生活，这样的日子，总得有个尽头吧，我默默对自己说，好女孩上天堂，你不能骗我。

4

在北京的每一日都是崭新和飞快的，我妈待了一周，因为我爸的夺命连环CALL（电话呼叫），她碎碎念着就撤离了北京。

送走了老太太已然是八月中旬，猴子已经出院送来我家休养生息。

我看着一瘸一拐正在恢复健康的猴子，看着时间从我身边跟落花流水一样匆匆流走，心里又开心又难过。

我心里想着转眼开学我都大四了，赵薇大二的时候就红遍了全国，章子怡更是大一时就拍了张艺谋的戏，我就反省着为什么我大四，依然是个没心没肺的臭丫头片子呢。

我一边反省一边抽烟一边在房间里面健步如飞地走来走去，猴子躺在沙发上看着《武林外传》正傻呵呵地乐呢，看见我一副心急火燎的样子就不耐烦了："芬芳同学，你能不能消停会儿？"

我一听猴子叫我芬芳，血压都"噌"一下蹿上去了，自从我妈来看他之后就勾起了丫儿时的记忆，于是我楚楚动人的名字又重新变成他最近养伤生活的唯一乐趣。

他不止一次地在公共场合大声地叫我的名字，每次我都假装没听见，且回头恶狠狠地威胁他说，小样我让你叫，回头我就把你撂在大街上，看有没有人搀你，让你丫给我爬着回去。

几次下来他就不敢在公共场合叫了，换在家里叫。

转悠累了，我一屁股坐在猴子身旁开始跟他一起看电视，边看还边用眼横他。

正横着呢我手机就来短信了，我一看发件人名称是"安安"，上面说："莉香，最近忙什么呢？”

我就纳闷起来了，安安？谁是安安？卖安利的？

刚要回过去问“你丫谁啊”，才忽然想起是宝马大叔。

宝马大叔不是叫许志安嘛，我妈来的时候我就偷偷给改成安安了。

因为我害怕我妈看见，我妈现在正更年期敏感着呢，要是看见“宝马大叔”指不定发散思维想起个什么的。

我妈以前的业余爱好就是看我手机的通讯录，总觉得能从中抓出我的小尾巴然后得意地训斥和质问我，以前高中的时候我有一同学叫“付军”，我就偷懒在我手机里面输了个“夫君”，结果被我妈给发现了，整整一个星期都没让我睡好，三更半夜只要想起个什么就去我房间一脸“将逼供进行到底”的样子，把我掐起来跟我谈话。

我这才想起自从我妈来之后到现在，一直都没有跟宝马大叔联系，赶紧回短信说：“没事儿，我健康活泼着呢，前几天我妈来了所以没联系你，改天一起吃饭。”

他很快回过来：“成，什么时候你有时间了我请你，给我短信。”

我平时虽然挺爱受些小恩小惠的，遇到打折特卖绝对是冲锋陷阵在第一战线的人，但整体还是个有血有肉的堂堂七尺女儿，想到自己“富贵不能淫，威武不能屈”的特质我直了直身体，决定出去逛逛顺便买个什么给宝马大叔送点儿礼，毕竟也是蹭了人家那么多顿饭了。

想到就做，我立马起身换了衣服涂了防晒抓起包就要出门，猴子仍然躺在沙发上眯着小眼睛问我：“芬芳，你干吗去啊？”

“玩儿去。”说完我就出了门。

刚迈出门去就听见猴子在屋子里面吼：“那我中午吃什么啊？”

我没搭理他顺便暗自窃喜了一番，大声说：“让芬芳给你做饭去吧。”

说罢，就一阵风似的跑下楼，打上车雄赳赳气昂昂地往新光天地冲去。

大概是因为美貌和人品太好，我没遇到堵车，在出租车上还没来得及眯个眼什么的，就“BIU”一声到了新光天地。

我一下车就冲进新光天地开始做牛哄哄状游走在各个大牌之间，幻想自己是个贵妇是个明星或者是个暴发户，虽然我看每一样东西的价格时都会忍不住发一身的冷汗。

刚逛了几家店我就开始觉得不对劲了，总觉得有个人在跟着我盯着我左看右看，我心想老娘是貌美如花丫也不用这么不知好歹地跟吧，回头真的把我弄火了，老娘就直接化身藏獒扑过去咬断丫的喉管。

我边逛边琢磨边走进了驴牌，看到他们今年的新款钱包真是爱不释手，经过激烈的心理斗争后，我忍着心里的剧痛刷卡买下了一只经典格纹皮质钱包，在POS单上潇洒签名的刹那，我长舒一口气，心说任务就算是完成了，跟有钱人做朋友真是累啊。

刚迈出登喜路的店门，跟踪我的那人就现身了，双手一挥十分豪迈地把我拦了下来，我一看丫长得那样心里就开始默默地对自己肯定说：GAY，这人绝对是GAY。

他人长得挺俊朗的，只是有一种说不上来的感觉，俩眼睛看着别人的时候闪啊闪得跟个妞似的，在我的概念里，GAY就是这个样子的。

我白了他一眼很拽地说：“干吗？”

“有兴趣做模特儿吗？”他神神秘秘地说。

“呃……裸体的吗？”我默默地赐予了他一个骗子的定位，于是也就没正经起来。心说拜托，出来骗人也有点儿新意好不好，报纸上、微博上曝光您这种假找模特儿真骗钱的人还少吗，虽然老娘长得美，但也不能当我没文化不看报吧。

“我是MILD杂志的编辑。”他看我满脸的不信任，于是自报家门，“姑娘，我特别喜欢你的感觉，我想请你来给我们做模特儿。”

我满脸写着怀疑看着眼前这个长得跟个龙眼似的人，心说我可是被预警过的女孩，不会轻易上钩的！

我刚要来北京上学的时候，我妈曾经跟我千叮咛万嘱咐，说现在街上的骗子可多了，还光骗那些年轻漂亮的小女孩了，骗去拍个裸照什么的，你到时候要小心点儿，多长个心眼才行……

我妈说这些话的时候我心里还挺感激的，很想上去握住她的手扮演母女情深说："妈你不用担心，我会照顾好自己的。"

可是我话还没出口，我妈就又补了一句让我彻底崩溃了，她说："你身材又不好，拍了丢人。"

如果当时跟我说这话的不是我妈，我铁定血性大发一口咬过去了。

那人见我还是一脸的不相信，微笑着从包里掏出一张名片递给我，我一看上面果然印着 MILD 杂志社的名字，无知少女的表情瞬间就露出来了。

看我表情放缓了一下，他指指边上的星巴克，"去坐坐？我请你喝咖啡。"

"好吧，不过我不要你请，我们 AA。"我摆出一个阳光灿烂自以为无比魅惑的微笑。

我们俩刚在星巴克坐下，就看到有个大妈，一身名牌十分拽地从我们身边飘过，香水的浓烈程度几乎要把我熏倒。

我跟他不约而同地摆出一个特别鄙夷的表情，然后看到对方的脸后，都笑了，那默契，仿佛认识了多年的好友。

人和人之间的关系总是很奇妙，一个眼神就可以把彼此间的距离拉到无限近。

"朋友都叫我小智，很高兴认识你。"他伸手过来。

"大家都叫我莉香，小智？不是宠物小精灵男主角的名字吗？哇哈哈哈。"我也伸手过去，他手很软，是那种普通男人没有的软。

"我名字名片上有，但是你还是叫我小智吧，我不习惯自己的真名。我宠物小精灵？你叫莉香也是因为受了《东京爱情故事》的毒害吧！"

"还好啦，哈哈。"被戳穿的我有些不好意思，娇羞地低头瞄了一眼名片上的名字，看到“张智慧”三个字差点儿就笑场了，可想到自己的名字还没人家的好听呢，硬生生就给忍回去了。

“对了，忘记告诉你，名片也可以作假的。要不是我是个正版的，你真的会很容易就会被坏人骗到耶。”

被小智这么一挤对，我立马就觉得跟他的关系更亲近起来了，很想拉着他的手一起转圈圈。

我们交换了电话，讲了一会儿刚刚那个无辜大妈的坏话，自爆了一些各自的八卦，还骂了新光天地的诸多大牌店的无良导购。

正聊到酣畅淋漓处，他看看表：“我得走了，某女明星要来拍照，可难伺候了，婆媳戏演多了人也变态了。怎么样？宝贝儿，要不要做我的模特儿？”

“做！不给钱都做，哈哈。”我也不当鹌鹑了，跟他豪迈起来。

“好，那就说定了，明天你去杂志社找我，到了给我打电话。我助理受不了苦离职了，我只能亲自上阵来跟品牌借衣服，是有多苦逼，拿着卖白菜的钱，操着卖白粉的心。”

“好啦，你赶紧走吧，迟到了小心被女明星摆脸。”

“她摆了好多次了，不差这一次。”

小智离开之后我就欢腾了，立马冲出新光天地打个车就往回冲，一心想着怎么跟猴子炫耀，然后看他羡慕嫉妒恨的表情。

5

我一进家门还没来得及开口，就看见猴子正一瘸一拐地在厨房凌辱泡面。

我一看这架势就乐了，敢跟我斗，老娘老虎不发威你还真当我是 HELLO KITTY 啊。

我没心没肺地倒在沙发上装大头蒜，一边跟脸黑得跟块炭一样的猴子说：“猴掌柜的，也给我来一碗，我要煮的不要泡的，泡的我咬不动。”

猴子的脸都被我气绿了，扔下手里的筷子就开始骂说："你他妈真是没人性的典范。"

"您过奖了。"我依然不肯放过他，"您不是一口一个芬芳叫得挺亲切吗？再叫一个给大爷听听。"我这个人就是这样，千万不能让我抓住把柄，一旦被我抓住最起码半辈子是毁了，更何况这人还是猴子。

虽然众所周知我是一纸老虎，但最起码还是一老虎呢。

可猴子就是一披着狒狒皮的小猴，跟我斗他嫩大发了。

我又调戏了一会儿猴子，看他步履维艰的样子，我终于母性大发，跳起来奔过去把他赶出了厨房。

面煮好了我端给猴子一碗，猴子没搭理我只是接过面黑着脸"吸溜吸溜"地吃着。我优雅而夸张地从口袋里抽出小智的名片在猴子面前晃悠，猴子还是不理我，于是我把名片放在茶几上就开始自编自导自演起来。

"哟，这是什么啊？嘿，是名片。谁的名片啊？让我来看看哪。"我矫情地喊着，翘起兰花指捏起名片来，然后大叫，"哇，这不是 MILD 杂志社编辑的名片吗？我怎么会有这个，好奇怪哦……"

一听杂志，猴子不"吸溜"了，他转过头看看我，一脸鄙视的表情。

我心想小样你就看吧，等我上了杂志买十本给你看个够。

"你刚才说什么？"猴子说。

"没什么啊，人家就是在今天逛街的时候遇到了 MILD 杂志的编辑，他约我去做模特儿哦……"我话还没说完，猴子就把名片从我手里抽走了，他拿着名片正看反看看了半天，最后"哈哈"大笑起来，笑得都快抽过去了。

我想丫大概是受刺激太大，傻了，正要开口讽刺两句丫就来了："张智慧，哈哈哈哈哈……智慧……跟你搭配简直就是绝了，一个芬芳一个智慧的，你说是不是？哈哈哈哈哈……"

我恼羞成怒，夺过名片对着猴子冷笑一声；"您名字好听，可不也是天天跟家待着吗？人哪，嫉妒心不要太强喔！”

“我不嫉妒你，我有什么好嫉妒的。不过我就奇了怪了，叫你去拍什么照？老年复健专题吗？”

“拜托，瞎了你的狗眼，我是36D小嫩模好吗！”说罢，我“啊啊啊”女王笑了几声，接着就扭动着小蛮腰准备洗澡睡觉，养好精神明天好拍组惊世骇俗的照片，引爆时尚界。

临去洗澡的时候，我一个凌波微步，就顺手抄走了猴子吃了一半的面，倒进了厕所。

刚按下抽水马桶，我就听见客厅里传来一阵鬼哭狼嚎的叫骂声，得逞的我，听着猴子在浴室外气急败坏敲门的声音，笑得都哆嗦了。

醒来的时候才凌晨四点，我想我起的可真早啊，跟个小蜜蜂一样勤劳，虽然我入睡的时间，才是前一天下午三点不到。

这个觉睡得冗长而舒坦，我在黑暗当中胡乱做了几个瑜伽动作，觉得把筋骨舒展开了就从床上蹦跶下来准备去沐浴，洗尽十三小时的尘埃。

推开卧室门出来，猴子在客厅的沙发上正睡得有声有色的，我忽然想走过去看一看他。

他睡觉的样子很安详很平和一点儿都不贱，用句很恶心的话来讲，就像是个孩子。

看着猴子微微卷曲的睫毛，我心中忽然升起一种难过的味道，我想起从凤凰回来的那天他看着樱桃的时候，柔情似水的样子胸口就跟碎了大石一样疼。

我正盯着猴子伤感着，丫可能被我盯得第六感迸发，瞬间醒了。

我们俩对视了一眼，然后不约而同地尖叫起来，这一叫把我刚酝酿的所有情绪都叫得灰飞烟灭，我一掌拍过去说：“猴子你有病吧，老娘要是身体再柔弱点儿，你刚才那一嗓子就是一条人命。”

“谁有病谁有病啊？”猴子一听我恶人先告状就嚷起来，“你大半夜披头散发色眯眯地跟猫头鹰一样瞪着我，谁有病啊？你说你一什么女的啊，也就是我心脏够强、应激反应够快我叫了出来，不然现在指不定就被你吓得撒手人寰了，我就叫，我就叫了怎么啦？”

我没再说什么，看着猴子眼睛都绿了我也不敢再说什么，要是我再堵上几句，估计丫肯定就跳起来挠我了，我这么细皮嫩肉的哪儿经得住他挠啊。

我瞟了猴子愤怒的脸一眼，得意地笑笑就优雅地飘走了，我听见背后猴子咬牙切齿跟什么一样地说了一句：“禽兽，你丫就是一禽兽……”

等我洗澡完毕从浴室出来的时候，猴子早就已经又在沙发上睡得迷迷糊糊的了。我心想谁是禽兽啊，受了那么大的惊吓还能睡得着，你丫才是禽兽。

折腾了两小时，我上了个自以为美至昏天暗地的妆，穿上了我最昂贵战衣，搭配上一条假冒的名牌项链，往镜子里一瞅，那简直棒极了。

一看时间才六点，我就跑到阳台上冲了杯立顿红茶，还在喝红茶的间隙顺手拿了一本过期的时尚杂志来翻，俨然特别的英国贵妇范儿，只不过人家英国管这叫喝下午茶，让我给本土化了，提到了凌晨。

刚一到七点半，我就踩着小高跟鞋出门了。我想我可以在那家杂志社周围逛会儿，也总比等会儿被堵在路上看着出租车雀跃的蹦字儿强。

临出门的时候猴子又醒了，他看见我珠光宝气的样就开始拿眼斜我，我说我要去拍照了，本姑娘要去拍照了，嘿。

他从沙发上蹦起来问：“去哪拍？”

“MILD 杂志啊，昨天不是跟你炫耀过了吗？”

“真的啊，我昨儿还以为那名片是你捡的。”猴子阴阳怪气的。

我狠狠地瞪了他一眼，说，“所以才说你是傻帽儿啊。我走了，等会儿又堵车了。”

说罢，我趾高气扬地出了门。

八月北京早晨的太阳已经开始不遗余力地发光发热，照得我有点儿头晕目眩。

我招手拦车，一上去就跟司机师傅说：“师傅，麻烦您把冷气往最冷的程度开，让我提前感受下冬天般寒冷。”

那师傅也能贫，估计开了一宿的夜车这会儿来精神了：“别介啊，你一小姑娘又不是阶级敌人，我可不能对待你像冬天般寒冷。”

“得，师傅，那是像秋风扫落叶，跟冬天比差远啦。您只管往冷了开，要是再这个温度下去我指不定就歇菜了，我现在就有点儿中暑想吐。”

那师傅估计一听我说想吐立马就把冷气开到最大让我降温，估计是怕我真给他吐在车上。

我吹着冷气看着窗外朝气蓬勃的北京城，忽然心中充满了斗志，老娘终于要开始新生活了，我一定要做菲林杀手，谢谢。

车子冲到世贸天阶的杂志社门口，刚下车就看到众多小白领穿得比我还珠光宝气西装笔挺地往里走，那脸则拉得跟泰国腰芒一样长。

我知道，她们一进入这个范围就必须把自己伪装起来，让自己看起来很冷漠高傲的样子，但其实内心都还蛮脆弱的，真遇到一男人，说不定立马就傻得奋不顾身了。这年头的女白领，要是遇到对的人，比女大学生还单纯。

我刚上大学的时候，特向往这样的生活，觉得当个小白领多好啊，多精神。每天在办公室吹着空调，聊着 MSN，上着天涯。不过后来，当我真正接触到真实生活，才知道白领真不是人当的，那简直是牛马的生活啊。

我低头看了看表，时间尚早，但我还是忍不住打电话给了小智，那边响了几下就接起来了，小智的声音，温柔得让我在北京炎热的八月，冷不丁地打了个寒战。

“呀，宝贝儿，你真早。”

“……”我沉默了几秒做了个深呼吸稳定了下情绪说，“那当然，我很强大的。”

“你现在哪儿呢？”

“我已经到你们公司楼下了。”

“哟，那么早啊，我就喜欢你们这种没红的，都准时。行了，我接着就过去，半小时后见。”

挂了电话后，我的微笑就凝固在嘴角了，想说也太毒舌了吧，什么叫“你们这种没红的”。然后我就恶狠狠地想，要是等老娘红了以后铁定狠狠地耍次大牌给你看看，让你丫彻底闭嘴。

太阳越来越大了，商场也没开门，最后我只好又在星巴克坐了下来，孤独地喝着星冰乐。

还好没一会儿小智就来电话说自己到了，让我过去。没红的我自然不敢迟到，赶紧牛饮下最后一点儿咖啡，抓起包就往那边赶，等快赶到的时候又慢下脚步假装很优雅地走了过去。

跟小智寒暄了几句他就带着我上楼去了，看着杂志社里富丽堂皇，我瞬间就没见识地兴奋起来，我想这就是我的新生活吧，多美好的新生活啊。

拍摄过程进行得很顺利，其间我换了 N 次衣服，每件都是我梦想中的大牌。

大牌虽然我还是有零星几件的，不过那可都是从生活费里硬挤出来买的，如今那么多大牌的华丽的衣服让我穿，真是让我感觉升上了天堂，每每都要在试衣间狠狠地撕扯那些衣服，幻想它们每一件都写了我的名字。

小智在一旁一直都没消停，大概是为了缓解我的紧张，他兴奋得跟个小家雀似的活蹦乱跳，还讲出了很多经典台词，诸如“宝贝儿，胸部挺起来，你就是麦当娜”“微笑，微笑，再贱一点儿，给我一种肉毒杆菌打多了的感觉”“你的眼神要冷酷，你就是李莫愁，你中了情花毒！”

摄影师一直在边上笑得很尴尬，我则狠狠地翻了小智几个白眼，冲他嚷道：“喂，本来我不紧张也给你搞紧张了，你不要给我添乱！”

小智却一脸委屈：“谁能想到你这么没心没肺啊，别的女孩儿来拍照都可羞涩了，哪儿像你这么生龙活虎得跟自己家一样。”

“你不是说你喜欢我的感觉？难道当时不是因为我有潜质才死皮赖脸地请我来的？”

“我就一说，你还真信哪？真的是很傻很天真。”

“走开啦你！”

拍摄过程持续了近三小时，我笑得嘴角都快抽筋了，想说模特儿也不是好当的哪，果然老娘还是适合在家待着做职业贵妇。

最后我穿着一件PRADA（普拉达）的蕾丝边小礼服蹲在角落里边休息边默默地跟我身上的衣服告别，双手还忍不住地在上面摸来摸去。

小智走过来，“啪”一下打在了我不安分的手上。

“小心扯坏了，到时候斩你手，这些衣服还要还回专卖店的。”

“哦……”我很乖地收手了，当然也是怕真扯坏了让我赔。

“小智，你怎么这么毒舌啊……”我喝口水，嬉皮笑脸地问。

“因为……”他冲我眨眨眼，“我当你是姐妹啊，对姐妹当然要口无遮拦。”

“靠，你这算跟我出柜了吗？”

“我就从来没在柜子里待着过。怎么？看上我了？想嫁我？Sorry（对不起），下辈子吧。”

“鬼才看上你，我都比你Man（男子汉），看上你跟你搞拉拉吗？”

“嘿嘿。”小智笑笑，终于把东西都收拾好了，“来，我的小公主，收工了。赶紧把裙子给我脱了，我送你下楼。”

6

回到家后，我立马就洗了澡准备上床小睡一觉，摆姿势摆了五小时，我整个骨架都松散开了。刚躺下我的手机就欢快地鸣叫起来，我一看是宝马大叔打来的，接起电话来有气无力说：“您好，请问您找谁？”

那边沉默了一会儿吞吞吐吐地说：“是莉香吗？”

“哎，是啊，您是？”我故意逗他。

“莉香，是我，我是许志安。”

“哟，这名字好，是香港的那个吗？”

“我是……大叔。”他说。

我一听他那么说我就乐了，在电话里就开始笑：“嘿嘿，你还挺会自我介绍的啊。”

“没办法，每次你都用装不认识这一招，我总得想点儿新的应对措施。”他那边无可奈何地叹口气，也笑了。

“找我有何贵干？”

“今天有空吗？一起出来吃饭吧。”

“呃，我刚累了一天，正要补眠呢，咱们约晚上？”

“好，没问题，八点？”

“真是太了解我了！好吧，到时候见。”

挂了电话后，我一侧身就睡着了，真心太累了。定了七点半的闹铃，我强迫自己起床后，冲了个澡，瞬间就活力满满的如同皮卡丘。随便找了件 T 恤套身上，扎了个马尾，镜子里面的我看起来简直就是十五岁，真是年轻有活力。

宝马大叔提前十分就到我家楼下，发了条“我到了”的短信给我，我拿上准备送给他的钱包急匆匆地出了门。

出门前猴子躺在沙发上眼神诡异地看着我，问我说：“干吗去？”

“关你屁事，你是我爸啊？”我白他一眼，匆匆下楼了。

不知道为什么，虽然我知道猴子能猜到我是要去见宝马大叔，可是，我依旧是不想亲口跟猴子讲。

就如同我明明能看得出来猴子跟樱桃在一起了，可是他却从未跟我讲过一样。

想到这个我就苦笑一下，想说我们俩是多别扭的两个人啊。

我熟练地跳上宝马大叔的车跟他做鬼脸当作打招呼，他没有回应我，只是微笑着盯着我看，那眼神温柔得都能挤出水来。

我被看得有些不知所措，于是只能使出撒手锏，就是跟他贫，我说：“你看什么啊，我脸上有美元不成？”

“我这么多天没见着你了，看看你变样了没？”

“你不会怀疑我微整形去了吧？我是那种人嘛，我的美是由内而外的！那结果怎样啊，是不是变得人不人鬼不鬼的了？”

“瘦了，”他眼睛弯成一道桥，“但是好像更漂亮了，整没整不知道，我可笨了。”

“嘿，这句话中听。”我边说边拿出礼物丢给他，“送给你的，就当是这么多回蹭你饭的报答啦，拒收的话我会在你车上当场吐出来，把吃过的东西都还你。”

“以你的性格不是应该在我车上大小便才对吗？一样也是还给我。”

“哈哈，”我笑得翻云覆雨，“这段子太逗了，孺子可教。”

“为了配合你爱听段子的奇怪爱好，我现在每天读笑话全集，冷的不冷的。”

“讲笑话是天分，后天培养没用，我觉得你这孩子有潜质，赶紧打开看看喜不喜欢啦。”

他伸手接过去，打开看了一眼，象征性夸赞了几句，很爽快地收下了，随手放到了车后座说：“那看来你是逼着我今天晚上带你去吃好的。”

“被你发现了，哈，我多精啊！”

他笑笑没有再说什么，发动了车子，请我去吃了某高档馆子，那一餐花的钱，应该远超出了那个钱包的钱。

小智为我拍的照片很成功地被放在新一期的 MILD 杂志上，书上市那天我特兴奋地买了五本，又逼迫猴子也买了五本，回家之后我就把自己的那几页剪下来开始往墙上贴，贴得满墙都是华丽的我。

那天跟宝马大叔吃饭的时候，我也跟他兴奋地讲了自己去拍照的事情。宝马大叔默默买了十本，拍了彩信发我，我娇嗔地问他买那么多干吗，他只回了两个字，看你。

我虽然大叫说这是浪费钱，可心里面依旧是暖暖的。

猴子则在客厅盯着我的照片说：“看看，看看，你简直就是披着羊皮的狼，拍得好像很唯美的样子，其实你哪是一女的啊？”

他说看到我的照片后就不再对杂志上的模特儿有什么幻想，他说私底下肯定都跟我一个熊样。

我打电话给我妈告诉她说我已经晋升平面模特儿了，让她去买书，我以为老太太会激动地落泪说“女儿终于长大了”，然后我们母女俩在电话两头泪流满面上演苦情戏什么的，没想到我妈只是冷冷来了一句，“我不看那个牌子的杂志，我只看《故事会》和《知音》。”

我妈刚说完我就气急败坏地把电话挂了，我想这是一什么老太太啊，这么没心没肺的。我跟猴子抱怨了一通后，猴子又火上浇油地来了一句：“难怪你也是没心没肺的，遗传嘛。”

然后猴子就被我掐得活蹦乱跳得跟案板上的鲤鱼一样。

不过我知道他们还是都在为我高兴的，他们都很爱我，就像我爱他们一样，只是这些爱的表达方式，总是有着他们独一无二的方式罢了。

自从拍照结束之后我跟小智就成了姐妹淘，是哪本书里说的来着，每位时尚女性的身边都得有个 GAY 的姐妹淘。

那么我真是时尚的典范。

某美国时装品牌在西单大悦城开幕了，我跟小智就约了去逛逛。我们满怀信心地去，大有刷爆卡的架势。

可逛了一会儿，我俩就彻底失望了，不知道为什么这些优秀的牌子来中国后，变贵了不说，还变得难看了，丝毫提不起我的购买欲望，一番商议后，我们决定很贱地抄下货号回淘宝代购。

我正诅咒着，小智接到一个电话，朝我做了一个“嘘”的手势，我乖乖地闭嘴。

小智很孙子地“嗯嗯”了半天，挂了电话后，他一脸贱笑地冲我嚷：“这位小主，快跪下来谢我！”

“给个理由先？”

“呃……那我不说了。”他卖关子。

“说嘛，智小主，你知道我最沉不住气了。”我扯他衣角，瞪大眼睛装小可爱。

“呕……”他吐吐舌头，做呕吐状，“放过我啦你，你就是一母大虫，别跟我装可爱，你瞪大眼跟诈尸了一样。”

“快说啦！是要我赐你三尺白绫吗！”

“好啦，有公司看了你的照片，打电话到杂志社，让你去试镜看看。”

“试镜？”

“对啊，广告喔，而且不是平面的。”小智贱笑着原地旋转一圈，“是动起来的喔！”

“哇！”我兴奋地拉起小智的手，手舞足蹈起来。“小智，我爱死你啦！”我跟个疯子似的大嚷。

小智也跟我一起闹：“莉香宝贝儿，你要红啦！”

路人们都用奇怪的眼神看着我俩，像是看到了怪兽，不过，我们不在乎，嘿嘿。

这年头，宁肯做怪兽，也不能做平凡人哪。

为了参加试镜，小智跟我血洗了华威，是的，你没看错，是华威。

小智说了，以我的气质，华威的便宜货也能穿成LV的效果。

果然，在小智的精心打扮下，我一瞬间脱胎换骨，耀眼得不得了。

看着镜子中的自己，我都忍不住地挤眉弄眼起来，觉得自己活脱儿是玛丽莲·梦露。

试镜的公司在国贸，小智很仗义地请了假，以私人化妆师的身份去给我呐喊助威以壮声势。

我第一次参加这种试镜，虽然表面上无比豪迈，可是心跳都加速成小马奔腾了。

国贸三期楼下，小智看出了我的紧张，他微笑着，握握我的手在我耳边说：“莉香宝贝儿，进去后要记得，你是女王。当仁不让，秒杀一切生物。”

我抱着小智又亲又捏，盛赞他说，“智智宝贝儿，你对我真是太好了。”

他则媚眼一斜，坏笑说：“红了可不能忘了给我介绍男明星。”

我把胸脯拍得啪啪作响，说："就算是一直的男明星，只要我们家小智看上，我也给掰弯了，弄成GAY供您享用。"

小智听我这样一说，笑得花枝乱颤，脸一红，一个劲儿地拍我，差点儿没把我给拍死。

7

我跟小智刚以豪迈状迈进那个公司，前台小姐就迎上来，把我们俩引到了等候室。

刚进等候室的门，我的脑袋"嗡"一下就变大了，冤家路窄四个大字硬生生地从天上掉下来，几乎要把我脑袋敲掉。

我看到杨沫同学正悠闲地坐在沙发上，默默地拿着粉饼补妆呢。

杨沫见了我，俨然也吃了一惊，不过人家不愧是专业的，迅速调整好表情，把粉饼往她那LV的包包里一放，落落大方仿佛老板娘般就走了过来。

"哇，莉香，你怎么来了。"杨沫很热情。

"我，我怎么不能来。"我竟然结巴了一下。

"呀，真好，难道你也是来试镜的，哎呀，真可惜。"她做惋惜状。

"可惜什么？"小智翻着白眼抢先问。

"这位是？"杨沫这才留意到小智，问我。

"我朋友。"

"呀，真高兴认识你。"杨沫手伸出来。

但小智没有要同她握手的意思，而是把脸撇向了一边，装没看见。

杨沫悻悻地把手收了回去，插进了口袋里。

"可惜什么，你说话别拐弯抹角的。"我沉脸跟杨沫讲。

杨沫轻轻一笑，朱唇轻启，缓缓说。

"可惜她们只要一个人啊，人家好想跟莉香一起接这个CASE喔，真可惜，让莉香你白来一趟。”说罢，她款款地移动身子，坐回沙发上，开始认真地涂她的睫毛膏，仿佛她已是志在必得。

“贱女人。”我跟小智同时小声地骂了出来，而后怀着滔天的贱意对视一眼，找了个沙发也坐了下来。我虽然表面上无比平和，可经杨沫这么一闹，心里真是没底。

小智看出来了我的心神不宁，撇一眼杨沫，小声说：“那是谁啊？”

“我同学。”

“怎么跟个小姐似的。”

我“扑哧”一声笑了出来，杨沫往这边儿看了一眼，轻蔑地撇下嘴，又继续涂她的睫毛膏。

“宝贝儿，别受她影响，这公司要的是你这样的清纯范儿的，又不是妓院的广告。”小智再次安慰我。

我舒口气，跟小智说：“智智，她挺神通广大的，说不定她背后有人哪。”

“我看有鬼还差不多！有人就直接选她了，还面试什么啊，小笨蛋。”小智拿手指敲敲我的头。

“是啊。”我吐吐舌头，“差点儿给她弄乱了阵脚。”

“对啊，你这个没大脑的。”小智用恨铁不成钢的语气骂，笑了。

按照顺序，杨沫先进去试镜，我在外面等着，虽然一直在跟小智谈笑风生，内心却越发忐忑起来。

杨沫在里面待了许久才出来，出来后，朝我比了个“胜利”的手势，华丽地飘走了。

有个秘书样儿的人叫我名字进去，我满怀忐忑地走进去，一看面试的人，呆了。

赫然坐在中间位置的，竟然是宝马大叔，两边坐着的，是许皓天和一个陌生的男人，那男人眉目间有几分宝马大叔的样子，俨然是一家子人。

宝马大叔和许皓天看到我也呆了，半晌，宝马大叔笑了起来，说：“莉香，怎么是你？”

我走到中间，一脸无奈的表情说：“我也在想为什么，世界真小。”

宝马大叔挠挠自己的头，笑说："你总是出人意料。"

"嘿嘿。"我也不好意思地挠挠头。

"咳……"那个陌生男人咳嗽一声，结束了我跟宝马大叔间的谈话。

试镜程序很简单，就是冲着镜头呈青春洋溢状，阳光明媚地念一句台词：油漆我挑我的，安邦漆，年轻的漆，健康的漆。

事情到了这个份儿上，我其实不太在乎能不能接下这个广告了，要是搁平时，让我念这段话，说不定我立马就笑场了，可有宝马大叔在这里，为了不丢脸，我竟然正经起来。

所以表演起来，往不要脸说，也算是清新自然。反正我看到，在场的人，除了许皓天外，都在肯定地点头。

演完后，我傻愣愣地站在原地，听候发落。

宝马大叔冲我一笑，"不错。"然后跟左边的那位比较年轻的大叔说，"志军，你觉得呢？"

刚刚咳嗽了一声的志军大叔也点了点头说："我觉得挺好的。"

"二叔、三叔！你们不是答应我了吗！"许皓天在边上有些不高兴地嘟囔。

宝马大叔看我站在那儿很尴尬，忙朝我摆摆手说："莉香，试镜完毕了，你先走吧。"

我就如同得到了特赦般，一阵风似的飞速飘走了。

刚一出门，小智就迎上来，十分三八地说："怎么样？怎么样？有没有征服他们？"

我长长舒口气，拉着小智说："阴沟里翻船了，这世界忒小，咱们赶紧撤，出去跟你说。"

小智虽然一头雾水，但估计也是没见过我这么慌乱的样子，乖乖地收拾好东西迅速地跟我闪了人。

我们俩一路狂奔，看到星巴克就仿佛在沙漠里看到了绿洲，跟流氓似的冲进去，差点儿把服务员吓到。

我四仰八叉地躺在舒适的沙发上，猛喝了一口凉爽的星冰乐，一下子给凉到了心底，这才慢慢地缓过气儿来。

看一眼小智，俨然丫的眼珠儿都快变成一问号了，大有我再不解释给他听，他就能立即死在我面前的架势。

我再喝口星冰乐，才缓缓地说：“纠结死了，你猜刚刚面试我的是谁？”

“谁？旧情人？”小智没正经地笑嘻嘻，“赶紧单刀直入，我要听猛料。”

“好吧，就让我对你无所保留好了。”我做坦白状，“是我一特好的，特有钱的大叔朋友。”

“哎……听上去很淫荡的感觉，”小智的表情立马变得非常贱，“小香香，看你傻乎乎的，没想到你还有这本事哪。”

“我就知道你要这样说，怎么那么不纯洁呢你！我跟那大叔是特纯特纯的男女关系。”我大呼冤枉。

“屁咧，听听，都男女关系，还纯！”小智俨然一脸的不相信，“那你岂不是稳了。”

“稳什么稳，小智，我跟那人真没什么，顶多算一暧昧关系。”我真诚地看着小智说。

“那就算没什么也得选你，刚刚那女的跟你不是一档次的，她站街的，你天上人间的。”

“我就当是夸奖了，可刚刚那女的是他侄子的女朋友，谢谢，陪吃陪喝还陪睡，要你你选我吗？”

“我不选你，我找一肌肉正太来，跟他潜规则。”小智又坏笑。

“切！”我翻个白眼，冲他做一个“懒得理你”的表情，埋头喝我的星冰乐。

“喂，死女人。”小智缓缓说，“就算选不上，你也是我小智的女王。”

我抬头看到一脸真诚的小智，一掌就拍过去了。

“少跟姑奶奶煽情！你不煽老娘红了也忘不了你。”

我们俩就跟俩孩子似的，在星巴克打打闹闹，把周围的诸多白领看得一愣一愣的。

在星巴克休息够了，我跟小智又在国贸逛了一大圈儿，并在小智的壮胆下，非常不要脸地试了很多的大牌儿，最出格的事情是我们先剪子石头布，输了的那位，跑去梵克雅宝的店里，非常牛掰地跟店员说："喂，把你们最贵的表拿出来给我试一下。"

小智幸运地输了，我则在门口笑成了帕金森。

刚回到家，正要洗澡呢，大叔的电话就打过来了，我深呼吸了一口气，接起了电话。

"Hi。猫细猫细（你好）。"我装没事儿人。

"哈，怎么又英文又日文的。"

"我精通各国语言，你不知道吗？简历上没写？"我特不要脸地说。

"嗯，挺好的，简历上好像只写叫芬芳了……"

"不准提这茬儿！这是我死穴！你打电话来干吗？"

"好，遵命，芬芳。"他逗我，"没事儿就不能打电话啊，关心下你的成长嘛。"

"几天不见你贫嘴的功力见长嘛。"我无奈。

"跟你接触多了难免就贫了，近朱者赤。"他嘿嘿笑。

"怎么没见你学习我点儿好的品质啊，勤劳勇敢什么的。"

"好啦，莉香小朋友，恭喜你，你被录取了。"

"啊？"我虽然知道他说的录取指什么，可还是不由自主地发出了疑问的声音，想确定下。

"就是，你接到了你人生的第一个广告。"他满带高兴地说，好像接到广告的是他。

"呃……"我沉默了。

"怎么了？按照你的风格，不是应该'高兴得蹦了起来'吗？"他察觉出我的不对劲儿。

"我这算走后门吗？"我犹豫一下，还是憋不住话，"你们一开始定的是那个叫杨沫的女孩儿吧，这样是不是不太好啊。”

“你别多心。”他说，“一开始皓天推荐那个叫杨沫的女孩子来，我跟他三叔也只是说优先考虑而已，没内定这回事儿，又不是选秀。”

“可是……我还是觉得怪怪的，老觉得像捡了便宜。”我小声嘀咕。

“哈，那广告费你少收点儿得了。”他笑。

我“扑哧”一声笑出来，“能透露下广告费有多少吗？低于一百我可不签。”我恢复了女流氓本色。

“请我吃饭就告诉你，顺便把合同给签了。”

“吃饭没问题，签合同我怎么老觉得是卖身契哪。”

“那你别签了，我找今儿那女孩儿签得了，她好像很想签。”他逗我。

“别别别，我签我签，不给钱我也签，就当帮你了。”我低头之余也不忘耍下大姐本性，“你想吃啥？先说好了哈，鲍鱼公主我请不起。”

“吃电影制片厂对面的那家羊肉泡馍好了，你去过没？”

“当然去过！有一阵子每天都去吃，差点儿给吃伤了。”我有一种他乡遇故知的感觉。

“好，那你先洗澡，我一小时后去接你。”

“OK，撒有娜拉（再见）。”我笑着挂了电话。

在电影厂对面的那家老孙家羊肉泡馍店中，大叔把合同递过来，我连看都没看，就龙飞凤舞地签上了我的大名。

大叔先是皱了皱眉头，又无奈一笑：“你就不怕我把你给卖了？”

我把合同递回给他，边吃泡馍边说：“自己人嘛。卖了我，我也认了。”

“话这样说倒没错。”他沉吟一下，“你以后要是签什么合同，可以先拿给我帮你看看，我还真怕你稀里糊涂地就把自己给卖了。”

“我聪明着呢。”我撇嘴，“大概只有我卖别人的份儿，要卖我的人还没出生哪。”

“跟你说正经的哪。”他假装严肃。

“好好好，谢谢警察叔叔。”我嬉皮笑脸地冲他敬个礼。

“你啊……”他看着我又好气又好笑，“我都不知道该怎么说你了。”

“那就使劲儿赞美我，别停下，赶紧吃啊你，凉了就不好吃了。”

他无奈地微笑摇头，低头开始吃他面前的那一份羊肉泡馍。

8

广告的拍摄时间是在三天后，地点是在双井那边的一个摄影棚里。在我的强力推荐下，小智作为我的化妆和造型师，跟我一同参与了这个广告的制作。

一进摄影棚，我跟小智就特别没见过世面地被那阵势吓住了，好家伙，这哪儿是一帮拍广告的啊，简直是一帮土匪哪。

小智特别有心机地让我巴结了导演，一个长发龌龊男。说是那样肯定能少受不少罪，而且拍出来肯定也会特别美。

我被小智强推到导演面前，想赞美他，可从头到尾都找不到一个可以赞美的点。

最终，我特别无奈地假笑着，特别激动地握着导演的手说：“您，您，您的头发可真美，我真羡慕您。”

那长发龌龊导演听到我这完全不像赞美的话，竟然还特高兴。

一开始本来对我冷若冰霜的，可我说了这话后，丫的态度立马来了一个一百八十度大转弯，待我跟亲人似的，一口一个宝贝儿，听得我一身冷汗。我心说看来这圈子还真适合我这种拍马屁老拍到马蹄子上的人混，平时人们的马蹄子，在这帮艺术家的身上，没准儿就移位成马屁股了。

小智一看我巴结导演成功，立马就飞扬跋扈了起来，立即化身为我的经纪人，带着我挨个儿地认识摄影大哥、灯光大姐、录音小弟啥的。

我一边跟在他后面点头哈腰装孙子，一边听他在耳边跟我唠叨说：“记住，这都是将来的人脉！小香香，学着点儿吧。”

看着小智那小人得志的嘴脸，我恨不得当即化身为美少女战士，代表月亮惩罚他。

不过看着整个剧组在我的辛勤巴结下，变得其乐融融，仿佛一个相亲相爱的大家庭，我也不得不在心底小小地佩服了下小智。想说混时尚界的就是不一样哪，不过这话我没跟小智讲，我跟他的交流方式，依旧是以打击报复为主，省得那不经夸的小子又跟我尥蹶子。

广告的创意是一个很大的广告公司做的，是一个外资的4A 公司，叫“美澳”。

大公司的创意就是不一样，把我折腾得够呛，我在广告里分别化身成了大学生]小白领、建筑工、老太太。

让我一人分饰两角他们还不够爽，直接让我一人扮四人，差点儿精神分裂了。

关键是每次特别愣地做出一些匪夷所思的事情之后，我都要摆出一副淫娃的表情说：“油漆我挑我的，安邦漆，年轻的漆，健康的漆。”

每每我都强忍着笑意，差点儿憋出病来。

中途宝马大叔来探班，安静地站在边上笑眯眯地看着我扮建筑工，眼神温柔得让我都要化掉了。

当我穿着一身建筑工人的衣服，蹦蹦跳跳天线宝宝般出现，他还“扑哧”一声笑场了，让我大丢面子。

拍了整整一天，从早上七点到了晚上九点，这整整十五小时，我一直强撑着，反复地心理暗示自己说，莉香同学，你不是一个人在战斗，你是超女，你是要拯救地球的。

事实证明，这很管用，每次心理暗示完，我就像吃了兴奋剂一样，精力充沛得仿佛地球超人。

可当最后一个镜头拍摄完，长发龌龊导演喊“卡”的时候，我一放松，几乎当场瘫倒在地。

小智赶紧一个箭步上前，扶住我，特别动情地说：“宝贝儿，你太棒了，你是敬业女神。”

可我一点儿都没觉得自己棒，我已经丝毫不在乎自己棒不棒了，我只想找任何一个可以躺的地方，四仰八叉地躺下来，昏天暗地地睡它个三天三夜。

在家里养了一周后，我顺利地在电视上见到了那个广告。

广告拍得很成功，让我不得不佩服下那个长发龌龊导演，让我扮建筑工都扮得那么英俊潇洒。

我妈特缺心眼儿地凌晨三点多打电话给我，哭着大嚷："宝贝儿，你给妈争脸了。"

我义正词严地批评了我妈这种不良的虚荣心态。

随后我妈说："你赚了多少钱？我最近想去拉个皮。"

我毫不犹豫地就把电话撂了，并打电话给我爸说让他看紧我妈，别让她一冲动又做出什么匪夷所思的事情来。

宝马大叔一定很有钱，所以才能花钱在那么多地儿播这广告。

除了各大电视台，之后的几天，我几乎在北京城的任何地方，都能听见我缺心眼儿般叫"我挑我的"的淫娃声儿。

每次我从家里坐375公交回学校，都能看见车上移动电视里反复地在播这广告，一开始我还不觉得咋样，得意扬扬地在边儿上装低调的华丽，还在心里盘算着，要不要特傻地拉边上的乘客告诉人家电视上的那人就是本姑娘。

可接着，我就华丽不起来了，因为全车人都在看我，还在窃窃私语，搞得我瞬间脸就变成了水蜜桃儿，恨不得夺车而逃。

此后我但凡坐公交车，必然得打扮成偷地雷的模样儿。

我这才明白，那些明星还真不是装酷，平常就爱戴个墨镜儿装苍蝇，实在是被人民群众当珍稀动物看的感觉，还真不怎么好，都赶上当年罪犯们游街示众了。

9

广告播出后不久，我就跟 MILD 杂志签了合同，成了他们的签约模特儿。

每次去杂志社拍那些天杀的时装大片，拍完后，小智都会特别惋惜地看着我叹气说："宝贝儿，你也就是腿短，要是长点儿，没准儿就能成 T 台模特儿了。"

我实在分不清小智的这话对我是褒还是贬，又碍于周围的众人，于是只得扮着鹌鹑，微笑着不讲话，用只有小智才看得懂的杀人眼神恶狠狠地瞪他。

这招对小智很管用，被我盯久了，他就败下阵来，一溜小碎步迈到我身边儿来，跟我求饶说："莉香小主，我错了成吧，小智子多嘴了。"

我则会十分太后般地拍拍他的头，宽容地说："知错就好，跪安吧你，下次再讲，就杖毙你。"

MILD 时尚杂志是周刊，几期杂志做下来，反响还不错，于是，另外一些时尚杂志也找到了我。还好我签合同前十分听话地让大叔看了眼合同，他帮我修改了几项条款，让我不用只限制给 MILD 一家杂志拍照，不然以我的脑子，哪里知道这些条条框框。

我开始频繁地出现在各大时尚杂志上，就这样，在不知不觉中，我成了业内崭露头角的新锐平面模特儿。

而这些事情的发生，也不过短短一个多月的时间。

人生真的仿佛一场梦。

看着我逐步地受到肯定，小智特别高兴，每次都拿是他发掘我的事情来要挟我，好像走红的是他，而不是我。

我也觉得这些日子，小智对我的帮助实在是不少。

于是就偷偷地跑去了金融街的DIOR HOMME，拿做模特儿赚来的钱，咬咬牙，买了一身丫日思夜想的小西装给他。

一万多"嗖"一下就刷没了，我在信用卡单上签下自己名字的时候，手都在抖，老娘这辈子还没买过这么大件的东西哪，而且最可悲的是，我不是给爸妈买，不是给爱人买，而是给一个男性的“姐妹”买，哈。

不过当我把 DIOR 的袋子放到小智的面前，看到他先是愣住，继而像天线宝宝般蹦蹦跳跳起来，又一把把我抱住，看他大呼女王的傻瓜样，我也觉得特高兴。

猴子对我的走红一开始还冷嘲热讽的，后来看到木已成舟，且我在他的冷嘲热讽下，还更加努力了起来，他的态度忽然就大为改善。平常老赞美我不说，但凡要我在家，丫就端茶倒水，打扫卫生，简直成了我的御用小太监。

不过一切反动派的反常行为，都是有目的性的。

今儿他做完这些事情，就十分谄媚地跳过来，半蹲下，跟狗似的伸舌头，说：“莉香大红人儿，还有什么要吩咐吗？”

我则连眼皮都不抬，用慵懒的声音说：“左手！”

猴子“汪”地叫一声，乖乖地伸了左手出来，我就跟逗狗似的，握握他的左手，而后再次冰冷地说：“右手。”

猴子便又“汪”地叫一声，右手再伸出来。

等做完“转圈儿”“翻滚”“趴下”等一系列动作后，我说出诸如“徒手后空翻，再变身狸猫”“去厕所吃屎”等高难度非主流超现实动作，猴子就甩手不干了，大叫说，“不带你这样的，你这样是虐待宠物！”

“虐待怎么了，我乐意！”我一语道穿猴子的目的，“无事献殷勤，非奸即盗，快说，你又要干吗？”

“嘿嘿，”猴子挠挠头，有点儿不好意思，“是酱紫滴，偶是想，如果你去拍的那些杂志，需要清纯的小男生什么的，可以找我哇，肥水不流外人田嘛。”

“小样儿！”我横他一眼，“本莉香是那种不顾你们死活的人吗，我一直帮你们盯着呢，可是需要男人的地儿太少了，要不我给你介绍到鸭店去？”

“我跟你说正经的呢。”

“好啦！我帮你留心啦。”

“你不帮我留心，也得帮帮晓林兄哈。”猴子一本正经。

“啊？”我心想关晓林什么事儿。

“晓林前几天回来了啊，你不知道啊？”

“啊？他没通知我啊。”

“您大忙人儿，他怎么联系得到你。”猴子又阴阳怪气起来。

我一掌挥过去，打得猴子怪叫一声：“快说！不然看我天马流星拳。”我威胁道。

猴子捂着被我打的地方，特受欺负似的说：“是这样啦，晓林前几天从家里回来了啊，是黄老师给他介绍了一个电视电影的试镜，他信心十足地去试了，结果被无情地刷了。”

“呃……晓林基本功那么好，怎么会被刷呢。”我很傻很天真地说。

“拜托，这圈子基本功有个屁用啊，不都是运气的事儿。”猴子终于讲了句有点儿深度的话。

“也是，那晓林现在干吗呢？”

“跟宿舍郁闷呢，说是明天要去电影制片厂门口蹲点去。”猴子握拳深仇大恨状，“这年头红的怎么都是你们这种人哪，看看人家晓林，最该红的就是他。”

“我们哪种人哪！”我恶狠狠地瞪猴子一眼，“蹲点？”

“对啊，他那天看《鲁豫有约》，受了王宝强的启发，准备守株待兔去，你赶紧劝劝他吧，让他别去丢人。”猴子痛心疾首地说。

“蹲点……”我念叨了这两个字几遍，忽然脑海中灵光一闪，然后一拍大腿，“老娘陪晓林一起蹲去！有义气吧！！”

“啊！”猴子惨叫一声，“疯了，都疯了，你们这些病态的现代人！”

我丢给他一个白眼，立即打电话给了晓林，用命令式的口吻跟他讲了我要陪同他一起蹲点的想法。

晓林先是大骂了猴子的碎嘴，接着可怜兮兮地说：“莉香，我自个儿去吧，你别去了。”

“不成！”我一点儿余地都不给晓林留，“明儿早上九点，电影制片厂门口，不见不散！”还没等晓林说个“不”字，我就迅速地挂掉了电话。

十三 我们都把对方错过了

Once

Loved You

Distressed

Forever

1

第一天蹲点，蹲得我特开心。

因为新鲜感，这于我就成了一件挺好玩儿的事情，我跟晓林蹲在电影厂门口，阳伞一撑跟两个小蘑菇似的，纯情得都要有樱花飘起来。

虽然跟周围众多穿着破烂、面容朴实的群众演员相比，我俩是那么地格格不入，可老娘要的就是这效果，就是要吸引眼球，爱咋咋地。

我抢了猴子的NDSL，跟晓林一起联机玩儿玛利奥赛车，虽然天气热得要死，可是我们俩沉溺在游戏里，也就忘了时间。

路边有饭馆卖盒饭，虽然简单，可是味道还真不错，以至于我中午吃过后，天黑时又跟晓林蹲路边儿吃了一宫爆鸡丁盖浇饭。

刚一回到家，猴子问："吃了没？我饿死了，陪我吃饭去。"

我把我蹲点的全套装备往地上一丢，特云淡风轻地吐出两个字儿，"吃了。"

猴子大叫："太没义气了，自己吃独食儿。"又跟我撒娇，"人家不想一个人出去吃嘛。""找樱桃陪你吃去！"我没好气地说。

"樱桃得上班，不然我们俩早出去吃了，要你干嘛。"猴子嘟囔。

"好吧，我泡个方便面给你吃好了。"说罢，我特好心又主动地走进厨房，扎上围裙，开始给猴子泡面，想感动他下，让丫明天也跟我蹲点去，凑个三人组合。

"明天跟姐姐一起去蹲点吧。"我朝气蓬勃地冲猴子嚷。

悠闲地躺在沙发上看电视的猴子冷笑一声，张嘴就来了一句让我崩溃的话，他说，"我不去，我又不是民工。"

我被他一句话堵得差点儿休克了，心想民工怎么了，民工怎么了呀，我们民工招谁惹谁了！

为了给广大民工朋友争口气，我恶狠狠地说："你当然不是民工，你哪有民工高尚啊，面给我自己去煮。"

说完这句话我就优雅地飘去洗澡了，锅里煮的面也被我使劲儿搅和了几下后，优雅地抛弃了。

猴子吃着一碗几近烂掉的面，欲哭无泪，跟我叫嚷："你煮的这是面吗？！是鹤顶红、孔雀胆！是砒霜！！"

"我们上流社会吃方便面只喝汤，把面倒掉。"我在浴室跟猴子嚷，再次把丫堵了个半死。

第二天蹲点，一大早我就起床了，洗澡之后，我不厌其烦地往脸上一层层地涂防晒霜，嘴里还哼着"我是一个粉刷匠，粉刷本领强"的知名歌曲选段。

临出门之前我往包里塞了三瓶矿泉水，然后看着镜子，笃定地告诉自己：我是民工，我是民工，I do（我愿意）。

而后潇洒地出了门。

赶到电影厂门口的时候才早晨九点多，我跟晓林撑起小阳伞继续角色扮演小蘑菇，北京的八月天就跟一烤箱似的，怎么烤怎么煳的那种。

今儿是一桑拿天，随着日头的渐渐升高，我几乎都要融化了，突然觉得自己很傻帽儿，猴子以前总是说我想起什么就干什么，脑子就算没坏也是一重伤的。

现在想想猴子说得多对啊，多未卜先知啊。

不过，看看身边儿愁眉苦脸，在我百般逗乐下丝毫都没有笑意的晓林。我还是拍拍他的肩膀，十分大姐大地说："年轻人，你要耐得住寂寞嘛，机会永远是给有准备的人的。"

话音刚落，晓林"哇"一声就吐了。我呆住了，想说我也太牛了吧，《大话西游》里的唐僧什么样儿啊，讲话都有催吐效果了。

又一看晓林的脸色，这才发觉不对劲儿，丫脸白得跟白雪公主似的，我手往他额头上摸过去，一摸之下，吓了一跳。

晓林的额头烫得要死，显然是中暑了。我赶紧跑到路边，招一辆出租车过来，要送他回学校。

结果这哥们儿，死死拉住我说："学校那么近，我走回去好了。"

我连威逼带利诱的，才把他哄上车，跟师傅说电影学院，师傅愣了下，一分钟后，顺利地停在了二号公寓门口。

晓林强撑着要付钱，手被我差点儿一掌打断，我付了钱，把他扶上四楼，又以百米赛跑的速度跑去医务室拿了藿香正气水，让他给喝了。

看他昏昏地睡过去，我本来想把他们房间里的空调打开，让他好睡得舒服点，结果拿着遥控器按半天，空调都没反应，细看之下，原来是没电了。

我于是又"噔噔噔噔"从四楼跑到一楼楼管那里，给他们宿舍友情贡献了一百度电，把空调设定好了两小时的运行时间，才悄悄地关门走了。

马不停蹄地做完这些事情，我走出校门，考虑是不是要回家。

三十秒过后，我决定善始善终，起码蹲完今天，画上一个圆满点儿的句号。

顺着西土城路，走回电影制片厂门口，不到三分钟。

貌似我的板凳和伞什么的都还在，让我感慨了下周围人们的纯朴，好歹老娘的板凳也是宜家买的，伞也是天堂伞哪，竟然没有人顺手牵羊，实在太感动了。

我坐下来，把伞撑起来，拿出手机来听歌，看着周围脸上满是期待的各色人等，忽然往事涌上心头。

记得小的时候我妈要带我去算命，我虽然觉悟比较高，觉得我妈这是在搞封建迷信，可是百善孝为先，我最终还是十分乖乖女地尾随我妈去了。

结果那算命的一看见我就说我以后会遇见贵人会有一番成就，说得我心里那叫一个美。然后他又说：但是必定会有一番波折，波折之后的路，就要看她自己了。

说到这儿的时候我就迷茫了，我不知道是要相信还是不相信，要是不相信就没有一番成就了，可是要是相信了就得波折，我这么瘦弱一女子，哪儿经得起波折啊。

想着想着我就纠结了，纠结之后直接把一腔怒火发泄到了那算命的身上，冲着人家嚷说：“你懂什么呀？你知道什么啊？你看时尚杂志吗？你知道星座和心理测试吗？什么都不知道还算命……”

我妈一看我疯了赶紧拖着我就走了，幸亏我妈及时把我拖走了，她要是不拖走，估计我接下来“傻逼”二字就要脱口而出了。

那个时候的我，在我妈眼里还是一纯情小少女，我要是骂出来估计我妈准得把我给废了。

我正沉浸在无厘头的回忆中无法自拔，忽然就有一人的声音仿佛从天外传来，他声音天籁一般，缓缓飘入我的耳中，他说：“小妹，你想拍戏吗？”

我抬头一看，是个墨镜男，三十多岁的样子，留着小山羊胡。

我被那人问傻了，心说老子要是不想拍戏我没事儿蹲这儿干吗啊？行为艺术吗？傻子也知道我是想找个角色演演，赚俩小钱什么的。

不过，当即我还是既迅速又机灵天真状点头说：“当然想啦，帅哥哥。”

大概因为声音太甜太做作，墨镜男明显抖了一下，接着问道：“你有表演经验嘛？”

“太有了！我学了三年的好不好！”

“啊？什么学校？”

“电影学院啊！”

“你电影学院的干吗在这里蹲点？”

“体验生活嘛……”

“好吧……”他沉吟一下，“那你跟我来。”

我就这么跟在墨镜男屁股后面进了制片厂的门，也不想想对方是不是坏人。这次真的不是我很傻很天真，而是我宁可相信是我跟晓林的真诚感动了上天，所以老天派墨镜小胡子男来拯救我。

毕竟，他是我同晓林苦苦蹲点两天得来的唯一希望。

我宁可晓林的希望被别人毁掉，也不肯亲手掐灭，这一丝的可能。

2

顶着烈日，提着板凳儿、阳伞和装满矿泉水的小包，我跟着墨镜小胡子男，左转右拐，走进了电影厂西侧的一个小摄影棚。

我不知道是要演什么戏，估计也就一群众演员，跟着人群跑两步什么的。不过，不管怎么着，那都将会是我的影视处女作，我得重视。

一会儿，墨镜小胡子男把我叫到摄影棚的一个小屋里，说让我准备下试镜。

试镜其实特简单，进去之后，一排儿桌子，几个人模狗样的人坐桌子后面，先让我对着镜头说几句话转个圈儿什么的，随后，坐最中间一位平头大叔，微笑着发话说：“给你出个题目，演你家人死了。”

我心说你家人才死了呢，你们全家都死了。

心里骂归骂，演还是得演啊。

我深吸了口气，就幻想我们家太后挂了，我千里迢迢地赶回家，这一幻想不要紧，瞬间就入戏了。

我在原地做一个缓缓推门的动作，迟疑着走了进去，而后一句“妈……我回来了”，还没说完，眼泪就飙了出来。

我正蹲在原地哭得昏天黑地，忘记了这是在演戏，平头大叔拍起了手，起身递了一张纸巾给我，柔声说："听说你是电影学院的？"

"对啊，这没什么好冒充的，不然给你看学生证。"

他一愣："本科？"

"专科太贵了，两万多一年，上不起。"我破涕为笑，把自己逗乐了。

他也笑起来，伸手出来："我是你师兄，不过早你十几年，七八级导演班的。"

"哇！七八级，那岂不是张艺谋和陈凯歌的同学。"我的下巴几乎都掉下来。

"嗯，是的。"他笑着，很大牌很宽厚的笑容，"好了，你先去外面等一下吧，我们几个商量下。"他摆摆手。

"呃……导演，我有个事儿想跟您说下。"我犹豫了下，还是说了。

"嗯？什么事儿？"

"是这样的，我们班有个男生，我今天是陪他来电影厂门口蹲点的，可他刚刚中暑回学校了,您能让他也来试下镜吗？我其实就是个打酱油的,他比我棒多了。"

他笑起来，很大声，摇摇头，一脸无奈："你很有趣，让我考虑下。"

"成成成,谢谢您了。"我点头哈腰，跟日本女人似的，特别有礼貌地退了出去。

不一会儿，墨镜小胡子男微笑着出来，朝我做了一个我国著名电视主持人李咏常用的，表达胜利喜悦的手势。

我知道这事儿成了，连忙上去连声地谢谢他，说了一些"谢谢您栽培"什么的客套话。

他从包里拿出一剧本，递给了我，说让我带回去看。

我心中一喜，想说难道还是个有台词的丫鬟小配角？就拿着剧本特鹌鹑地问他说："请问，我是要演哪个角色啊？"

"女二号。"墨镜小胡子男微笑着，嘴里轻松地蹦出这仨字儿。

我瞬间觉得自己的体温都一下子升高了，又是对着墨镜小胡子男一顿猛谢，而后想到晓林，于是又厚着脸皮问："那我那个朋友……"

"哦，导演说让你留个电话，明天下午让他来试镜看看。"

“啊啊啊，实在太感谢您了。”听到这个振奋人心的消息，我当即差点儿给墨镜小胡子男跪下。

从电影制片厂门口出来，我忍不住地捏了捏自己，用痛来告诉自己这不是一场梦。随后发短信给了晓林，告诉了他试镜的消息，让他明早好了，就赶紧联系墨镜小胡子男。

机会已经有了，成不成，就看这小子的造化了。

我在出租车上，默默地为晓林祈祷，他比我更应该得到这个机会。

回家后我飞扬跋扈地把门踹开，正准备跟猴子炫耀呢，就发现屋子里空得跟一鬼屋似的，洁白的窗帘还十分配合风的吹动，特别像跳楼后的现场。

我想猴子一定是跟樱桃出去吃饭了，他们吃饭竟然不带我，正怨恨着，他就回来了。

我看见他一脸的沮丧，情绪也不太对，就问他发生什么事情了。

猴子往沙发上一躺，缓缓说：“我去见杨沫了。”

我一听就急了，不管三七二十一就开始骂：“你丫有病吧，你就是贱，你去见她干吗？”

“她打电话来，说想我了……”

“想你了？我看是想你死吧。猴子你就是好了伤疤忘了疼是不是？你是没被皓天小开打过瘾吧。你说你都那么大一人了怎么还那么傻逼呢？你……”

“莉香，”我骂得正爽呢，猴子就打断我说，“杨沫这次找我是真心的。”

我坐在沙发上点了根烟尽量平静地问：“真心想你死还差不多，我真的太佩服她了，也太敬佩你了，你怎么回答她的？”

“我对她说，以后我们俩一点儿关系都没有了。”猴子说着眼泪都快掉下来了，我看着特心疼，他说，“莉香，我真的觉得很难过，而且觉得自己特别贱。”

“你也知道自己贱。”我恨铁不成钢地说。

“可我说一万句狠话，依然想对她好，真的……”猴子也点上一根烟。

猴子说完这句话，我就跟小时候找不到回家的路一样难受，但是我什么都说不出来，我想一个大嘴巴就抽过去，打醒丫的。但是我做不出来，爱一个人本来就一点儿错都没有，多天经地义啊，可是为什么我就是觉得胸口堵得慌。

“猴子，你还是很爱她吗？”

“嗯，我一开始以为是不甘心，可当我说完那句跟她再没关系的话，我才明白，我真的没有不甘心，我只是爱她，很爱很爱她。”

“那樱桃呢？”

“我喜欢樱桃……”猴子想了会儿，缓缓吐出这几个字儿。

“傻逼吧你。”我一下子急了，“樱桃是个好姑娘，你这样对人家不公平，拿人家疗伤还是怎么着？”

猴子长长地舒口气：“从今天开始，我会努力地每天告诉自己少喜欢杨沫一些，把我的心，全部给樱桃，我会对樱桃好的。”

我摇摇头：“猴子，哪里有那么简单。”

猴子粲然地微笑起来：“莉香，我决定搬出去跟樱桃住了。”

“啊？”

“在你这里住了这么久了，也是时候该走了。”

“……”虽然知道猴子早晚有一天会有新的生活，不能再在我身边摇头摆尾了，可为什么，我的心，瞬间仿佛碎掉了一块呢。

“房子找了吗？”

“嗯，樱桃把她那个小一居租了出去，我们在大望路的华贸租了个好点儿的公寓。”

“嗯，挺好的。”我伸手拍拍猴子的头，“像个大男孩儿了你，对人樱桃好点儿。有的时候，爱一个人，并不一定要跟她在一起，樱桃才是真正适合你的好女孩。”

猴子微笑着看我，嘴唇在颤动，却讲不出话来。

“行了，我累了，我要睡觉去了，什么时候搬？”我脑袋嗡嗡地响起来，我得静一静。

“明儿一早。”

“嗯，成，我不行了，我睡觉去，明儿早上我帮你搬。”说罢，我转身走进了卧室，连澡都没洗。

躺在床上，门关过来，我的脑袋一片空白。我呆呆地望着天花板，反复告诉自己说，亲爱的莉香，天下没有不散的筵席。

然后我又问自己说，莉香宝贝儿，你现在是在难过什么呢？猴子要搬去跟樱桃住，你应该高兴才对啊。

我本想沉沉地睡去，告诉自己明日又是一天，何必想太多。

可即将坠入睡眠深渊的刹那，宝马大叔的身影忽然闪入脑海，我一个激灵，睡意全无。

我明白自己已然不能再逃避，是时候该考虑下我对猴子的感情了，我骂猴子贱，我又何尝不是一个贱人。

我得跟猴子开门见山地谈谈。

于是我起身，整理下衣服和头发，准备去客厅，跟猴子谈一下。

刚走到卧室门口，就听见猴子敲门的声音：“莉香，睡了吗？”

我迟疑一下，把门打开：“嗯，没睡呢。”

猴子有些踌躇，低着头，脚在地下来回蹭，“咱们俩好久没好好聊聊了。”

“那就在你走前咱们把酒言欢一下。”我微笑着，十分有默契的地接上他的话。

家里冰箱里还有上次买的伏特加，我们拿可乐兑着喝，口感还是挺不错的。

一会儿，半瓶酒没有了，我跟猴子的脸都红扑扑的，透着喜庆。

我给猴子讲了我蹲点成功的奇遇，猴子笑起来说：“苟富贵，毋相忘啊！”

“那简直对极了，‘一人得道，鸡犬升天’就是为我量身定做的成语啊。”

“我怎么感觉用法不太对？”

“反正差不多就这意思嘛。”我吐吐舌头。

“三年就这么快过去了，一想到咱们要各奔东西，我就有点儿小伤感，太不符合我铁汉的性格了。”猴子微笑着，仿佛沉浸在了回忆中。

“就你？还铁汉？以后的日子，没我在你身边了，你可不要那么冲动了。”

“你也是啊，不知道这个世界上，除了我，还有谁能看到，你女流氓的外表之下住着一个小姑娘，希望最近的那个人能懂你。”

我略带苦涩地笑了：“这么了解我，不枉费我当弟弟疼了你这么多年。”

“弟弟……”猴子低下头去，“莉香，我有个事情一直想说……”

我心提了一提，但还是假装豪迈说：“说呗，咱们今晚百无禁忌。”

猴子一口气把面前杯子里的酒喝掉：“你难道一直以来，都把我当弟弟吗？”

我愣住了。

猴子低下了头：“难道你对我，就没一点儿别的感觉吗？”

我叹口气，拉住猴子的手：“猴子，如果说我有，那也已经是过去式了，那是一种很奇妙的感情，我一个不小心，就把它变成了亲情了。”

“如果当初我说我喜欢你，你会跟我在一起吗？”猴子抬起头来，认真地望着我。

“啊？听不到！”我装傻。

“你告诉我。”猴子执拗起来，“今儿咱们俩把心里的话都讲出来，我……我怕我以后没机会说，也没机会听了。”

“猴子……你在问我这个问题的时候，心里其实早就有了答案了，不是吗？”我微微笑，鼻子却酸起来。

猴子又长长叹口气，眼中也浮出了雾气：“我们都把对方错过了。”

我摇摇头：“我们没有错过对方，我们只是一度把对方放错了位置不是吗？现在我们回到了一个原本的位置，也许是更好的位置上。”

我忽然对我俩的关系豁然开朗了起来，口气像任何一个电台的情感节目主持人，不过我也明白，这话是讲给猴子听，其实，也是讲给我自己听的。

“你爱过我吗？”猴子的眼泪掉下来。

看到猴子哭，我把脸别过去，憋了许久的泪水也夺眶而出。

“也许吧。不过也许那不能叫作爱。”

“那是什么？”

“是依赖吧，或者是点儿别的什么东西，是两个傻帽儿孩子在这个冷漠的北京城，难得的一点儿相濡以沫。”

我们四目相接，从未如此心灵相通。

而后，猴子的嘴角浮现出来淡淡的笑意，他说：“莉香，我明白了。”而后他顿了顿，郑重其事地说：“莉香，谢谢你。”

我也笑了，轻轻地摸摸他的头。

亲爱的猴子，我也谢谢你。

谢谢你让我在最美好的年纪，爱过一个你这样永远不会有遗憾的人。

3

猴子搬出去后，家里忽然变得空荡荡起来，我有时回家，开门的刹那，竟然觉得满是陌生。

夜晚的时候，我就在阳台上铺块儿毯子，把窗子打开，这时，总会有清冽的风缓缓吹入室内。冲一杯茶，坐在阳台上俯瞰下万家灯火，看到别人拥有的家庭的幸福，我经常性地感慨万千。

不过，宝马大叔总会不定时地每天骚扰我，看他有些无趣还没话找话说的那些短信，总是让我没心没肺地笑起来。那些小温暖，仿佛缓释的感冒冲剂，让我所有的小感伤、小阴霾，逐渐地消失不见。

晓林去参加了试镜，那导演对他也挺满意，给他安排了一个分量不小的角色，他高兴得要死，嚷着要请我吃饭。

我还以为他要请我吃什么好吃的，结果到了学校，他去三楼的“星星食街”花了十五元买了一盆鲇鱼豆腐就把我解决了。

我大口地吃着，指责他请我吃饭也不吃顿儿好的。

结果这小子竟然红了脸，把胸脯拍得咚咚响，说等他红了一定请我吃最贵的。

搞得我都不好意思了，赶紧申明我不爱最贵的，只爱三楼食堂的鲇鱼豆腐。

电影开机的日子定在了一周后，宝马大叔恰好这几天也太忙，没有时间骚扰我。我就把小智从国贸拖来西直门这边，跟他聊聊天，骂骂人，谈谈理想，说说未来。

有一次，我问他有没有想过以后找个女人结婚。

丫就拿眼睛狠狠地横我，然后一脸不屑地说：“找你这样儿的啊？”

我则白他一眼回嘴说：“找我这样的怎么了？我多有男子气概啊我。”

我们喝一点儿酒，小智就开始慢慢地给我讲他过去的男人们，个个都精彩纷呈，我几乎要颁一个情路最佳不顺奖给他。

有天晚上听完小智刚来北京的时候被男友骗钱在大雪夜流落街头的故事，我眼里满是泪水，我这才知道其实每一个人都不容易，都有那么一些不得不走的路。

我又一次因为别人的故事哭了，哭得很伤心，就跟流落街头的人是我一样。小智则特别温柔地拍着我的肩膀说，我的傻姑娘，你心肠这么软，以后怎么红。我却抹着眼泪告诉小智，如果走红要心肠变硬，我宁可蹲在家里做宅女到烂掉。

一周的时间很快过去，电影开拍了，在大叔和小智的鼓励下，我铆足了劲儿要演出个真自我。时间就像流水一样侵蚀着我们昂贵的青春，让我们每个人都慢慢知道青春其实耽误不起。

去片场的第一天我特别兴奋，就跟刘姥姥逛大观园似的左看看右瞅瞅，想到我要把自己的青春奉献给伟大的电影事业，我就热血沸腾。

我正跟个间谍似的四处踅摸，转身就看见一熟人。那人正跟一老鸨似的在片场到处转悠找人搭讪，她说话的时候身体揉弯的角度简直让我侧目，我几乎要揉瞎我的眼睛，以为出现了幻觉，可错不了，那姐们儿化成灰我也认识，她是杨沫。

丫正跟道具师傅聊天笑得花枝乱颤，声音尖锐得几乎要划破天空，我隔着很远都能听见她那毛骨悚然仿佛被雷击般的笑声，笑得我一身的汗毛都稍息立正站好，当即都可以冒充箭猪。

杨沫正笑得花枝乱颤，斜眼一瞟就看见我了，然后整个脸都僵在一个完美的弧度上。我看着杨沫，觉得她长得确实是很漂亮，难怪能把猴子和一屋子的禽兽迷得神魂颠倒，要是一牛头马面在人面前这样笑，估计早就被送回阴曹地府了。

很快，杨沫缓缓飘到了我面前，拉住我的手就开始装失散多年的亲人。

“哎呀，香香，你怎么来了。”

“还只许你来不许我来啊。”我没好气。

“不是的啦，人家看你来高兴还来不及呢。”

这时，一个南方腔调的男人声音传来：“杨沫，这个美眉是谁啊？”我抬头一看，一个秃顶男、淫荡男走了过来，顺势就搂住了杨沫的腰。

杨沫当即就跟化了似的，恨不得立即跟那秃顶男合体，用倍儿贱的声音说：“方哥，这是我同学，叫莉香。”

秃顶男用他的老鼠眼盯着我，看得眼中满是淫荡的神情，口水都差点儿流出来。

看得我几欲发火大叫性骚扰，看得杨沫都不好意思了，咳嗽了一声，那男人才反应过来，笑嘻嘻地把手伸过来说：“莉香妹妹，有机会一起吃个饭啊。”

“我减肥，不爱吃饭。”我赏他一个白眼。

他碰了一鼻子灰，却不恼，把手自然地缩回去，装没事儿人，走开了。

“哟喂，这方哥又是谁啊，小心让你的许皓天看到，把你给休了。还有，赛小姐你什么时候开始恋父了啊。”看那人走开，我讽刺道。

“方哥是咱们这部剧的制片人之一。”杨沫自动过滤了我的提问，脸上满是骄纵的神色。

“怪不得，丫长得是挺像制片人的。”我语重心长地拍拍杨沫的肩膀，“有时候我挺佩服你的，你是猛士，敢于直面惨淡的人生。”

杨沫听出了我话中的讽刺意味，甩开我的手，冷笑一声。

“莉香，你也好不到哪里去吧，我也挺佩服你的，又会当婊子又会立牌坊的。”

“说什么哪你。”我瞪她一眼。

“说什么你自己清楚！我搞许皓天，你搞他叔叔，谁看不起谁啊。我是婊子，你是又要当婊子又要立牌坊，你还不如我呢。”杨沫恶狠狠说罢，摇着她的水蛇腰，走开了。

我站在原地，认识这么久以来，第一次给杨沫气得讲不出话来。

后来我才知道，原来杨沫跟我一样，也是这个剧里的女二号，她能进组，则是多亏了她的那位制片人“方哥”，而她跟皓天小开，在猴子被打的事情后，貌似陷入了冷战。

剧组其实是特别可怕的一个地方，大家每天除了拍戏就无事可做，于是闲下来就开始互传八卦。

电影里我跟杨沫是一对好朋友，每次跟她勾肩搭背的时候我都觉得特恶心，有一场戏是我跟她都被同一个男的骗了然后就坐在一起哭诉，最后我们俩抱在一起说：“都过去了，一切都过去了，我们还有彼此。”

说着这台词我一阵一地反胃，那个时候我就认定了戏不如人生，戏哪儿有人生真实啊。

我一直没有告诉猴子我跟杨沫在一个剧组的事情，我不想他再想起那个贱人然后再难过伤感一番，所以我不准他来探我班。有次猴子吵着死活都要来，我就直接把电话关了机，搞得猴子连续三四天在微信上骚扰我都冷嘲热讽的，说还没红就耍大牌了啊。

大叔也表达了他想来探班的想法，我犹豫再三，还是没让他来。

不是怕人说闲话，老子身正不怕影斜，只是觉得我一女二号，有人来探班，显得事儿真多，我一新人，做人还是夹起尾巴来做吧。

影片拍摄得进度很快，预计这个学期开学前就能关机。

我每日都很卖力地演出，一个镜头可以反复地重拍七八次都不嫌烦，可每次回到宾馆，我都像个要解体的娃娃，一个飞身跃到床上，瞬间就会沉入睡眠。

这一天，十二点多才收工。我回到宾馆后先是泡了个热水澡，准备美美地睡上一觉。还不忘订了早上五点半的闹钟，因为六点就要开拍，我得早起化妆。

想到我就还有五小时多一点的睡眠时间，我不甘心地骂了一句《三字经》，想说等老娘红了就耍大牌，想睡到几点睡几点。

一沾枕头睡意就袭来，正当我即将迈入睡眠之门的当口，忽然听到有人敲门的声音。

本来想装作睡着了不想去开，可那敲门声一阵阵地传来，让我火从中来。

一个激灵，也就睡意全无。我走过去开门，一看，竟是那位“方哥”。

“干吗啊？方哥。”我揉揉睡眼惺忪的眼睛，虽然丫不是个东西，可在剧组，我还真得客客气气地对他。

“来跟你讲一下子明天的拍摄计划嘛。”说罢，他一个滑身进了屋，还顺手把门给带上了。

“啊？今儿导演助理已经跟我讲过了啊。”我觉出势头不对。

“讲过了我再跟你讲一遍嘛。”他嬉皮笑脸起来，转身往床上一坐。

“你，你要干吗？”我问了一个很傻的问题。

“不干吗啊，跟你聊聊嘛，你那么紧张干什么。”他向我招招手，拍拍他身边的位置，“莉香，你过来坐啊。”

“我站着好了，您有什么事儿就快说吧，明儿六点还得开工呢。”

“莉香你还真算个爽快人，嘿嘿，我中意。”他摸摸自己所剩无几的头发，“想不想上刘天王的戏啊？”

他这句话出来，我就知道他的目的了，于是面无表情地回答他说：“人家是天王，我连小明星都算不上，我还是一步步来吧，爬得快也怕摔得惨，谢谢方哥您的关心。”

“嘻嘻，你想上，方哥就有办法的啦。”他的脸变得无比淫荡，“只要……你让方哥高兴啦。”

“对不起，方哥，我没这本事，时候不早了，麻烦您走吧。”我努力挤出个微笑，再次送客。

他看到我这阵势，愣了一愣，笑了笑，而后缓缓起身。

我松了口气，以为丫要走了。

可走到我身边时，他出其不意地一把搂住了我，嘴就亲了过来说：“宝贝，你当然有这本事啦，我一看你就是那种外冷内热的女孩。”

我先是呆住了，等反应过来，想要使劲儿把他推开，却发觉丫力气太大，我根本推不开。

我只能尽力抵抗着，大声叫说：“你松手，你要是再不松手我可叫了。”

“你叫啊，你越叫我越喜欢呀。”

情急之下，我一脚往他胯下踢去，只听“呜”的一声，丫捂着他的宝贝蹲在地上，不动了。

我的全身都在瑟瑟发抖，几步走到门口把门打开，对他吼说：“你给我滚！”

他这才捂着他的裆部，低头逃也似的跑了。

4

门“啪”一声关上的刹那，我蹲在地上，眼泪止不住地流了下来。

我这才明白自己是多么不适合这个圈子，不适合北京。

我忽然好想家，好想爸爸妈妈，好想青岛海边的啤酒烧烤摊。

然后瞬间，我决定要回家。我发疯一样拿上我的东西，披头散发地就跑了出去。

刚出宾馆的门，我就发现北京下起了倾盆大雨，真是屋漏偏逢连夜雨。

我站在雨中，被雨水一浇，忽然清醒过来。

我想我这样又算什么呢，回了家又能如何呢，到哪里我都得面对这个残酷的社会。

我失魂落魄漫无目的地走到电影制片厂门口，找了一个可以避雨的地方坐下，从衣服里拿出一根半湿透的烟，用颤抖的手点上。

手机的短信进来，我拿起来看，一看发件人的名字，我的眼泪就又掉了下来，是宝马大叔，他说：“睡了吗？”

这三个字就如同一只温暖的小手，轻轻地抚摸了我冰冷的心，我仿佛能看到他微笑着的脸，还有他发这短信前的反复考虑。

我没有回那条短信，而是直接打给了他，刚震了一声铃，他就接了起来，声音中带着惊喜。

“还没睡啊？一定拍到很晚了吧，我没有吵醒你吧？其实斟酌了很久才敢发这条短信给你，怕影响你……”

“大叔……我……”一听到他的声音，竟再也讲不出话来，眼泪肆无忌惮地流了下来。

“你在哪儿？”他冷静地问。

“我，我……”我哽咽地讲不出话来。

“家里还是电影厂？”他有些急。

“电，电影厂。”说完后，我继续没出息地大哭。

“等我。”说罢，他挂了电话。

我拿着电话，坐在一个小屋檐下面，看着空旷旷的三环路，继续放声大哭起来。

北京这么大，却没有我的家。

十五分钟后，我看到一辆无比熟悉的宝马，几乎是以 F1 赛车的速度冲到了制片厂门口。

那时我的情绪已经略微缓和，看到他跌跌撞撞地，连伞都顾不上打，从车上跑下来。

我就温暖地破涕为笑了，并默默地决定，不告诉他今晚发生的一切。

他走到我面前，看到被冻得瑟瑟发抖的我，先是脱下他的衣服给我披上，继而拿起我的东西，拉起我，就上了车。

一上车，他就把空调开到最大。看到他一直沉默，气氛有些尴尬，于是我自投罗网，故作轻松地说：“对不起啊，我刚刚耍小女孩儿脾气了，没事儿啦，就是在剧组受了点儿委屈，一个想不开就跑出来了。”

他依旧沉默，专心地开他的车。

我叹口气，低下了头，衣服贴在身上，好难受。

终于，过了一会儿，他缓缓开口道:“那你也不应该下这么大雨一个人跑出来。”

语气中满是责备和关心。

我的眼泪再次飙了出来，我是有多少泪啊我。

“谁欺负你了？”他问道。

“没，没人。”我一边抹眼泪一边回答他。

“没人欺负你，你能哭成这样？还下着雨跑出来？！”他俨然没有那么好糊弄。

“你别问了，行吗？反正我现在已经好了，你要再问我，把我弄得不可收拾了，你可得负责。”

他叹口气，做个无奈的表情，专心地开他的车，不再讲话。

车子开到一栋高楼前停下来，他撑起一把伞，走到我这一侧的车门，把我扶下来。

“我没这么弱不禁风，又不是林妹妹。”我咧着被冻得发紫的嘴唇，笑道。

“你也不是铁人。”他把伞侧向我这一头，半个肩膀已经湿透。

这是一栋十几层的公寓楼，进入大堂我就震了一下，想说怎么华丽得跟新光天地似的。

“这是哪儿啊？”我傻兮兮地问。

“我家。”他淡淡说。

“你住的地方好像洗浴城。”

“去你的。”他终于笑了。

上了电梯，他又像怕我误会似的补充道，“把你带回来是想让你先洗个热水澡，我再给你做点儿热乎的东西吃。”

电梯行至八楼，一开门，我就忍不住“哇塞”了一声。

以前总是听说电梯直接入户的大房子，我也意淫了许久，可亲眼见，这还是第一次。

“你房子可真大啊？叫一声都得有回声吧？”我特羡慕并十分没见过世面地问。

“我还真没叫过。”他笑。

“那我叫一声看看，”说罢，我就“哇吼”了一声，而后朝他吐吐舌头，“好像不够大，没有回声。”

他一脸哭笑不得的表情，推我一把，“浴室在那边，赶紧冲个热水澡去，沐浴的东西在镜子后面的柜子放着，里面也有新的毛巾，我给你找身能换的衣服去。”

“哦，遵命。”我这才意识到身上的衣服紧紧地黏着我，难受得要命，赶紧乖乖地进了浴室。

一进浴室，我就呆住了，忍不住骂了句脏话，这俨然就是老娘梦寐以求的浴室哪。

硕大的按摩浴缸，柔黄的灯光，还有华丽的自动温控系统。

我打开镜子后面的柜子，各色的毛巾，全新的欧舒丹的沐浴产品，各类的香熏精油，甚至连娇韵诗的身体按摩板都有。

最吸引我注意的是一只黄色的小鸭子，正有模有样地躺在浴缸里。

我开了水，倒了一点儿玫瑰味的泡泡浴粉进去。豪华的浴缸就是不一样，迅速地就注满了水，温度还刚刚合适，我 BIU（嗖）一下跳进去，身体顿时被玫瑰红色的泡泡淹没了。

我置身其中，仿佛《罗马假日》里的赫本公主，就差头戴顶王冠了。

可很快，想到半小时前发生的那一切，我的心就沉了下去。

不过，很快的，我深呼吸了一口气，告诉自己说，亲爱的莉香，忘了那一切，就当它从未发生过，否则，你就是个傻瓜。

“傻瓜，傻瓜，傻瓜。”我敲打自己的头，叫一个傻瓜，就敲一下。

在我敲了七七四十九下后，已然脑袋已经被敲得晕晕的，我猛吸一口玫瑰的味道，仿佛真的就把刚刚发生的事情忘记了。

很多时候，其实我挺佩服自己的这项技能的，我是一个那么善于遗忘和为自己开脱的人。

这样挺好的，人生短短数十载，快乐的事情都会有那么多会忘记掉，记得那么多让自己添堵的事儿，多没意思，简直白活了。

我慢吞吞地在浴室里泡到水都凉了，跟黄色小鸭子玩得不亦乐乎。

这时大叔来敲门说："衣服给你放门口了，我去厨房给你做点儿东西吃，你想吃什么？"

"随便啦。"我大声说，"我是个山东女人，很好养活的。"

"随便这个东西我还真不会做。"他笑，"好了，数到六十，你就可以出来把衣服拿进去穿了，我去厨房了。"

我赶紧跳出浴缸，按下放水的按钮。一边很听话的数"一二三四五……"，一边迅速地擦干身子。噼里啪啦涂上爽肤水和乳液，而后围上一条及胸的大围巾，像做贼一样，缓缓开一条门缝，探出一个头，看到大叔并未在外面，才伸手跟老鼠一样迅速地把衣服拖进了浴室，动作的利落程度简直可谓完美。

我穿上那身运动装，小市民的毛病再次犯了起来，偷偷一看领标，竟然是Y3，不禁又偷偷吐了吐舌头，心说真有钱人还真是不畏假货的啊。

话说有一年满北京都充斥着假的Y3，泛滥程度比假的LV有过之而无不及。街头各类的猥琐男女们几乎人身一件，搞得国贸的那家真Y3门可罗雀，因为买得起的人也觉得街上穿的人太多，整体就逊掉了。

我穿着一身昂贵的真Y3,高贵又华丽地走出浴室的门,望着宽阔又华丽的客厅，坐也不是，站也不是。

这时大叔端着一碗东西出来，香气瞬间布满了整个客厅。

"坐啊，你上蹿下跳的干吗呢？"他说，然后把手中的碗递过来，我一看，这香气的源头，竟然只是一碗简单的青菜鸡蛋面。

"哇，你是御厨吗？"我在沙发上安生地坐下来，吃了一口赞叹道，"好吃到可以立即死掉。"

"嘿嘿。"他被我夸得有点儿不好意思，跟个小孩子似的挠挠头，"你要是喜欢吃，我就再去给你做一碗。"

"好啦，一碗就够了。"我低头狼吞虎咽地吃着，"赶紧把做这面的秘方给我。"

"真想知道？"他调皮地眨眨眼。

“当然了，秘方什么的最有趣了！”

“嗯……”他拖长音，“秘方就是……”

“赶紧说！不然我罢吃。”我用一个不是威胁的威胁恐吓大叔。

他笑一笑：“秘方就是，在煮面的时候，在心里默默地对面说，面啊面，这是给一个很重要的人吃的，所以，你一定要好吃啊。”

我被大叔的这话感动了一下下，眼眶竟然又一红，眼泪一个没忍住，差点儿掉进面里。

为了不让眼泪掉下来，我在心底默念说：“莉香，你很强大的，哭了会很难收场、很尴尬、很琼瑶的，你是野火烧不尽，春风吹又生，你流血不流泪。”

我调整下声音，挤一个笑容出来，装作没心没肺朝他嚷道：“好烂哦！大叔！！再幼稚一点儿啊你！！！”

“嘿嘿，很幼稚吗？我觉得挺妙的啊。”他再次不好意思地挠挠头，像个大小孩，而后温暖地看着狼吞虎咽的我，眼神里满是流转的温柔。

亲爱的大叔，这是挺妙的，妙到我几年来辛苦修建的心灵堤坝，差点儿就瞬间被你的秘方搞得全线崩塌。

亲爱的大叔，我又欠你一次，不知道什么时候才还得清。

亲爱的大叔，谢谢你。

5

飞速地吃完那碗简单又不简单的青菜鸡蛋面，我一看表，已经差不多两点半。

跑到浴室去漱口，宝马大叔在客厅说：“心情好点儿没？”

我吐出口中的水蜜桃味道的漱口水，用毛巾擦掉嘴角的水痕，回头冲他阳光灿烂的一笑，“嗯哪，好多了，立即恢复成宇宙无敌青春美少女。”

“那我能知道发生了什么事儿吗？”

“不能！”我打定主意不想告诉宝马大叔发生了什么，但是断然拒绝又觉得不太好，于是撒谎补充道，“其实就是片子拍得太累了，每天都要工作十几小时，我受不了了，就耍脾气了。”

“是吗？”他一脸不相信的表情，“我认识的莉香可不是这样的女孩子。”

我心头一暖，但还是搪塞说：“不信也得信啦，反正我现在又恢复得很强大了。”

“是吗？”他笑了，“小而强大？”

“当然。”我拍拍胸脯，又一看表，“我得赶紧回去了，明儿一早六点就得开工。”

“可你衣服还是湿的，我刚刚帮你丢进洗衣机了，大概一小时后你就能穿上。”

“哇，带烘干的洗衣机哪，啧啧，真棒。”

“有什么棒的？去家电商城花五千元即可拥有。”

“嗯……仔细一想好像真没什么棒的。”

他笑了，我也笑了。

“对了，你浴室怎么有那么多的沐浴用品啊，也太会享受了吧你？”

“啊？”他一愣，随即像是想起了点儿什么，“那是一个朋友帮忙给买的，我对那些东西可没研究。”

“女的吗？”我眨眨眼，嬉皮笑脸地问。

“我不告诉你。”他神秘笑笑，“好了，你先去卧室睡会儿吧，我还有点儿文件要处理，就不睡了，等到四点半的时候我叫你起床。”

他显然是不想继续这个话题，难道是真有个女的替大叔打理生活，想到这个，我心里忽然有点儿说不清楚的莫名感觉，嗯，酸酸的。

“呃……方便吗？”我犹豫道。

“有什么不方便的，除非你觉得不方便。”他笑。

“好吧，那一定要准时叫我，我还没红，不能迟到。”

“少啰唆，赶紧去睡！”他笑着冲我嚷。

我乖乖地三蹦两跳进了卧室，飞身跃上那宽阔的床，闻到一股熟悉的味道，嗯，是大叔的味道呢，我心说，而后不知不觉中，睡了过去，满是心安。

“莉香，起床了哦。”

我正睡得不知魏晋，刚感觉睡下不到三分钟，就听到大叔叫我的声音。

我俨然梦里不知身是客，一个翻身糊里糊涂地说："讨厌啦……让我再睡会儿。"

"赶紧起床，六点半了。"大叔轻拍我的背。

听到这话，我"腾"一下从床上跳起来，睡意全无，瞬间抓狂。

"啊啊啊啊，怎么办，怎么办，我肯定会被导演骂的。"我几乎要哭出来。

大叔脸上闪过一丝狡黠的微笑："骗你的，你还真好骗。"

"呼……"我松口气，又嘴硬，"那个……我刚刚起床，头脑不清醒好不好。"

他没接我话，只是指指床头柜："衣服给你放那儿了，你赶紧穿上，吃点儿东西我就送你回电影制片厂，麻利点儿啊。"

说罢，他转身出门，还细心地把门关了。

看到放在床头柜上叠得整整齐齐的衣服，我心里涌起一阵又一阵的感动。我起床穿上衣服，忽然觉得头晕晕的，有点儿不舒服。

出了卧室，坐到客厅，他在煎蛋和香肠，香喷喷的。

"牛奶麦片还有煎蛋香肠，你吃得惯吗？"

"嗯……"我有气无力地回答他。

他听出了我声音不对，转头关切地问："怎么了？不舒服？"

"头好像有点儿晕，不过应该没事儿。"

"肯定是昨儿晚上淋雨着凉了，不能把你的戏推到明天拍吗？你好像需要休息下。"

"肯定不行。"我摇摇头，"那布景今天拍完就要拆了搭别的景了，没事儿，我过会儿吃点儿东西说不定就好了。"

蛋和香肠已经煎好，烤面包机也"叮"的一声，提示面包烤好了。

他装盘后端到我面前来，顺便伸手摸了摸我的额头。

"有点儿烫，可能是发烧了，我去给你找点儿药。"

他转身走开，我低头吃那一份香喷喷的早餐，可全然没有胃口，头一阵阵地晕，吃了几口，我就吃不下去了。

“你没有药物过敏吧？”他拿来一个箱子，里面放着十分壮观的各式各样的药。

“没有，好像没有。”

“别好像啊，万一吃错药怎么办？”

“放心，如果吃错药死了，我肯定不怨你。”虽然难受着，我依旧不忘调侃。

“呸呸！说什么哪。”他递了几粒药丸给我，转身又去倒热水。

“这药吃了可以立马让我变精神吗？”

“估计不成，没这种药。”他递一杯水过来，我抿一口，水温刚好。

他看到餐桌上我吃剩的大半盘食物，问说：“怎么，不喜欢吃？”

“没有，挺好吃的，只是我没胃口。”随后我看一眼表，已然五点四十多了，赶紧把药一口吞下说，“咱们走吧，不然迟到了。”

从小区门口出来，我才发现这是在燕莎附近，心里吃了一惊，想说这才是上流社会的人住的地儿哪。

不过我的身体状况已然让我没有力气感叹这些了，我像个病猫一样倚靠在副驾驶的位置上，大叔一边开车，一边略带担忧地看看我。

“莉香，你没事儿吧。”

“没事儿……”我有气无力地回答他，“让我眯会儿，到了叫我。”

不一会儿，车子开到电影制片厂门口，他摇醒我。

我晃晃脑袋，搓搓脸，跟他说：“你去忙你的事儿吧，在门口停就成，我自己走进去。”

“我还是送你进去吧。”他说。

“算了，进去还得交停车费，而且，让别人看到我夜不归宿不好啦。”我强打起精神，开门下车，虽然脚步轻飘飘的，可我还是努力地走得英姿飒爽一点儿。

因为我能感受到，宝马大叔在我身后一直注视着的关切目光。

看看表，已然六点了，我加快了步伐，往摄影棚走去。

到摄影棚的时候，灯光师傅已然开始架灯光了，剧组一片欣欣向荣的景象，又是一个忙碌的早上。我赶紧坐到化妆台前，闭上眼任化妆师在我的脸上任意涂抹。

“莉香，不舒服啊？”和善的化妆师大姐问我。

“没事儿，可能有点儿感冒。”我送一个有些苍白的微笑给她。

“全组就数你最拼了，昨儿收工的时候导演还夸你哪，可制片说你心机重，我看他才心机重哪！”化妆大姐在我耳边偷偷传播八卦。

我则回应化妆大姐一个没有任何意义的笑容，在剧组这样的是非之地，我早就学会了少说话多做事。

正想趁着化妆的空荡再小眯几分，就看到方秃头摇摇晃晃地进了棚。看到我，他像个没事儿人似的走了过来，脸上堆着他万古不变的淫贱笑容。

看到那张脸，我就恨不得自己昨晚踢得再大力点儿，断了丫的命根子，看丫是不是还笑得出来。

“莉香，早上好啊。”方秃头走到我身边，用他的肉爪子拍拍我的肩膀，做出一副关爱后辈的样子来。

“方哥，你也早上好。”虽然我心中的怒火几乎要让我自焚了，但是我依旧憋着一口气，挤一个笑容出来给他。

因为我知道，只有我从容不迫，波澜不惊，才能让他觉得我没那么简单，就此死心。

这招不动声色果然奏效，他被我的反应惊了一下，而后就甩甩手，悻悻地走开了。

今天的这场戏拍的是我跟杨沫吵架的戏，最终她要赏我一个巴掌，而我则要十分弱势地捂着脸哭着跑掉。

因为不舒服，我的状态不是很好，所以频频地被导演喊卡。

杨沫则十分幸灾乐祸，瞟一眼她的脸，我都能看到她内心荡漾的笑意。

而那个赏我巴掌的镜头，杨沫竟狠狠地赏了我六次巴掌，每一次都特别的大力，最终导演都看不下去了，发话让杨沫力气小点儿。

我则咬咬牙，坚持拍完最后一个镜头。

不过，当最后一个镜头导演喊“卡”的时候，我终于坚持不住了，竟然眼前一黑，晕了过去。

6

当我在医院悠悠转醒过来的时候，发现大家都到齐了，猴子、樱桃、宝马大叔、晓林都在，看到我醒了，大家呼啦一下子就围了上来。

看到大家，我挤出一个笑容，贫嘴说：“人这么齐，给我出殡哪。”

猴子没好气地说：“不知道你那么拼命干吗，第一部片子就想拍成遗作啊！”

樱桃拍一下猴子的头：“怎么跟莉香说话哪你。”

猴子立马就变身小乖乖了。

我着看这一对甜蜜的小两口，打趣猴子说：“这才几天不见，樱桃管教你管教得不错嘛。”

然后握着樱桃的手特革命同志般地说：“樱桃姑娘，做得好哪，你这也算为民除害了。”

猴子撇嘴，满脸不屑。

这时，晓林上来说：“你终于醒了，我在B组听到你晕过去的消息，都快吓死了。”

这里有必要简单讲一下一部电影的拍摄流程，有的时候出于进度的考虑，导演会把一个剧组分成AB组，一组自己带，另外一组由执行导演按照导演的分镜头去拍。

我跟杨沫是A组，晓林的角色跟我和杨沫的没什么交集，就被安排到了B组，在电影制片厂的另外一个摄影棚拍。

“没事儿，我的强大可是家喻户晓的，你太小看我了。”

“强大还晕过去了！”

“我入戏太深行不行？”

“切！”猴子和晓林异口同声地表达了他们的不屑，而宝马大叔则十分沉默，看我醒来，脸上也有了淡淡的笑。

我一边跟众人打趣，一边偷偷望向他，看到他关切又略带责备的眼神，心里涌起一股难言的暖意。

吊了一天的葡萄糖后，我以迅雷不及掩耳之势回到了片场，回归了剧组的大怀抱。

影片拍摄得很顺利，导演对我大加赞赏，狠狠地给我的角色加了几场特讨好的戏。杨沫在一旁鼻子不是鼻子脸不是脸的，气得几乎内伤。

但在我们这个组，俨然是导演说了算的，她的方秃头，俨然也只有赔笑脸的份儿。

导演在王府饭店摆了几桌杀青酒，我喝得烂醉，发了酒疯，当众大哭，但依旧没有忘记趁着酒意，感谢那日在制片厂门口把我拖去试镜的小胡子哥哥，以及给我机会的导演，还有剧组的众多好人。

我从来不擅长讲感激的话，因为害羞。

所以也就只能趁着酒意，去讲一些一直憋在心里的话。

那日我大哭大闹之后，依旧是宝马大叔来接的我。

我被人架出王府饭店，看到等在门口的他，三蹦两跳毫不避讳地就上了他的车。

北京城华灯初上，车水马龙。

他开着车，疼惜地看看我，说，“喝那么多酒干吗？身体总归是自己的。”

“我，我高兴。”我嬉皮笑脸大舌头地说：“大叔，我问你个问题成吗？”

“嗯？”

“你为什么对我这么好啊？”

他笑笑，不讲话。

“说啊。”

“嗯……不为什么啊。”

“那你怎么不去对别人好呢？”

“因为你就是你，你不是别人啊。”他像在哄孩子。

“嘿嘿，难道……”我打了个酒嗝，“难道，你喜欢我？”我终于讲出了心中存在已久的疑问。

“莉香，你醉了。”他淡淡说。

“我没醉。”我孩子气地撇嘴，“你要是不承认，那我以后都不要你对我好了。”

他耸耸肩，一副无可奈何的表情，继续认真地开着他的车。

我也没有再闹下去，倚着车窗便睡了过去，心中其实早已默默有了答案。

北京的秋天默默地来了，天空变得蔚蓝又高远，经常有洁白的鸽子群从云间倏忽而过，留下悠远的阵阵鸽哨声，瞬间便隐没在天的尽头。

街头的树叶都黄了，风一吹，就不依不舍地落了一地，金黄的铺了薄薄的一层，脚踩上去，便有了一种珍惜的美。

学校就在一个这样的时节开学了，新的面孔出现了，90后也终于大批量地登上了历史舞台。

看着在学校里蹦蹦跳跳的小正太和小萝莉，想不感叹自己老了都难。

原本默默无闻的我，因为那个播遍大街小巷的广告，还有跟杨沫一同成了某知名导演新剧的女二号，一跃成了班里的八卦聚焦点。

黄老师为此特别高兴地跟我谈过一次话，拍着我的肩膀说：“莉香，你得加油。”

看着黄老师阳光灿烂的脸，我终于可以笑着跟她打趣说：“您不后悔招了我进来吧。”

大四了，忽然没有了逃课的念头，忽然就想好好地珍惜一下这大学四年的时光里，最后一年的安静日子。

于是我开始乖乖地，每日回学校出晨功，按时地去上英语课，再也不打瞌睡。

就连最讨厌的体育课，我也老实地去上，在操场上如同被打了鸡血的海豚一样，跟众人争夺一个球。

因为恢复了正常的上课，跟宝马大叔间的联络少了起来，那晚我喝醉之后，讲了那些奇怪的话，我们两个人间的关系就开始变得有些尴尬。

猴子跟我曾经在私下里深入地探讨过这个问题，最终我们聊了一下午，却跟没聊一个德行。

不过猴子最终意味深长地拍拍我的手说："我放心把你交给他了，你是不知道，你晕倒的那天，他是有多着急。"

我当即赏赐了猴子一记天马流星拳，看着他龇牙咧嘴地跳来跳去，我眼前浮现出的，是宝马大叔那张令我温暖的脸。

7

我本以为生活就会这样平淡地继续下去。可生活就是这样，越波澜不惊的日子背后，隐藏着的，越是一波又一波惊天的骇浪。

周末凌晨，我美好地玩儿了一晚上的 wii 游戏，正准备睡满七小时后，再去小区边儿上的游泳馆游个三千米，度过一个健康休闲又娱乐的周末。

躺下，头刚贴上枕头不超过三秒，就听见家里的电话跟催命铃似的响了起来，活活把我吓了一大跳。

我连滚带爬地跑去接，刚接起来，就听到猴子心急火燎地嚷道："莉香！你赶紧去看今天的娱乐新闻头条。"

"啊？又有哪个女明星离婚了？"我心不在焉地说，想说猴子也太八卦了。

"离婚你个头！你现在快去看，不是跟你开玩笑。"

"哦。"我慢吞吞地打开电脑，问猴子说："难道又有小模特儿出来自爆自己干爹？"

猴子那边沉默了一下："是关于你的？"

"啊？！"我蒙了，打趣道，"我一个无名小卒，业余时间也不爱好连环杀人，怎么可能上新浪头条。"

"你别贫了，待会儿看你怎么笑得出来。"

"嘿！猴小子，我可是人送外号向日葵的乐观少女哪。在家呢吧，樱桃干吗呢？”

“莉香，我在猴子身边儿呢。”樱桃姑娘关切的声音传过来，“这事儿你最好有个心理准备。”

樱桃姑娘这么一说，我的心才真正悬了起来，想说难道真发生什么事儿了？

于是我赶紧心急火燎地问电话那头的神秘夫妻档说：“到底怎么了啊，我电脑慢，你们跟我讲啊，急死我了。”

电话那头又是沉默，半天，樱桃姑娘的声音才飘过来：“你代言的那个广告出事儿了。”

“啊？广告能出什么事儿啊？我不是汤唯也不是张柏芝，难道给禁播了？”

樱桃姑娘叹口气：“没那么简单，不只是给禁播了，网上还有了一些关于你的特别不好的言论……”

“什么不好的言论？”我问，这时电脑已经打开，我打开浏览器，进入新闻首页。

“你自己看吧，我，我说不出口，”樱桃姑娘说，“莉香你别生气，明眼人一看就知道他们是乱写的。”

“我哪儿那么容易生气嘛，我看看是什么新闻，哈，把你们紧张成这样。”我依旧没心没肺地说。

看到网站首页的头条新闻，我不禁呆住了：“安邦漆质量出现问题，广告女主角被爆潜规则。”

我点进去看，大体扫了下内容，原来大叔公司的漆出现了质量问题，有多位消费者出现了中毒反应，而这些消费者不约而同地都谴责了安邦公司的广告，说是虚假广告。

而不知道在哪位知情“神秘人”的爆料下，广告的女主角，也就是我，被曝是安邦公司的董事长许志安在电影学院包养的情人。

我看着那新闻，哭笑不得。

电话那头的樱桃听到我这边没反应，赶紧说：“莉香，莉香，你得挺住啊。”

我笑出声来，跟樱桃说：“这算什么屁事儿啊，樱桃妹子，他们爱编故事，就让他们编去呗，我真的没关系啦。”

“真的没关系？”樱桃的声音真是甜。

“真的没关系。”我语气坚定又豪迈。

“呼……那我就放心了，我就跟猴子说了，莉香才不是那种小心眼儿的女孩子呢，可猴子非说你会纠结。这不，我们俩就打赌说，看你会不会发飙，啊，说漏嘴了……”我仿佛都能看到樱桃姑娘在电话那头红着脸吐了吐舌头。

这时，猴子把电话接了过去：“咳……咳……好吧，我输了，死女人你变成熟了不少嘛，竟然没因为这新闻而暴走。”

“少来！”我大声嚷，“不带你们这样的，竟然拿我来打赌，这是一起打拼过的阶级弟兄干的事儿吗？”

“当然是了！打下江山后就是秋后算账时。”猴子没心没肺地笑道。

“你们俩等着吧。”我威胁道，“我会让你们血债血偿的。”

“哇吼，我好怕哦。”猴子怪叫一声，旋即就把电话给撂了。

猴子挂了电话后，我又坐在电脑前仔细看了一遍那新闻。

看到质监和工商部门在调查这个事情，我心说大叔公司不会遇到什么大麻烦了吧，于是赶紧拿起电话来，想要打给大叔。

刚拿起手机，号儿还没按下呢，大叔的电话就打进来了，我赶紧接起来。

“Hello.”

“莉香吗？”

我笑：“难道是鬼娃娃花子吗？”

“有个事儿要告诉你……”他踌躇下，“那个……”

我知道他要讲什么，但还是故意装作不知道：“那个什么啊？”

“呃……反正网上有些不好的新闻，你别看就对了。”

“哈，我刚刚看到了啊。记者爱写就写去呗，没准儿我给这样一写，还红了呢，成小话题女王了。”

“话不是这样说啦，我怕你多心，你那么脆弱敏感的。”

“我只有一颗心，没有多心。我哪里脆弱敏感了，我神经粗得可以当柱子盖楼了好吗。对了，你公司的事情如何了？”

“哎，我前一阵子把产品质量那边的事情交给皓天跟他三叔了，没想到这两人刚接手，岔子就出来了。”

“好搞定吗？”

“应该没问题，我已经说尽量地给予消费者赔偿了，现在正在追回已经发出的货物。好了，不跟你多说了，我得亲自处理这个事情，好多事儿。”他声音中有些疲惫。

“好嘞！应该我叫你别多心才对，记得注意休息哈。”

“嗯，好，晚安。”

“晚安。”

说完晚安后，大叔急匆匆地准备挂掉电话。

看来是真的遇到棘手的事情了，我心想，以前要挂电话的时候，大叔总是让我先挂。

有一次我故意拖着不挂逗他，说了再见后，沉默了大概得有一分钟，大叔那边却依旧还没有挂，还憨憨的，略带犹豫地“喂”了一声，让我笑了他好久。

我拿一块儿羊皮垫子铺在窗台，光脚抽完一根蓝万宝路，忽然有点儿心神不宁。

大叔在我需要他的时候，为我做了那么多的事情，可我在他陷入困境的时候，才发现，我能为他做的事情是那么的少。

想到这个，我的心情有点儿低落。

犹豫着拿起手机，想要发条安慰的短信给大叔，写了大段的话，又觉得太过肉麻。

半小时过后，我最终只发了四个字：“加油，大叔。”

那边儿过了很久才回过来，大概是在忙，他说：“莉香，你也加油。”

短信的末尾有一个小小的笑脸，我看着那笑脸心中满是湿润，周围升腾起温暖的雾气，本来低落的心情，忽然变得阳光万丈。

因为我仿佛能看到大叔的笑脸，赫然显现在我的眼前，心中满是安定。

8

我原本以为，这个毫无可信度的八卦新闻，很快就会飘离人们忙碌的生活。现代社会有那么多奇形怪状的话题，每天都仿佛是一个奇迹。谁会关心一个这样无趣的八卦。

但事实证明，我错了。

这条新闻自从上了娱乐头条后，一夜间被转发到各大网站，还点燃了知名的八卦论坛。最牛且很不幸的是，在微博的配合之下，我转瞬就被人肉搜索了出来，无数不明真相的群众组团来骂我。

而且在网友的丰富想象力下，我被妖魔化了。我成了一个心机重的妖女，简直就是小杨沫。我还被安排了无数个香艳刺激的段子，最牛的是还有床戏描写，写的人写得那么信誓旦旦，仿佛他随时可以提供艳照出来，还在我们家隔壁凿了一个洞，可以每日观察我的饮食起居。

好吧，我必须承认，这年头，女大学生跟大款的故事真是令人大跌眼球，我这也算飞上枝头变凤凰了吗?

说实话，连我自己都不相信，我跟大叔纯洁得一塌糊涂，都快赶上日本的纯爱小说了。

回想我们俩的接触，从头到尾，也就被城管大叔追赶的时候我们俩不知不觉间牵了一次手，其余的时间，大叔一根指头都没有碰过我。

面对着滔天的叫骂，说没有影响到心情是假的。

不过当猴子、晓林等朋友们打来问候的电话时，我还是一副满不在乎的样子，说实话，我也并未觉得这有什么好在乎的。

我笑着跟他们讲说：好吧，就让我被众人批斗吧，我经得起多大的赞美，就经得起多大的诋毁。

现在的网络真是发达，太后也知道了这个消息，打电话来向我兴师问罪，看到手机上出现太后的号码时，我还忍不住胆战心惊了下，因为毕竟我跟太后间还是有着不可逾越的年龄鸿沟的，我实在是不晓得该如何解释我跟大叔纯洁而略带暧昧的男女关系。

刚接起电话来，就听见太后用她特有的大嗓门儿嚷说："宝贝儿，你给妈争气了！"

我瞬间就汗了，想说太后不会气糊涂了吧，赶紧解释说："妈，那都是瞎写的。"

太后在电话那头狡黠的"嘿嘿"一笑说："小样儿，你还想骗妈，赶紧搞定那个大款，嫁入豪门，等妈去北京投奔你。"

我彻底汗了，心中仅存的那一点儿愧疚感荡然间消失得无影无踪，跟太后说："妈您真是太牛了。"

我妈一副过来人的口气："女儿啊，妈这也是为了你好啊，等你嫁入豪门，一辈子也就不用愁了。天天中午起，起来就喝下午茶、逛街买东西，打麻将打到半夜，无聊了还可以生孩子玩儿，女儿啊，那才是生活啊。"

听完我妈的这话，我几乎腿一软当即给跪下来，想说都是傻帽儿电视剧把太后毒害了，无奈地跟太后说："妈，我服您了。我跟那人真的没什么，就算有点儿什么，也没您说的那样儿……"

"那就让他有什么起来，妈相信你！"又贫了一会儿，挂电话前，太后迟疑了下，语气沉下来跟我讲说："宝贝儿，妈相信你，只要你快乐，你去反人类，妈都支持你。"

我当即批评了太后错误的人生价值观，可挂了电话，我看到镜中的自己，才发觉眼圈已然红了。

太后总能适时地打到我的七寸，毫不费力地让我飙泪，知女莫若母。

我给大叔打过几次电话，他每次接起来的时候都匆匆忙忙的，说不了几句话就得挂断。

渐渐地，我也不太敢去打扰他了，我知道他肯定有更多的事情等着去解决，等他忙完他手头上的事情，肯定会突然在某天打电话给我说：“莉香，我在你楼下呢，一块儿吃卤煮火烧去。”

少了大叔的生活，忽然变得有些空荡了起来，每当我在学校上完课，打车回到家中，静下来后，总觉得生活好漫长。

新闻还是不断地在出现，我开始每日在家上网以看这些新闻为乐。人们无聊到开始剖析我跟大叔的身家背景，我自然没什么好剖析，大叔的却是很有看头，原来他竟然结过婚，后来和平分手了。

看到这个小资料，我还是吃了一小惊，想说大叔怎么没提过。不过接着瞬间我就骂自己笨，大叔结过婚这样的事情，还不是秃子头上的虱子——明摆着的嘛。他一超级钻石男，能没结过婚吗？不过，当制片方的电话打来给我，说因为我的新闻，考虑删除掉我的戏份时，我才明白，事情已然没有那么简单和乐观了。

我挂了那个电话，在窗前站了很久都没动弹。

唯一的感受就是这年头女明星真不是人当的，我还真的是很傻很天真，这个圈子永远不缺锦上添花的人，雪中送炭你千万别指望，他们不落井下石已经是给你面子了。

学校里，越来越多的人对我指指点点。女生们都开始对我敬而远之，脸上总是挂着讥讽的笑，我的心理素质再好，也经不起那么彪悍的次次打击。

但在猴子、晓林他们的面前，我还是装没事儿人。

他们也很乖巧地不在我面前讲些什么，小心翼翼地回避一些敏感的话题。

我暗暗地，在心底大感温暖。

十四 生活总是落井下石得可怕

Once
Loved You
Distressed
Forever

1

这日，刚上完形体课，我正一身疲惫地收拾好东西准备回家。

就听到有人叫我说：“莉香，门外有人找。”

我赶紧把头发用皮筋随便一扎，把衣服、水什么的往包里一塞，冲出了教室。

刚出教室门，就看到一个贵妇状陌生女人笑眯眯地看着我。

我一脸问号地说：“你好，找我什么事儿？咱们认识吗？”

她手伸出来：“我是许志安的前妻，有时间聊聊吗？”

我吃了一惊，但还是很快地把手伸了出去，跟她握了一握：“当然有时间。”

“我叫林爱凡。”她朝我蔚然一笑，那笑容，真是颠倒众生。

我刚要说点儿什么，她就很可爱地抢话说：“嗯，你叫莉香，我知道的。”

这让我对她的好感度大增。

我们去了教学主楼的四季厅，选了一个靠窗的位置坐下来：“你喝什么？”

我问她。

“菊花茶好了。”她抿嘴微微笑，温暖得让我对她满是好感。

我走去前台要了一壶菊花茶，她走过来帮我拿茶杯，还捎带着拿了一个烟灰缸过来。

我们回到位置上坐定，各自拿了烟出来。

“抽烟吗？”我们异口同声地问对方，然后都笑了。

“找我什么事儿？”我点上烟，喝一口茶，问她说。

她深深地吸一口烟，脸上依旧带着平淡的微笑，她说：“你想知道到底发生了什么事情吗？”

然后，她把这看似偶然的一切，原原本本地摆到了我的面前。

安邦公司是家族企业，许皓天的父亲是老大，本来是这个家族的继承人，可在许皓天还很小的时候，死于一场意外的车祸。

于是接管这个家族的，便是身为老二的许志安大叔。而那个时候的大叔仅仅是一个在北航读大学三年级的学生，正跟我眼前的这位学姐谈着一场浪漫的恋爱。他们每日骑自行车穿梭于这两所学院路上的学校，一起吃饭，一起去图书馆，一起在夜半时分爬上金字塔，一起去马甸吃一碗老北京的卤煮火烧。

这也是他刚跟我认识时，能够如此熟悉我们学校的原因。不过，继承家族事业这个意外的重担压在他的身上后，他需要以迅雷不及掩耳的架势成熟起来。

家族里的老人们，觉得让一个男人成熟起来的最佳方法，就是让他结婚，拥有一个家庭。所以，理所当然的，大叔跟我的这位学姐迅速地结婚了。

然后这场迅捷的婚姻，终究没有熬得过时间。

大叔忙于事业，忽略了在家中日日等待的妻子，他给她最好的物质，却忘记了女人最需要的不是物质，而是一颗可以天天陪伴她的心。

为了打发无聊的时光，我的这位准贵妇学姐天天混迹于各种各样的Patry（聚会）上，夜夜笙歌。

在一个偶然的场合下，她认识了一个男人。他刚刚从美国回来，是个医生，英俊潇洒，年纪轻轻就可以做难度最高的心脏搭桥手术。

两人一同喝了几杯，聊了一会儿，结果一聊之下，竟然甚为投契，大有相见恨晚的架势。

一开始两人，只是经常约出来一起聊天喝酒，后来医生回了美国，两人暂时分开了一段时间。

时间让两人明白了彼此间的思念，原来两人早就在不知不觉中，已然相爱。

两人痛苦又挣扎，但最终，情感战胜了理智。

医生又回到了中国，找到我的这位学姐，要带她一起走。

我的学姐犹豫再三，但在对方的一次次坚持的感动下，她同大叔摊牌了。

大叔很痛苦，但他更爱我的这位学姐，所以，他放手了，他选择了让她去拥有自己的幸福。

学姐说到这里时，微微地笑了一下说："志安说他认识了一个女孩子，见到你后，我终于明白他为什么对你如此痴迷，是你让他当初中断的爱情线，继续延伸了开来。"

随后，她伸出手来，紧紧地握住我的手说："我要谢谢你，莉香。"

我被她的大段叙述弄得有些不知所措，我不明白她为什么要跟我这样一个陌生人，那么袒露她过往的一切。

我拿起一根中南海，递给她，她犹豫了下，接了过去，熟练地点上。

我也给自己点上，我们相对无言，默默地抽完半根烟。

"你跟我说这些，是想告诉我什么呢？"我打破沉默的空气，淡淡地说。

她笑了，轻轻地把垂下的头发别到耳后，这无心的举动，那么美。

像她这个年龄的女子，经历过了世事风雨，看一切也都云淡风轻，而不经意间透露出的平淡之美，在我看来，便是风情万种了。

"是啊，我告诉你这些，是想要说些什么呢？"她仿佛自言自语，又话中有话。

于是，我们又陷入了沉默。

午后的阳光，慵懒地透过四季厅的落地窗，洒了进来。

四季厅人很多，喧哗无比，人人都仿佛在谈论着无比重要的事情。

只有我们两个人，悠然地坐着，抽一根烟，时间在我们身边仿佛凝固。无人注意到坐在角落的两个女子，无人关心她们讨论的话题，她们永远有着比了解别人更重要的事情。

她们如此忙碌，又毫无头绪，奔跑过后留下一场绝望又伤感的空白。

她比我先抽完手中的烟，她在烟灰缸中倒入一点儿水，然后轻轻地把烟头放入其中。

“刺啦”一声，烟头熄灭了，那一点儿火光倏忽而逝。

终于，她说：“志安出事儿了，相信你也知道一点儿。这事情因你而起，看似与你无关，但其实你无意中成了别人的棋子。”

许氏企业跟许多家族企业一样，都存在着莫名其妙又理所当然的钩心斗角。

大叔是当家的人，但是作为老三的许志军，一直觉得自己比他的这个二哥强，所以处心积虑想要上位。

猴子被许皓天打了之后，我打电话向大叔求助。

大叔把许皓天叫去，狠狠地训斥了一番不说，作为惩罚，还缩减了许皓天的日常开支。

许皓天气得要死，这时许志军乘机拉拢了许皓天，要跟他组成统一战线，一起处心积虑地想要从大叔手里把公司的管理权拿过来。

两人策划了许久，终于，在安邦漆出现问题的时候，他们想出来了一个损招儿。

他们把这个明明是生产事故的问题扩大化，然后买通一些媒体，把大叔塑造成一个迷恋小女生，把企业的日常管理置之一旁的不负责任之人。

许氏企业是一个控股集团，兄弟三人手上的股份加起来也只不过占到百分之五十多而已，公司的管理权虽然掌握在许志安手上，可是，如果董事会的其他股东们想要罢免许志安，那也不是没有可能的。

这个爆炸性新闻一传出，无疑给大叔的形象抹上了一层灰。在许皓天和许志军的煽风点火下，管理层已然准备召开董事会，来讨论大叔的管理失误问题。

大叔一边要忙着处理安邦漆生产事故的善后问题，一边又要想办法在几日之后的董事会上洗脱自己莫须有的罪名，所以现在已是焦头烂额。

学姐用淡然的口气，条理明晰地讲完那在我看来无疑比连续剧还要情节化的一切。

我一时间脑子不够用了，顿在那里讲不出话来。

学姐又燃起一根烟，抽一口，补充说："我这次回来，就是来参加股东大会的。志安在我们离婚的时候，分了他手中的一点儿股份给我，为了让他心里好过，我没有拒绝。"

"那你来找我干什么？"

"找你的理由很简单，我不想许氏企业落入许皓天和许志军的手里，许氏企业能有今天，完全是志安一手建立起来的，我不忍看到他的努力付诸东流。"

"我？我能做什么？"我实在想不出来我能做什么事情，难道去咬死许皓天和许志军吗？

"志安被最亲的人这样对待，现在心灰意懒，丝毫不想申辩什么。"

"嗯？"

"也就是说，他想放弃。"

"放弃？放弃什么？"

"放弃他现在的事业，他想要转手他的股份，退休。"

"啊？！这怎么行！"

"这也是我来找你的原因。"她伸手过来，握住我的手，"我明白他的个性，现在谁都劝不住他，不过……也许你，可以试试。"

"我……我……"我手足无措起来，手心开始冒汗。

"我劝了他很久，他都不听，所以我想到了你，我想你应该去试试。"

"我，可我又算什么呢？"

"你是他现在很重要很重要的人。"她脸上依旧挂着淡淡的、真诚的笑，"不过，我今天来不是要强迫你去做什么事情的，这事儿，还得看你，你要是愿意去就去，不愿意的话，没人会勉强你的。”

“那我考虑考虑。”我有点儿诚惶诚恐。

“嗯，一块儿吃个饭去？我请你。”

“不了，我不是很饿。”

“好吧，那我走了，很高兴认识你，莉香。”她脸上挂着暖暖的笑。

“我也很高兴认识你。”我也回敬她一个微笑。

她起身走了，拿着她昂贵的 HERMES（爱马仕），踏着轻盈的步伐，优雅地飘然而去。

四季厅里的所有人都被她的气场吸引了，有些人天生就是用来吸引别人目光的，这位林爱凡学姐俨然就是这样的女人。

我望着她的背影，脑袋里乱糟糟的，很有被驴踢了的感觉。

2

林学姐走后，我坐在四季厅，静静地抽烟。

三根烟后，我起身，拿着我五道口买的便宜布包，想像林学姐那样吸引着众人目光，傲然地走出四季厅。

当我像只鸵鸟一样踏出四季厅的门，就明白我成不了林学姐，然后我有些害羞又有点儿不好意思地笑了，像小时候偷穿妈妈衣服被发现的孩子。

我挠挠头，虽然明知无人注意到我，却依旧一脸尴尬的表情。

走到学校门口的时候，我拨通了大叔的电话，响过八声后，他没有接。

学院路开始堵车，我决定不打车，步行穿过两个天桥，去马路的那边坐公车。

北京的夜幕已然降临，秋末的北京，天黑得早了很多。

华灯初上，我站在天桥上，清爽的微风吹来，拂乱了我的发。

天桥下，是被堵得结结实实的车流，车灯连成一条朦胧的线，很美。

我手扶栏杆，俯下身去，深呼吸，心中忽然涌起伤悲。

这时，电话响起来，不用看，我知道会是大叔。

“喂？莉香吗？我刚刚在开会。”那么熟悉的声音传过来。

“嗯，是我。”我声音低落得仿佛被全世界遗弃了。

他听出了我语气中的不对劲儿，说：“莉香，怎么了？”

“大叔，你好吗？”我倚靠着栏杆，缓缓滑蹲下来，坐到地上。

“哈哈，”他爽朗地笑，声音中没有丝毫的不自然，“我当然好啊，好得不得了，怎么？最近没联系你，不高兴了？”

“真的好吗？”

“……”那头的他沉默了。

一会儿，他讲：“你都知道了？”

“为什么不告诉我？”

“……”

我的眼泪不知不觉地流了下来，语气中沾上了哭腔：“为什么不告诉我。”

他慌神儿了，连声说：“莉香，你别哭，你别哭，我错了。”

我抹一抹脸上的泪，颤抖着倔强的声音说：“我没哭，我野火烧不尽，春风吹又生的。”

“好，好，你说什么都对。”

“大叔……”我深吸一口气，好让自己平静下来，“你知道吗？如果我哭了，也是因为每次在我最需要你的时候，你都在我身边陪着我。可在你需要人陪的时候，我却跟个傻帽儿似的被蒙在鼓里。大叔，我什么都做不了，我好丢脸。”

说罢，两行咸咸的泪水又流了下来，路人们向我投来好奇的目光，但我不管，再也不管。

“傻姑娘。”他轻声道，声音有些颤抖，“其实，只要你每天开心地生活，让我在这个偌大的北京城里，累了倦了，但一闭眼就能想到城市的一端有个活蹦乱跳的你，就已然是对我最好的回报了。”

“我不要，我不要做傻姑娘。”我像个任性的小孩子，眼泪却停住了。

“那你要做什么？”我仿佛能看到电话那头的大叔嘴角漾出微微的笑。

“我……”我回答不上来，大叔俨然成功地岔开了话题。脸上的泪被风吹干，只留下了干涸的痕，我咬着嘴唇，思考着我要做什么的傻问题。

但想破了脑袋，也没想出个所以然来，我只能拖着无奈的尾音，跟大叔说：“我，我也不知道我要做什么……”

“哈哈，”他又笑起来，“那你就做你的傻姑娘吧。”

“我很强大的好不好，简直是美貌和智慧的化身，你这是诽谤。”

“好吧，你可以去告我，反正最近很多人告，不缺你一个。”他语气轻松地讲。

“呃……”说到这个，我沉默了下，“油漆质量问题的那个事情，怎么样了？”

“这个……一时半会儿也说不完，要不……”他拖长音。

“一起吃饭啦！”我很有默契地接上他的话。

然后我们一起笑了起来，约定了吃饭的地点。

挂了电话，我抬头望向天空。

难得的，今晚的北京竟然看得到几颗稀落的璀璨明星，不远不近地散落在银河里，很温暖的样子。

风轻云淡，月亮很圆。

也许我真的是个傻姑娘吧，想到这个，我微微地笑了起来，大步大步地走了起来。

3

约吃饭的地方是民族大学西门的那家云南菜馆，叫“宝琴”。

老板是个傣族老婆婆，很和气的样子，岁月虽然催人老，但看得出来，她年轻的时候一定是个大美女。

菜馆很小，也就能容下十张左右的桌子，可因为味道正宗，价钱也公道，所以这里日日人满为患。

我离得近，到的时候大叔还在路上。今天人不算多，可依旧要排号儿。

我发了条短信告诉他我到了，然后乖乖地开始排号。

刚好排到我的时候，我看到那辆熟悉的宝马缓缓地开来。大叔从车上下来，我望向他的脸，看到的却是我从未见过的满脸疲惫，他仿佛一夜间，老了。

我心里涌起来一股股汹涌的难过，但还是强撑着笑脸，没心没肺地跟他打趣说："你倒是很会掐时间，来得正好。"

"嘿嘿，那是，我命好。"他挠挠头，布满倦容的脸上，浮出一个大大的笑来。

这笑容，像一个小小的太阳，久违地，温暖了我的心房，我这才想起来，我已然有很长一段时间没有跟大叔吃过饭了。

菜很快被端了上来，我们都饿了，没有说闲言碎语，而是喝着甘甜浓郁的竹筒米酒，大快朵颐起来。

两桶米酒下肚，我们俩的脸都红扑扑的。我打了个饱嗝儿，冲大叔嚷说："不够意思，太不够意思了。"

"啊？我又怎么了？"他笑眯眯地看我，一脸兵来将挡水来土掩的意思。

"那个，你没听过一句话叫同甘共苦吗？"我翻刚刚的旧账，"怎么你跟我一起同甘，就不共苦了！"

"天哪！"他怪叫一声，一脸无可奈何的表情，"莉香，你难道要讲一辈子吗？"

"以后什么事情都要告诉我，我们之间不能有秘密的。"我鼓着嘴，像只生气的小青蛙。

"好好好，都告诉你。"他哭笑不得。

我一脸诡计得逞的狡黠："那么，IC、IP、IQ 卡，通通告诉我密码。"

"890616。"他迅速答。

"呃？"我捧着脑袋想了一会儿，觉得这串数字很熟悉，而后一个激灵，恍然大悟。

我红着脸，质问大叔说："你，你怎么知道我生日的？"

他一脸无辜的表情："跟你签的合同上有你的身份证号啊，我一看你的身份证号，就知道了呗。”

“好吧。”我脸红得都要讲不出话来了，可还是若无其事地抽出一根烟。他拿起火机，给我点上。

“以后少抽点儿烟，”他说，“又不是什么好东西。”

“习惯了。”我吸一口烟，而后淡淡说，“我很容易就习惯了很多东西。”

“比如？”

“比如习惯每年都要离开北京去外面走走看看啊，习惯冬天的时候去看看大海啊，习惯用桃子味道的沐浴露啊，习惯睡觉的时候趴着啊……”我滔滔不绝起来。

他微笑着听我讲完，而后说：“我都好久没离开北京了。”

“那有机会我带你去凤凰啊！我认识一个很棒的店主，他是我干哥哥，咱们去白吃白喝，还可以玩儿他的狗。”我很大姐大地说。

“好啊，等我没钱了就靠你罩了。”

说到这里，我迟疑下，但还是小心翼翼地问道：“你公司的事情，怎么样了？”

他笑笑：“解决得差不多了，这种事情，就是赔钱认错息事宁人。”

“我说的不是这个……”

“嗯？”他满脸问号。

“那个……我今天下午见了你前妻。”我低下头来。

他脸色变了变，而后道：“我说呢，我刚刚还在想说是谁把这事儿告诉你的，原来是小爱啊。她没乱讲什么吧？你甭搭理她。”

“不，林学姐没说什么。”我连忙说，“她只是讲了你要隐退的事情……她想让我劝劝你……”

大叔微笑着看着我，淡然说：“我已经决定了。”

“可……”

“莉香。”他打断我，“钱永远都挣不够的，可我现在觉得我够了。我够用了，也懒得再在商场上摸爬滚打了，我累了，你能明白？”

我霎时间明白了，于是使劲儿点点头。

他笑，摇摇头说："你不明白。"

"不，我明白。"

"那你说说看？"

"就是钱够花了就不想动弹了呗，等我赚够了钱我也不动弹，我要去个没有冬天却有大海的城市，每天吃木瓜、晒太阳、跟狗玩儿。"

"哈哈，"大叔笑起来，爱怜地拍拍我的头，连声说，"知己，知己啊。"

又喝下一竹筒米酒，大叔抢先结了账，我们走出宝琴，秋风乍起，有些凉。

我下意识地环起双臂，大叔看看自己身上，笑笑说："我就穿了一件衣服，没办法脱给你了，脱下来就成流氓了。"

我刚想说点儿什么，包里的手机却响了起来。

不知为何，我莫名地心惊肉跳起来。

手忙脚乱地从包里拿出手机，是樱桃。

我松口气儿接起来，大大咧咧地说："樱桃宝贝儿，是不是想我啦？"

耳边传来的却是樱桃慌乱中带着哭腔的声音："莉香，你赶紧来积水潭医院，出事儿了。"

4

挂了电话，宝马大叔就开着车载着我向积水潭医院奔去。一路上，我都心神不宁，烟抽了一根又一根。大叔看我焦虑的样子，腾出手来，握握我的手，坚定地说："别担心，有我呢。"

这句在往日的我看来有些无厘头的话，此时听起来竟然如此温暖。

我深吸一口气，勉强在嘴角挤出一个惨烈的微笑，淡淡地点了点头。

刚到医院门口，就看到樱桃的身影，我跳下车来，快步走到樱桃面前，一句话都还没来得及说，樱桃的眼泪就唰地一下下来了。

我抱抱樱桃，轻拍她的背，也不讲什么，不问什么，只等她自己讲。

宝马大叔把车停好，轻声走到我俩的边儿上，安静地看着这一切。

樱桃哭了好一会儿，哭得我半个肩膀都湿了。

大叔递过来一条手绢，我爱怜地擦去樱桃脸上止不住的泪。

这时，哭够了的樱桃，缓缓道：“莉香，猴子得了重症肌无力。”

我被这个冷门儿的病搞蒙了，连声说：“啊？这是什么病？猴子在哪儿呢？”

“我也不知道怎么跟你解释，反正这是一种类似于绝症的病。今天他早上起来就觉得浑身没劲儿，我当时也没在意。可下午的时候他又觉得呼吸困难，我就带他来检查了，没想到是这个病……”说罢，樱桃再次大哭起来。

我被“绝症”这两个字搞得有些腿软，一个站不稳，差点儿倒在地上，还好边儿上的大叔一个箭步冲上前来，扶住了我。

我再也无力去安慰大哭的樱桃，我的头“嗡嗡”地响起来，我的脑子一片茫然，我忽然很想掐一下自己，来验证下这是不是一个梦，可是，我却连动一动的力气都没有了。

还是大叔，把我们俩拖到马路对面的上岛咖啡坐下来，点了一壶迷迭香茶。

一杯热茶喝下去，看到我们两个镇定下来，各自陷入凝重又呆滞的沉默，大叔开口问樱桃说：“樱桃，猴子知道这件事情了吗？”

樱桃虚弱得仿佛就要晕过去般回答：“还没，我没敢告诉他，我说我出来买点儿吃的，说他要住院观察几天，不是什么大不了的病。”

“樱桃，猴子会死吗？”我用有些颤抖的手，点上一根中南海，问了一个傻问题。

樱桃没回答，只是也拿起桌上的烟盒，手法笨拙地给自己点上了一根烟。

虽然知道樱桃不会抽烟，可我没有阻止她，我知道她比任何一个人都要痛苦。

她毫无经验地吸了一口烟，然后被呛了一下，烟雾从她的口中飘出，萦绕在她的眉宇间，我看到她苍白的脸。

樱桃就那样痛苦地抽完了半根烟，然后把剩下的半根在烟灰缸里轻轻捻灭，缓缓说道：“这个病没有生命危险，可是，猴子以后可能连过上正常的生活都很困难，而且这个病根本没有一个好的治疗方法，只能通过不断地恢复治疗，来勉强恢复正常的身体状况。”

“那就是有救了？”我眼前一亮，仿佛抓住了救命稻草。

“可是希望很渺茫。”樱桃叹口气。不过，旋即她拍拍自己的头，然后强迫得仿佛自言自语，“对啊，还是有希望的，我干吗这么垂头丧气，对不对，莉香？”

“嗯！”我满怀希望地点头，给樱桃坚定信心，“一定能的。”

宝马大叔在一旁也微笑说：“被你们两个说得猴子跟死了一样，癌症还有救呢，更何况是一个重症肌无力，你们在这儿瞎紧张什么啊。”

他处乱不惊的态度，平稳磁性的声音，无疑给遭到当头棒喝的我和樱桃吃下了一颗定心丸。我们俩眼神交会，各自脸上硬生生地扯出一个微笑来，想说好赶紧回到医院面对猴子。

去新街口的吉野家买了猴子爱吃的双拼饭以及双倍绿茶的DQ冰激凌。

我们提着几大袋热乎乎和凉冰冰的食物，来到了猴子的病房。

猴子的床位置很好，靠着窗，转身就可以看到医院花园的风景。

而此时的他，正坐在床上，背着身，抽着烟，烟灰缸放在窗台上，身影很落寞。

我们一群人走进来，也并未引起他的注意。

我跟大叔和樱桃做个“嘘”的手势，像没事儿人似的蹑手蹑脚地走过去，想趁他不备，冷不丁地拍一下他的肩膀，吓他一跳。

而后没心没肺地，假装一切都没有发生，而我也什么都不知道。

跟他打打闹闹一番，制造下欢乐气氛。

可当我靠近猴子，看到他的脸，我愣住了，我的脚像生了根一般，一步也无法移动，酝酿了许久的开场俏皮话顿时烟消云散。

猴子的眼睑因为这个病，下垂得跟加菲猫一样，我看到他的眼泪一颗颗地滴下来，可是他再也没有办法咧嘴哭，他脸上的肌肉动不了了，只能颤抖着面部凝固的肌肉，任眼泪拼命流下。

我在他身边坐下来，眼泪在眼眶里打转儿，我赶紧睁大眼，睁大眼，好让风吹干它们，我不能允许自己在猴子面前哭。

我调整好自己的声音，揽住猴子的肩膀，跟猴子说："猴小子，是不是想我了啊？看你丑的。"

猴子这才意识到我来了，他拿手擦擦脸上的泪，想说点儿什么，可他的发音很含糊，我听不清楚。

他一再地重复那句话，直到他眼泪再次流下来，我才听明白，他说："莉香，我不想活了。"

我瞬间明白猴子一定在樱桃出去找我的时间里，不知道从哪里知道了自己的病，于是，我再也撑不下去了。

我抱着猴子，摇着他的双肩说："猴小子，我不准你讲这样的话，我不准！"

我的眼泪一下子飙出来，再也刹不住，我想这日子是怎么了，为什么老天爷变本加厉地折磨我不说，还要折磨我身边的朋友们，我真的是受够了，我恨不得拿着金箍棒打上天庭，问问玉皇大帝到底是怎么一回事儿。

猴子的嘴里依然嘟囔着什么，我很努力地去听才听得明白猴子是在说："莉香，以后的日子，还有什么盼头……"

"不是还没确诊吗？说不定只是虚惊一场。猴子，你会好起来的，一切都会好起来的。我还等着你带着樱桃跟我一起去大海边隐居呢，你想想，海滩、阳光、大狗，我们两家的小孩子跑来跑去……"

我讲不下去了，我说着这些话看着猴子的眼泪跟喷泉一样流出来，我的心都碎了。

我想起当初在我面前活蹦乱跳的猴子，想起那个被我掐得花里胡哨鲤鱼打挺的猴子，想起那个跟我吵架跟我斗嘴的猴子，想起那个跟我一起走过北京大街小巷边逛街边讨论别人八卦的猴子……

这些画面在我脑海中急速运转，快速得像要把一生都总结完。

提及我们从未曾讲过的美好未来，那关于未来我们搭建的一切都仿佛历历在目，可我试着伸手出去，却只看到迅速瓦解后的碎片。

一切都好像是一场梦一样，猴子真的会好起来吗？我努力想让自己变得坚定，可我止不住那无尽的崩溃，我知道自己不能当着猴子的面崩溃，我只能流着眼泪仿佛偶像剧女主角一样从病房跑了出去。

大叔赶紧跟上我。医院的走廊上，日光灯管的“嗡嗡”声，冷静得吓人。

我颤抖着身体，头伏向他的肩，现在的我，是那么需要一个宽阔的肩膀，我再也不强大了。我的野火终于烧尽了，我的春风再也吹不起来了。

大叔使劲儿搂着我颤抖的肩膀，我整个人伏在他的怀中，仿佛一只受伤的小兔。

大叔一边抚摸着我的头发一边安慰我说:“莉香，不要这样，你要坚强一点儿。”

我不说话只是一个劲儿地哭，我真的是一句话都讲不出来了。

这些天发生了这么多事情我都能挺过去，因为自从来到北京，我就一直反复告诫自己说，莉香，你要强大，你不能给任何人添麻烦。

可是猴子的事情让我真的没有办法再强大下去了，在大叔怀中，我终于可以把这层坚强的壳通通卸去了。

我抬起头来，看见大叔心疼的眼神，再次崩溃，眼泪又一次唰唰地流下来。

“大叔，我真的不知道怎么办好了，我觉得自己好无能，什么忙都帮不上。我平常老是觉得自己有多强大，可我现在，什么都做不了。”

“谢天谢地，你终于哭出来了！”他舒口气，“这些天以来，我看你硬撑着，心里别提多难受了。”

我心又是一颤，我老以为自己演绎坚强，发挥得多么出神入化，结果所有人都看出来那是做戏，只我一人在台上演得不知魏晋。

“莉香，你拯救不了全世界。”大叔缓缓说，“这一切都是命运，可你为什么老把一切事情，往自己身上揽，你没有做错任何事情。”

大叔双手扶住我颤抖的双肩，眼神无比坚毅，看着我的眼睛，重复道，“你没有做错任何事情！”

这几个字，如同千斤重锤般一下下砸在了我的心上，他用手轻轻拭去我满脸的泪，他的手掌宽厚而温暖。

“莉香，别哭了，吉人自有天相，你不是总说一切都会好起来吗？”

是啊，我刚才不是也跟猴子这么说了吗？

可是为什么，为什么我们总是信誓旦旦地对别人说一些连自己都没有信心会实现的话？我们总是告诉别人“一切都会好起来的”，但是，但是一切真的会好起来吗？谁又知道呢？

“大叔，我不知道，我真的很害怕，很害怕我从此就这么一个人了，猴子是我最亲的人，亲到我可以把一切都给他，可是，我的一切，帮不上他的一分一毫。”

“我明白啊，傻姑娘。可我在你身边呢，让我做第二亲的人好不好？可以暂时做猴子的替补。”他脸上浮出淡然又温暖的笑，“我就在这里，哪里也不去。我们一起等着猴子好起来，好不好？如果你现在撑不住了，那谁来做猴子的小太阳呢？”

“我不是小太阳，我脆弱得像是块玻璃。”

“钻石也是玻璃啊，可那是全世界最坚硬的东西了。”

我看着大叔坚定而温柔的眼睛，从心底里感谢这个男人。从认识的第一天起，他就在最困难的时候在我身边陪着我、鼓励我。尽管这一次他自己也面临了那么多那么大的问题，可这个时候，他依然还是像从前一样，给我最温暖的陪伴。

“谢谢你，大叔，真的。”我擦干眼泪说。

“莉香，我们俩之间，是不言好坏，不说谢谢的。”大叔很温柔地对我笑着说，拍拍我的头，用手帮我理顺纷乱的头发。

“不，有些话我一定要说完。我要谢谢你的无微不至，谢谢你所有毫不计较的陪伴，谢谢你为我做的一切。我不是一个会煽情的人，可这都是我的真心话。即使它们听起来好肉麻好恶心，可我还是想说。”

“那我也要谢谢莉香小朋友，谢谢你给我这个陪伴你的机会。”

“没人要陪我的，我脾气差，人也不漂亮还很自恋。”

“想要陪你的人，像天上的星星那么多，只是他们都没有我幸运。好了，你刚才哭着跑出来，樱桃一定担心了。现在一个猴子已经够让她不好过的了，我们得赶紧回去。记得，没什么好哭的，不是什么大不了的病，只要有治好的先例，那猴子就没问题。”他紧紧握着我的手。

我点点头，然后大叔牵着我的手，一起回到猴子的病房。

5

刚踏进病房，就看到猴子把刚刚买的东西都丢到了地上，冰激凌和牛肉饭都打翻在地。樱桃正抱着猴子，哭着对猴子说：“猴子，你可不可以不要这样？吃点儿东西成吗？求你了……”

猴子却一把推开樱桃，面无表情地说：“你们都走，都走吧。可以让我自己待会儿吗？我现在真的不想见到你们，求你们了。”

我安静地走过去，蹲在地上把一盒没有弄脏的牛肉饭捡起来，拿着走到猴子面前，拿起勺子，把牛肉和米饭搅拌好，含着眼泪，送到猴子面前。

“猴子，我知道你不会打翻我送的饭的对不对？你要是不吃，就没人跟我抢了，所有的食物被我一个人独占，那样你做梦都会梦到遗憾鬼的。”

猴子不说话，也不看我，只是默默地望着窗外，面无表情得让人心凉。

看他那个样子我终究还是忍不住了，上去就给了猴子一个耳光。

我打得不重，因为我下不了手打猴子。这个耳光让整个病房的空气都凝固了。樱桃的哭声戛然而止，猴子眼睛里面的绝望也被我一下子打散了。他转过眼来看着我，眼泪慢慢地流下来，然后他的嘴一动一动的，声音那么小，可我听得清楚也听得明白，猴子是在说：“莉香，你弱爆了，你还是舍不得打我……”

我一把抱住猴子，我们抱头痛哭的场面狗血得仿佛是琼瑶剧的直播。

“莉香，对不起……”猴子喃喃地讲。

我拉樱桃过来，跟猴子说：“猴子，你对不起的是樱桃，樱桃不容易。”

樱桃咬着嘴唇，努力忍住眼泪。

“莉香，猴子没什么错，他挺坚强的。”樱桃粲然地逼自己微笑了一下，“换做我，说不定还没猴子坚强呢。”

猴子一把拉过樱桃的手，没讲什么话，可一切尽在不言中。

我抬起头来，看到站在不远处的大叔，正微笑地看着我，他的眼眶也红了。

我们四目相接，他向我肯定地点点头，我忽然觉得，不那么强大的人生，貌似感觉也不错。

猴子很乖地吃了点儿东西，跟我们有一搭没一搭地说了几句话就睡了。

樱桃看猴子睡了，就发话说：“莉香，你先回去休息吧，这里我守着就行了。”

我本来想坚持留下，可大叔说：“莉香，你不要硬撑了，你得休息好，明天来替樱桃。”

我想想也对，只能听话。樱桃送我跟大叔出门，临走之前我转头看了一眼樱桃，她的面色苍白得就跟一朵小白花一样，整个人都瘦了一圈儿，两个眼睛凸出来，憔悴得一塌糊涂。

我转身折回去握住樱桃的手，想张嘴说点儿什么，却一句话都讲不出来。

樱桃抿嘴向我笑笑，拍拍我的头，又拍拍我的脸。

她越是这样，我越是觉得心疼，于是就轻轻地抱了抱她，拍拍她的肩膀。

在她耳边轻声说：“樱桃，你是我见过的最棒的姑娘。”

樱桃笑，做了一个“嘘”的手势，把我推出了病房的门。

出了医院我就被一阵阵的小风儿吹得浑身发抖。北京的秋天，白天太阳跟夏天的比，嚣张不减，但是到了晚上却冷似月球。

看见我抖，大叔赶紧把我拖上车。

上车后大叔说：“莉香，答应我，回家后什么都别再想，洗个热水澡就睡觉好吗？”

“我知道，我会乖乖的。可大叔你跟我讲实话，你那边的问题真的不大吗？”

“真的没什么问题。”他很认真地讲。

“真对不起，我本来想安慰安慰你的，但是现在还要你反过来安慰我，真的是对不起。”

“莉香，你不要这么说……”我听见大叔的声音里有一点儿哽咽，可也没有再说什么。

过了一会儿大叔又说：“猴子的病，我刚刚私下问过医生了……”

“医生怎么说？”

“医生说，猴子的这个病算是严重的，以后只能通过不断的恢复治疗，你是知道的，不幸的是，很可能遗传到后代……”

“遗传后代？那是说猴子以后就不能有孩子了吗？”

“理论上是这样，但世事无绝对不是吗，要做好最坏的打算。”

天知道猴子是一个多喜欢孩子的人，以前我们俩出去溜达的时候只要看见小孩儿，猴子就忍不住上去逗人家。我本人对小孩儿没有什么好感，所以每次都躲得远远地看着他。我觉得他爱心泛滥，猴子就说我没良心，他说他以后要有两个孩子，最好是一个男的一个女的，男的送去学钢琴，女的送去学跳舞……

每次说到孩子的话题猴子就滔滔不绝，直到我白眼儿都懒得翻他才算完。

如今因为这个病，猴子所有的梦想可能都会因此终结，可上天连一个健康的孩子都不能给他。

我瘫坐在坐椅上，一句话都讲不出来。

到了家，我在大叔的监督下乖乖上床睡觉，直到我睡着，大叔才悄悄关门离开。

那晚我做了一个梦，我不记得梦的内容了，可我知道那是一个很美好的梦。

我记得有人说过，如果你不能记起梦的内容就说明那个梦会成为现实，所以我让自己不记得了，我只是期待真的可以梦想成真。

6

自从猴子出事儿，我大四不逃课的决心与意志就彻底粉碎了，我偶尔回学校一趟都只是为了必修的科目，其余的时间，我都待在医院。

每次我回学校晓林都很心疼地看着我说：“莉香，你怎么又瘦了一圈儿，你要好好对你自己才行，等我忙完了，我就去看猴子。”

“你一个大老爷们儿，照顾人这种工作，用不到你。”

晓林又接了几个工作，顺利地签下了经纪公司，每天忙得要死，可是在学校的功课也一直都没有落下，晓林就是这样的人，拼到死。

这一天刚下课，我又要飞速闪人，刚冲出教室，就有人叫我的名字，我一看，是杨沫。

杨沫一脸郑重：“莉香，有时间吗？我想跟你谈谈。”

“改天成吗？我现在得去医院。”

“我知道猴子的事情了……我想去看看他。”

我一愣，然后说：“杨沫，我替猴子谢谢你，不过以他现在的情况，我真心觉得你不太适合出现，过一阵子好吗？”

杨沫抬起头来，眼睛却红了：“我知道你是怎么想我的，能给我二十分钟的时间吗？我想跟你聊聊。”

我想了想，还是点头答应了：“就二十分钟，我得去医院替樱桃。嗯……樱桃是猴子现在的女朋友，真是个好女孩，猴子出了这种事儿，她一直不离不弃的，他们真的很般配。”

我明显话中有话，聪明如杨沫，自然听得出来。她没接话，只是微微一笑，嘴角满是苍白。

在电影学院后门的卢米埃尔咖啡馆，我跟杨沫坐定。她看着我的眼睛满是难过地说：“莉香，你想知道去年夏天发生了什么吗？”

看着眼前的这个卸去浓妆素面朝天的杨沫，我忽然觉得当初的那个她又回来了。后来，我的确只给了杨沫二十分钟的时间，可三分钟的时候，我就哭成了个泪人儿。

杨沫用一种云淡风轻的态度告诉我，去年夏天，她从自己老乡那里接到了一个工作机会，她用了所有的努力来准备这一份工作。可是她被骗了，她在京郊，被一群所谓的制片人轮奸了……

看着眼前哭得几近崩溃的我，杨沫伸手过来，拿起纸巾，为我擦泪。

“莉香，你觉得以这样的情况，我还能跟猴子在一起？我没办法当作那一切没发生过，也没办法接受平凡的生活。我为生活付出了这么惨烈的代价，那我也要得到，得到人上人的机会。”

“可你应该告诉我们的。”我满脸泪痕握住杨沫的手，“我们是朋友啊。”

杨沫笑了：“莉香，我很嫉妒你，你知道吗？你活得这么简单，可是生活不是这样的，生活复杂得让人心寒。我也很想把朋友当作全世界，活得轻松自在，有伤容易好。可是，我没那个资本。我们认识这么久，我告诉过你，我爸从小就抛弃了我跟我妈，我妈一直以给人做保姆为生吗？”

我一句话都说不出来，我的世界崩塌了。

“可是我说这一切，不是要你可怜我的哦，我只是告诉你，我也有我的小苦衷。莉香，我本来只是想见猴子一面，告诉他我真的爱过他。可是，我早就不是一个有资格爱别人的人了。但这些话跟你讲了，我忽然就觉得没什么见他的必要了。对不起，我把你当树洞了，过去对你做的一切，也真心对不起。”

我心忽然一紧：“杨沫，你想干吗？你不要……”

杨沫笑了：“你不会又要天真地以为我要轻生吧？”她伸手过来，拍拍我的头，“莉香啊莉香，我终于明白为什么那么多人喜欢你了，你真是善良得不像是这个世界的人。”

“你不要跟我故作轻松，我知道你跟我讲出这一切并不轻松。杨沫，你不要这样，我好难过……”

“别难过啦，每个人命不一样的。”杨沫清清嗓子，“我要告诉你一个好消息，我要嫁人了。”

“啊？！”

“他大我十几岁，内蒙人，家里本来一贫如洗，可后来多亏了煤炭，现在钱多得花不完。”

“你为什么要这么对自己？杨沫，你别这么做好不好？”

杨沫伸手出来，给我看戒指：“我们已经订婚了，他待我很好，他是吃过苦的，虽然没什么文化，可因为憨厚，我觉得踏实。莉香，我现在很幸福，一毕业，我们就正式结婚，移民去加拿大。”

“不，你不幸福，幸福就是要跟喜欢的人在一起。杨沫，你不能就这样放弃你的人生。”

“莉香，你什么时候也变成说教王了。”杨沫冲我眨眨眼，“子非鱼，焉知鱼之乐？在我眼里你就是个小女孩儿，也许等你大一点儿，你会明白我的选择的。”

杨沫笑起来，窗外有风吹过，她好美。

那一瞬间，我被秋天午后的阳光洒得有些恍然，忽然想起过去的我们。几年前刚来北京的我们，那个抱着蒙奇奇的女孩，那个黄头发的猴子，那个吐在车上的杨沫。

我们在这个偌大的城市中，被生活无情地推着走，身不由己却只能逆来顺受，在现实的洪流中，努力伸手，试图抓住哪怕一丝丝的暖。

我跟杨沫没有聊到二十分钟，她的未婚夫来学校接她，一起去确定婚纱的样式，她接了电话就匆匆走了。

我步出咖啡馆，远远地看着她小跑着消失在秋日下午的尽头，心中满是怅然，一时间太多的信息萦绕脑中。我晃了晃有些疼的脑袋，决定把杨沫的秘密烂在肚子中，永远不让猴子知道。

正在此时，我的手机响了，是樱桃打来的，我赶紧接起来：“怎么了樱桃？是不是猴子出了什么事儿？”

樱桃说：“没事莉香，你不要担心。”

我松了口气：“我现在一惊一乍的都跟我妈一样了。”

樱桃沉默了一会儿，然后一字一顿地对我说：“只是……莉香，猴子要跟我分手。”

7

几天后，猴子出院了，但是他的情况并没有太多好转。猴子出院的那天，他的父母来了北京，之前我们一直都没有勇气告诉他们猴子的情况，直到猴子出院。

猴子的父母一看见他的样子眼泪就下来了，猴子的妈妈本来比我妈看起来还年轻漂亮，但是等她照顾了猴子几天，我再见到猴子妈妈的时候，感觉她整个人都老了十岁的样子。

那些日子，我一直都在想那天樱桃跟我说的话，一想到我心里就针扎一般地难过。

那天接到樱桃的电话后，我就急急忙忙赶去见樱桃。我们俩在樱桃家附近的星巴克里找了一个偏僻的位子坐下，樱桃看起来一脸的疲倦和苍白，见到我后她就对我说："莉香，猴子不是开玩笑的，他认真得一塌糊涂。"

我当时就有点儿傻了，我不知道这两个冤家又搞什么飞机，我忽然想起樱桃可能不知道猴子的病是可以遗传的情况。犹豫一下，最终我还是觉得，把这件事告诉樱桃比较好。"樱桃，有些话，作为猴子最好的朋友，本来不应该我说。你是个好女孩儿，可猴子他……"

"我知道，我知道莉香，我什么都知道。"没等我说完，樱桃就打断了我，"我知道你要说什么，我知道猴子不想拖累我，我也已经知道猴子的病很有可能遗传给后代。可是我真的不在乎，我爱猴子，我们可以不要孩子，我只想……我只想照顾他……两个人好好地生活，好好的……"

听樱桃这么说，我的眼泪就流下来，我从来都没有想过，樱桃竟然爱猴子爱得这么深。

同时我也真的替猴子高兴，他终于还是找到了一个值得自己付出的人，可我还是想劝劝樱桃。

"樱桃，猴子能遇到你这样的好女孩儿，他也没什么好遗憾的了。但是你要想清楚，这不是一朝一夕，而是一生一世的事儿。"

“莉香，我在你面前讲出这些话，就是想往一辈子想的。”

“可是……”我词穷了，我不知道这个时候自己应该站在哪一边，猴子已经这样了，有一个樱桃这么好的女孩儿愿意照顾他一生一世自然是好。

但如果我就这么为猴子高兴未免也太自私了，樱桃年轻漂亮，她可以找到更好的，而猴子，俨然已经不再是最好的那个。

“莉香，”看我沉默，樱桃说，“相信我好吗？有些感情是注定的，就好像你遇到大叔，就像我遇到猴子。我跟猴子交往的时间不长，可是，他让我想要把未来交给他，我请你帮帮我，就让我有这个赌一次的机会好吗？”

“樱桃，不是我不相信你，而是……而是你可以找到更好的，你没必要赌这一次的。”

“如果我不赌，那猴子怎么办？莉香，你跟猴子都是好人，我相信你们都是为我着想。可是，如果这个时候我就这么走了，那猴子可能真的就这么完了。而我，也会遗憾一生。我真的宁可相信这是上天给我们的一个考验，渡过这一关，我们一定会柳暗花明。就算没有柳暗花明，我也想一路陪着猴子走下去。”

樱桃说这些话的时候，语气决绝而坚定，让我再也讲不出拒绝的话来。

随即，樱桃的声音低下来，哽咽着说：“可现在猴子不肯见我，他铁了心要跟我分手。”

我长长地叹口气，真的只有两个善良的人才会让彼此痛苦。

于是我答应樱桃，我会去跟猴子谈谈的，尽我所能。

猴子因为要办理休学的事情，他们一家三口暂时在知春路的皇冠假日酒店住着，住的还是倍儿豪华的套间。

我一边感慨有钱人的奢侈，一边按响了房间门铃，来开门的是猴子妈妈。

她一见我，眼泪差点儿掉下来；“莉香，我刚要给你打电话呢，匡明他躲在房间里不出来。”

我拉拉猴子妈妈的手，努力装出一副信心百倍的样子来：“没事儿，阿姨，我去看看他，他就拿我一个人没办法。”

我去推猴子房间的门，门锁了。我敲门说：“猴子，是我，开门。”

里面没有反应。

于是我捺着性子继续敲，可猴子在里面还是一直沉默。

最后我急了，开始踹门，把猴子爸妈看得一愣一愣的。

刚踹了没几下，门开了，门后的猴子一脸虚弱又痛苦地看着我说：“能让我安静会儿吗？”

“不能。”我一脸严肃，闪身进门，顺手又把门关上，一屁股坐到椅子上，点起一根烟。

猴子没理我，缓步走到窗前，面无表情地看着窗外的车水马龙。

“我听樱桃说你要跟她分手？”我明知故问。

猴子不搭腔。

“你什么意思啊！匡明，你今天把这事儿给我说清楚了，你这样对樱桃不公平。”

猴子长长地叹口气，眼睛依旧盯着窗外：“那你觉得我跟樱桃在一起就对她公平了？”

“……”我沉默了，随即，我坚定地说，“如果你爱樱桃，而樱桃也爱着你，那就是公平。”

“你不懂，莉香……”猴子满脸痛苦。

“不懂的是你！”我打断猴子，“也许我有好多事情不懂，可是，对于你们俩的事情，我无比懂得。猴子，你觉得你这样放手就很伟大吗？也许真的是有一种爱叫放手，可绝对放不在你们俩身上。你要真爱樱桃，就应该携手并肩地跟她一起迈过这道难关，而不是就这样放弃。”

“我……”

“你听我说完，”我叹口气，“猴子，生活就是生活，生活不是角色扮演游戏，也不是偶像剧，你现在放弃樱桃，你会后悔一辈子的，我真不懂你现在在演什么别扭的戏码，折磨自己再折磨别人你觉得很好玩吗？”

“我，我也不想放弃……可我……”猴子别过脸去，言语已经带上了哽咽。

“你不想放弃，那你现在是在闹什么别扭呢？”我也努力憋住自己的泪，我要再哭就太他妈像琼瑶小说了，“你想过樱桃的感受没有，你简简单单的一句话，就轻轻松松地把你们过去的感情通通推翻，即便你是为了樱桃好。可是，你把那些美好的回忆当什么了？”

“我……那我现在应该怎么做？”

“去找樱桃，跟她讲清楚，告诉她你深爱着她，你要一辈子跟她在一起。”

“莉香……别逼我。”

“猴子，没有人逼你，是你自己逼你自己，把自己推向痛苦的深渊，哪里有那么多讲不出口的爱。”

猴子不讲话了，我俩陷入了短暂的沉默，猴子的手机响起来，猴子拿起来看一眼，又放下。看他犹豫的神色，我就知道是樱桃。于是我一个箭步上前，拿起电话一看，果然是樱桃。

我把手机送到猴子面前，用一种不容置疑的口气说：“猴子，是个男人你就接。”

猴子长长舒了一口气，犹豫再三，终于还是把电话接了起来，只听他嗯嗯啊啊了几句，把电话挂掉了。

“樱桃说什么？”

“她说她想见我。”

“你答应了吗？”

“嗯。”

“在哪儿？”

“在酒店大堂见，莉香，你扶我下去吧。”

樱桃出现在酒店大堂的时候，几乎吸引了酒店里所有生物的眼光。

樱桃脸上挂着温暖的笑容，穿着一身简洁得体的婚纱，高贵得像个公主，白玉般姣好的面容散发着无与伦比的光彩，一时间，整个酒店大堂所有的光芒，仿佛都集中在了她的身上。

我跟猴子都呆了，嘴巴不自觉地形成O字形。

樱桃迈着款款的步子，丝毫没有在意路人们或赞许，或吃惊，或吓到的眼神。

她走到猴子面前，半跪下来，从怀中掏出一只蓝色小盒，“啪”一声打开，一枚简洁却不失风华的男款钻戒呈现在所有人面前。

樱桃看着猴子，眼睛里已然默默地升起了雾气，她缓缓说道：“匡明先生，我向你求婚，希望能跟你携手共看岁月静好，你愿意吗？”

猴子显然一时间没反应过来，跟雕塑似的傻愣在那儿，还好我及时清醒了过来，一掌呼过去道：“你傻愣着干什么啊，是不是男人啊！”

这一掌，把猴子瞬间拍醒了，他眼中也有了泪。他点头又摇摇头，眼泪滑出眼眶。

“樱桃，你不需要这样的……”

樱桃抬起头来，眼泪也盈出：“你不要问我需不需要，你只需要告诉我，你愿意吗？”

那眼神，坚定到可以让整个世界的残忍退却。

猴子看着她，缓缓弯下身来，从樱桃手里接过了戒指，戴在了手上，终于说出了那三个字：“我愿意。”

猴子讲出“我愿意”的刹那，整个酒店大厅响起一片欢呼声，所有人都被这两个陌生的年轻人感动了，自发地欢呼起来。

再铁石心肠和不明就里的人，也能看出这两人之间流动的深情。

两人相拥而泣，我看着这对冤家，也不禁泪盈满眶。

于是上去哽咽着拍两人说：“这么大的人了，哭什么。这是高兴的事儿，都给我笑起来。”

经我提醒，两人又不哭了，互相看着傻乐起来，跟俩神经病一样。

猴子一边抽着鼻子，一边开玩笑说：“你们这是逼婚，我稀里糊涂就上了贼船了。”

“我对天发誓，这事儿我可完全不知道，纯属樱桃姑娘一人策划的。”我确实不知道，真没想到樱桃姑娘竟然这么猛，跟人家一比，我是多懦弱一姑娘啊。

我用肩膀碰碰樱桃姑娘，赞叹道："樱桃姑娘，我被你打败了。我装了这么久的女流氓，真没想到一个女流氓头子就一直潜伏在我身边。"

"彼此彼此，承让承让。"樱桃姑娘笑，眼睛弯成了幸福的月牙儿。

猴子订婚的事情我没有跟学校的同学说，他们已经不需要再跟这个世界交代。

猴子回到了家乡，樱桃也辞职了，陪他一起离开了北京。猴子在家乡积极地配合治疗，一天天地好了起来。

中间我抽空回了一趟山东，我的生活太像连续剧，我受不了了，我需要一段安静的生活。

我妈看见我抱着我就开始哭，边哭还边挠我："你说你怎么那么不知道爱惜自己啊，你怎么对自己那么不好？"

我以为我妈是说那段时间我被传包养的事情，我当下就狠狠地耻笑了她，说她没水准，连网上乱说的话都相信，我是她名正言顺的女儿，根正苗红的，怎么会做那样的事情。

我妈就说："我当然知道那些都是假的，你妈我又不是傻子。我就是觉得你不应该委屈自己，你就应该撂摊子不干了，回来家里做点儿小买卖，都比在北京待着抛头露面强。"

"我回来站街上卖冰棍儿，您不会觉得脸上没光？"

"傻姑娘，只要你幸福，在街上卖鞋垫妈都觉得高兴。"

"我才不相信您哪，您就是贪慕虚荣的人，当时打电话让我嫁入豪门的是谁来着？"

"肯定不是我！"

"那必须得是您！我跟您说吧老太太，现在能洁身自爱又貌美如花的女子也就我这么一个了，您还不赶紧把我当熊猫一样好好养着，还一见面就挠我，不怕我离家出走啊。"

“你敢！”我还没说完，我妈的毒手就又向我伸过来了，打得我没处躲没处藏的。我跟我妈就像两小孩儿一样在家里跑，笑着笑着眼睛又都湿了。

吃晚饭的时候，我装作不经意地告诉我妈说猴子生病了，但是也订婚了，我妈就叹气说：“哎，没事儿，吉人自有天相，这也算因祸得福吧。”

我也跟着我妈叹气。

叹气后，我妈竟然又来了一句：“哎，你说的猴子，是哪个？”

这一次，我没有拿眼横我妈，因为看着她的脸，我是真觉得，她老了。

她不再是那个活力充沛，每日跟我斗智斗勇的刀子嘴豆腐心的中年妇女了，她脸上浮现出了慈祥的神色。

她老了，我也大了。

时光就这样无情地匆匆流去，连喘息的机会都没有给。

在家的那些天一直都很开心，我每天跟着我妈早起去晨跑，然后在街边买豆浆油条，晚上的时候就去附近的公园散步，玩猫逗狗，生活规律得不得了。

在北京的很多事情都像一场梦一样，在我离开之后，突然间就灰飞烟灭，仿佛一场空虚的轮回，从来都不曾存在过，仿佛一切都与我无关。

可是有很多时候，我知道，就是这种仿佛虚幻的不存在，才是真正沉重而又无力的悲伤。

十五 我曾爱过你，想起就心酸

Once
Loved You
Distressed
Forever

1

一周后，我坐着 T25 次列车回到北京，宝马大叔去北京站接我。

人潮汹涌的北京站，远远的，我就看见宝马大叔在出站口可爱地张望。

我先看见了他，他却并未发现我。

我有心逗他开心，于是悄然地尾随着一波儿人流蹿了出来，想躲在边上，看他怎么等我。

正午的天气有些炎热，他头上冒出了汗，时间滴答地过，他有些焦急。

接着，他从口袋中，拿出一张叠好的纸，打开来，顶在头上。

纸上写着俩字儿，莉香。

我看着人流，看着顶着纸片有些苍老的宝马大叔，忽然莫名其妙地流泪不止，我终于明白了自己心中的那一份暗涌是什么，那是爱。

我把行李丢在一旁，缓缓地走过去，从后面拍拍他的肩膀，十分偶像剧般做作地喊道："大叔。"

他转身看到了我，我一下抱住了他，仿佛怕他会一下子消失。

他被我抱得有些手足无措，又看到我红肿的眼，无奈地摇摇头说："嘿，怎么又哭了，莉香小朋友什么时候变成林妹妹了。"

"没哭，我很强大的，刚刚让沙子迷了眼而已。"

"沙子？"

"嗯，傻子。"我故意讲了一个谐音。

"哦，要我帮你吹吹吗？"他没有听出我的话中话。

"不用啦，已经好了，我像壁虎一样可以断尾再生！"

"哈哈，少扯了，你的行李呢？"我指指边上，他挣脱我的拥抱，快步走去拿行李。

即便他的动作很快，可我依旧看到了，大叔羞红的脸。

我坏坏地笑了起来，觉得自己很像个女流氓。

"你真的辞职了？"上车后，我问他。

"嗯，干净利落地就办完了。"他笑笑。

"不会不甘心啊？"

"有什么不甘心的，反正钱够用了。"

"可是，事业不是对男人很重要吗？"

"我拒绝回答这个幼稚的问题。"

"你就回答看看嘛。"

"嗯……"他挠挠脑袋，"事实是，我也不知道该怎么回答。"

"那对许志安同学来说，现在什么是重要的？"

"莉香啊。"他毫不犹豫地讲，信誓旦旦的。

"讨厌啦！除了莉香之外的！"我拍他一掌。

"嗯……那还想不到。"他笑。

"哎……大叔，其实我还蛮佩服你的。"我抿嘴讲。

“嗯？”他满脸疑问。

“就是说放下就放下啊，虽然比起我的强大来还稍微逊色一点儿，但是也还蛮厉害的。”

“哈，你还真是时刻不忘往自己脸上贴金。”

“喂喂。”我把手握成话筒的形状，放到嘴边，“现在是中央电视台最美的记者莉香，请问这位大叔为什么如此豁达呢？为什么能够这么潇洒地做出在常人看来如此难以抉择的事情呢？”

讲完后，我把小手话筒伸到他的嘴边。

他愣一愣，然后笑：“因为我会想，假如明天就死了呢？”

“啊？什么？”

“就是……假装自己明天就死了，那样重要的事情就凸显出来咯，自然就要选择了。”

“哇塞，这么哲学。”

“那是，我可是读书人。”他笑起来。

“不过……以后不准这么想了。大叔你要好好的，要长命百岁。”

“我努力看看吧！”

“不能努力，要一定。”

“那我一定努力看看。”他仿佛怕我不高兴一般，又补上一句话，“我跟莉香不能把话说满的，我只答应我能做到的事情。”

我脸红了，只能岔开话题：“咱们这是去哪儿啊？”

车子上了东三环，就堵上了，我百无聊赖地玩儿着手机上的猴子小挂饰。

“……”他像是被我问倒了，猛然一愣。

“啊？怎么了？”我睁大眼睛。

“接上你太激动，我给忘了……”他不好意思地笑起来。

“看看，才几天不见，你就老年痴呆了。”我语重心长状。

“吃饭去？”

“吃什么啊？我不太有胃口。”

“你想吃什么？”

“这年头，吃饭都成问题了。”我装模作样地叹口气，然后猛然想起一地儿来，“咱们去南锣鼓巷吃奶酪好了，我知道那边儿有家特好的奶酪店。”

“成！不过……”

“不过什么？”

“不过南锣鼓巷在哪儿啊？”

“在鼓楼啊，中戏那边儿。”

“我还真没去过。”

“那让我开车好啦！”我摩拳擦掌的。

“你？”他拿眼睛斜我一下，“你会开车？”

“那当然，我驾照都拿了好几年了，老司机了！”我拍拍胸脯，跟打了鸡血一样。

这我还真没说谎，刚满十八我就跑去考驾照了，只不过考出来之后就压根儿没开过几次车，因为我爸妈一坐我开的车回家血压准飙升，除非他们低血压的时候，否则基本上没有我开车的份儿。这次我终于逮到个开车的机会，还是一宝马，怎可轻易放过。

“好吧。”大叔爽快地打了右转向灯，靠边儿把车子停了下来，我们下车交换了下位置。

我稳稳当当地坐在驾驶位上，你别说，骑宝马的感觉还真是不一样。

“有没有动感点儿的音乐？”我侧头问大叔。

“动感点儿的？”

“呃……就是《最炫民族风》什么的。”

“凤凰传奇？”我仿佛能看到大叔头上的三滴汗。

“算了算了，你肯定没有，你把我后座上的包拿过来。”

大叔把包递给我，我从包里的一堆东西里，左翻右找拿出了我的 iPad，跟大叔车上的音响连上，凤凰传奇的歌声便华丽地飘出了，“嘟啊嘟啊”的鼓点儿，俨然把大叔震得一愣一愣的。

“你还听这个？小年轻儿不都觉得俗吗？”

“我就是不走寻常路的女孩哪！”

“好吧……真没看出来。”

“喂，大叔，油门儿是哪个？”我恬不知耻地问。

大叔的嘴巴都要垂到脱臼了，但他不愧是我的大叔，反应能力就是跟常人不一样，只见他迅速调整好了情绪，微笑着，果断地告诉我说：“右边的，左边的是刹车。”

“好嘞！”我启动车子，逗他说，“想好了吗？这可是一条不归路。”

“嗯！”他郑重其事地点点头，憋着笑，伸出手来，“咱们不求同年同月同日生，但求同年同月同日死。”

“嘿，没那么严重吧。”这下轮到我挠头了，但我还是紧紧地握了握大叔的手，以示决心。

“吼吼！出发！！”我一踩油门儿，像美少女战士般“嗖”一下冲了出去。

如果那天交通部门的同志们仔细地观察当日的交通状况录像，就一定能发现，有一辆白色的宝马 760，十分不靠谱地辗转在二环三环间，扰乱交通秩序。

虽然闯红灯这样的事情我没做，但是貌似压线抢车道这样的事儿干得还是层出不穷的。

反正当我把车子开进鼓楼东大街，在离南锣鼓巷不远的地方，找了一地儿把车子停下来时，大叔下意识地擦了擦满头的汗，苦笑说：“今儿跟你身上给开的罚单，都能买一辆新车了。”

“吼吼，这才是我们新时代女性的作风。”我脸都不带红的，“怎么样，坐着我开的车，是不是很有被包养的感觉？”

“嗯……”他做思考状，笑着逗我，“貌似还真有点儿。”

下了车，我们沿着小巷往南锣鼓巷北侧的文宇奶酪店走去。我忽然想起来，我在山东的时候，我拍的那个电影的导演打电话来说，我的角色又给恢复了。我问为什么，导演只是在电话里笑说，小女孩，这圈子没有那么多为什么的。

我当时就想说跟宝马大叔是不是有什么联系，只是一直没机会问，我想刚好今天问一问。

沿路经过了南锣鼓巷的那些小酒吧，在快要出巷子的地方，我们到了那家只在我们小范围传播的，名叫文宇的奶酪店。

点了东西坐下来，大叔吃了一口我倾情推荐的蛋黄奶酪，瞬间赞不绝口。趁着这个空当，我问："大叔，有个事儿要问你。"

他头都没抬："问呗，有问必答！"

"嗯……"我犹豫下，"前一阵子我的那个新闻，是不是你摆平的？"

他笑笑，不置可否。

"不要玩儿神秘啦！快说，反正我又不会感激得以身相许。"

"过去了不就得了，你还提它干吗。"

大叔的这句话，间接地默认了事情是他摆平的。于是我发挥了我打破砂锅问到底的优良品质，一定要问个究竟。

于是我换上了一副嬉皮笑脸的表情："那你给我讲讲是怎么搞定的嘛，好让我汲取点儿营养，不然我以后怎么混娱乐圈呢？"

他笑了，一脸无可奈何的表情："看看，你又上升高度。"

"哪儿啊！事实！！快说，不然不给你吃了。"我一把把他正吃得开心的那碗奶酪夺了过来，做要挟状。

"好好好，给你个提示，我侄子。"他神秘笑笑，"猜不出来就是你笨了，不怪我。"

许皓天？关许皓天什么事儿？我的大脑瞬间飞速旋转了起来，像汽车的发动机一般，"突突突突"的，我思考了大概一分钟三十一秒又五毫秒后，充分发挥了我每一个脑细胞的功用，得到了一个我认为无比正确的答案。

"难道新闻的事情也是许皓天搞的？"

他一愣，又笑了："这可是你说的，我可没说。"

看他的反应，我便明白我猜对了，不知道为什么，我一点儿都没有生气，我只是为我的美貌和智慧并存而骄傲着。

"欸？你怎么没有生气？没跟爆竹似的一下子就爆了？"大叔奇怪地问我。

"哼！"我白他一眼，"我长大了啊！大女孩了，你的，明白？"

"我的，不明白。"

"哈哈哈哈。"我们俩相视一眼，同时笑了起来。秋末北京的太阳，已经迫不及待地要落山。

2

吃完了奶酪，我们从奶酪店走出来。夕阳无限好，天色已黄昏，有微风吹来，很惬意。

南锣鼓巷的人开始增多，自打被开发后，南锣鼓巷就来了很多奇奇怪怪污染环境的人，笑。

"去哪儿？"大叔狠狠地伸了一个懒腰，而后问我。

"嗯……去后海坐坐？"

"你真俗。"大叔笑眯眯地说。

"那是，所有的大俗歌儿我都会唱，恭喜你见到俗本人了。"

"那你随便唱一首听听？"

"你说唱我就唱，那多没面子。"

"那我付钱。"

"先生，有很多东西是钱买不到的，比如莉香小姐的歌声。"我厚颜无耻地说。

"那没辙了。"他伸伸双手，耸耸肩，摆一个无可奈何的表情。

"你有辙。"我神秘地冲他眨眨眼。

"什么意思？"他一脸狐疑地看着我。

“如果百度上的资料没错的话，后天是你的生日，你可以选这个做生日礼物，嘿嘿。”

他惊了，愣在了那里：“你怎么知道的？”

“没听过吗？有问题百度一下嘛。我有问题，就百度了下许志安同学，刨去那个香港明星，就是你了呗。”

“太牛了，百度这个都有？”

“那是当然。”

“网络真可怕。”他吐吐舌头，很可爱，像个风吹日晒的大男孩。

“长见识了吧。”我侧侧头。

“我能选别的做生日礼物吗？”他认真地问。

我做思考状，而后笑眯眯地换成大度状看着他说：“嗯！莉香仙女可以帮你实现一个愿望！”

“那我……”他拖长音，“那我希望你能陪我去一趟凤凰。”

虽然没有想到大叔会提出这个愿望，但我还是不假思索地爽快答应了：“好！没问题。”

“那现在就走吧！”

“现在？”

“怎么？怕了？”

“Who（谁）怕 Who（谁），你去四环内打听打听，有我莉香怕的事儿吗？”

“那出发吧！”

“别介啊，怎么去啊？难不成走路去啊？”

“据我所知，去张家界有一班晚上八点的飞机，咱们现在去机场，来得及。”

他轻轻拉起我的手，在小巷里跑起来，风拨乱了我的发。

“要是没票呢？”我笑着大声问。

“没票就劫机！”他也笑，那么开心。

“哇塞，大叔你真热血，小宇宙被点燃了吗？”

“我也年轻一把嘛。”

我们回到车上，大叔开着车，飞速地往北京机场的方向开去。

我坐在副驾驶的位置上，默默地想起一句话，叫我愿为你上天入地。

然后我就不好意思地笑了起来。

“坏笑什么呢？”他问我。

“你猜。”

他摇头笑笑，继续认真地开着他的车。我望着他英俊的侧脸，忽然想说，亲爱的大叔，我也愿意为你上天入地。

很幸运的，我们在北京机场买到了最后两张去张家界的机票。

两个半小时后，我们的脚踏上了张家界的土地。

打车到了张家界市区，为了好玩儿，我们住到了一家驴友开的旅社，叫蜗牛客栈，里面有一帮热爱旅行的有趣人，我迅速地就跟他们打成了一片。

店主十分热情地带我们去买了洗漱的东西，因为我们走得仓促，什么都没有买。

客栈的房间很紧张，只能勉强空出一个房间的一张床来，是那种上下铺。不过我们也住下了，反正也只是留一晚，第二天一早就要赶往凤凰。

我们去街边的小摊上吃了点儿烤串儿，回来在简陋却不乏温馨的公共浴室洗了个热水澡，倦意袭来，便困了。

临睡前，我从上铺伸头出来，问大叔说：“喂，大叔，你会不会住不惯这样的地方啊？”

他瞪我一眼：“被一个女孩儿问这样的话，我才觉得不习惯。”

“哈哈。”我笑，“那大叔，晚安啦。”

“晚安。”

灯灭掉了，窗外的月光洒进来，铺满一片微凉的黄。

虽然是在异地，可是想到大叔就跟我在一个房间里，我的心里满是安宁，迅速又平和地进入了梦乡。

第二天一早，我们在蜗牛客栈退了房，赶往凤凰。

汽车七点半发车，我们打了一辆起步价只有三块的出租车，到车站的时候才六点五十多。买了票，我们俩在车站边上的瓦罐汤店里一人要了一个瓦罐，美美地喝完，便上了车。

一上车，我忽然想起来我在凤凰还有个亲人呢，于是我拿起手机来，打电话给苏冉。

电话响了六七声才被接起来，苏冉貌似被吵醒了，用一种十分慵懒的语调说：“喂……”

“喂什么喂！吼吼！哥，我胡汉三又回来了？”

苏冉明显不在状态中，持续迷糊着：“胡汉三？不认识，你找谁……”

“喂喂，是我啦，莉香，赶紧给我醒过来。”

俨然我自报家门后，苏冉清醒了过来：“莉香……哈，你怎么想起我来了？我还以为你把我给忘了。”

“哪儿能啊，失忆了都得记得你。”

“小嘴儿甜的，你刚刚说你回来了？回哪儿啊？”

“当然是回到咱们山清水秀的凤凰了啊！我现在在去凤凰的长途车上呢，我带了朋友过来，你那儿还有房间没？”

“有！没有的话，我把别的客人赶出去也得给你空出来，哈。”

“赶客人的毛病还没改呢？”

“江山易改……”

他还没讲完，我就迅速地接上说：“禀性难移是不是？”

“嘿嘿……”他不好意思地笑笑，“对了，你刚刚说你带了朋友，哼哼，什么朋友啊？莫不是男朋友？”

“这个……那个……今天天气挺好的哈。”

“俨然被我讲中了，难道是那个猴子？”

“猴你个头！人家都结婚了。”

“哇！你不会是因为人家结婚了，就随便找了一人嫁了吧？”

“闭嘴。见到我朋友后不准你胡说。”

“嘿！那么在意呢。我得替你把下关，帮你鉴定下。”

“好啦，不浪费电话费啦！”我被苏冉说得脸有点儿红，“待会儿见！很快我就会‘嗖’一下出现在你面前了。”

挂了电话，我向身边的大叔比了一个“耶”的手势说：“搞定了，我真是神通广大。你真是太幸运了，跟着小莉香，走遍天下都不怕。”

“是嘛，听你一口一个‘哥’的，叫得挺亲嘛。”大叔故意用怪怪的腔调逗我。

我白大叔一眼：“那是，亲生的哥都不换，怎么？吃醋了？”

他使劲儿在空气里闻闻，咧嘴笑说：“嗯，好像还真有点儿酸酸的味道。”

“酸酸甜甜就是我嘛。”

“嗯，光闻见酸了，甜倒是感觉不出来。”

“本姑娘的甜是要用心去感受的。”

“是吗？就咱俩这关系，有没有什么优惠？”

“没有，我铁面无私。”

“有提示没？”

“没有，我可是一个谜。”

“哈哈哈。”他被我逗得哈哈大笑，我也咧着嘴乐了。

臭贫了一会儿，我们俩都累了，于是就一人一个耳机，听音乐，靠在椅背上，闭目养神。

车是那种很破的中巴车，道路也不好走，颠颠簸簸的，可旅途的疲惫，却是没有。

南方的这个季节，树依旧是绿的，叶子也没有落，好像跟我夏天来的时候并无不同，但想想我回到北京后发生的种种事情，我不禁轻轻地叹了口气。

随即又想，管他呢，反正都过去了。

傻子才悲伤。

3

到达凤凰的时候，已是中午，一下车就看到微笑着的苏冉，他穿一身灰色麻质的衣服，很洒脱温暖地站在阳光下。

我饿虎扑食一般冲上去抱住他说：“哥！我想死你啦。”

苏冉笑得合不拢嘴，爱怜地拍拍我的头：“我还以为你红了就忘了我了呢。”

“我红什么呢，一波波的负面新闻。”

“有新闻好过没新闻嘛。”

“哼，我被人肉搜索骂得狗血淋头的时候也没见你跳出来声援我。”

“你那么强大还需要声援呢？”

这时，他看到了在边儿上笑眯眯地看着我俩上演兄妹团聚戏码的大叔。

苏冉愣了一下，旋即送给大叔一个大大的笑，并伸出手来：“你就是莉香说的那个朋友吧，真是闻名不如见面。”

大叔的手也握过去：“早就听说莉香有你这样一个哥哥，久仰久仰。”

听这俩人文绉绉地谈话，我几乎要晕厥过去，于是各送一个白眼：“喂！烦不烦啊，能说人话吗？我都要吐了。”

俩男人笑了，做出一副懒得理我的表情，大有一副相见恨晚的样子。

坐上出租车，很快到了虹桥。我蹦蹦跳跳踏上虹桥，站在桥上大吼说：“凤凰！我回来了！！”

路边的游客都用惊恐的眼神看着我，仿佛我是附近疯人院里放出来的。

而当地的村民们则都没有反应，应该是见怪不怪了。

那俩男人则完全没有理我，谈得正起劲儿。看到他俩聊得那么开心，我也懒得过去打扰他们，乐得清闲，一个人在青石板路上踢踢踏踏，如同一个女阿飞。

很快到了苏冉的客栈，进了客栈后，苏冉挠挠头，有点儿不好意思地说：“我以为是莉香跟他的男朋友过来，所以就只留下了一间房，而且是双人大床，现在住的房客都挺好的，我也不好意思赶走他们……”

大叔看我有些尴尬刚想说点儿什么，我就一个飞踢朝苏冉踹过去了：“这么点儿小小事情你都办不好，干什么吃的。”

“那你去睡马路好了，我让志安睡那个房间。”他白我一眼，揉揉被我踢中的肚子。

“志安，天哪！刚几分钟啊，你们俩都发展到这个境界了，真是每个人心中都有一座断背山，你们两个把美若天仙的我当什么了！”

“没事儿，隔壁客栈应该还有房间吧，我去隔壁开个房间好了。”大叔出来打圆场。

“那怎么成，凤凰最好的客栈就是这家了。好啦，我们盖两床被子不就得了。”我豪迈地拍拍胸脯。

对于我的提议，两个男人面面相觑，不知该作何反应。

“发什么呆啊！就这样定了！！”我在两人头上各敲了一下，转身撂下一句话就上楼了。

进了楼上房间后，我一个鹞子翻身上床，正惬意地翻来滚去。

大叔进屋了，微笑着看我翻滚了一会儿而后道：“莉香，我还是跟苏冉睡一屋吧，总觉得不太方便。”

“你有什么不方便的？”我从床上坐起来。

“不是啦。”他脸可爱地一红，“我是觉得你不方便啊。”

“得了吧！苏冉那屋就一张木板儿单人床，他自个儿睡都睡不开，你们俩大男人怎么睡。”

“可……”

“可什么可，你不会怕我强奸你吧？”我十分女流氓地“嘿嘿”笑了起来。

“服了你了。”他一脸无奈。

“好啦，大叔，就这样决定啦。”

说罢，我就跑出去，“噔噔噔噔”地下楼给大叔拿被子去了。

最终大叔还是屈服于我的淫威，跟我住在了一起。房间里，他做什么事情都小心翼翼的，看得我总是一阵好笑。

苏冉做了饭给我们吃，大叔大概很久没经过这样的长途跋涉了，吃完后躺在床上就睡着了。

我在临江的阳台上，看着秋天已经变得有些滔滔的江水，安静地抽完一根烟。

而后忽然想起应该给大叔去弄一个生日蛋糕。

于是我脱下鞋来，蹑手蹑脚地离开房间，把门轻轻带上，走到楼下去问苏冉凤凰有没有卖蛋糕的地方。

苏冉被我问倒了，托着脑袋想了半天，最后果断地告诉我说，没有，然后又挨了我的一脚飞踢。

于是我自个儿出门，沿着老街一路走，结果转遍了整个凤凰，果然如同苏冉说的那样，没有蛋糕店，连个面包店的影子都没有。

不过，当走到水车附近的时候，我脑海中灵光乍现了一下，因为我看到了那家叫作“素”的咖啡馆。

这家叫作“素”的咖啡馆，我在凤凰的时候几乎天天都要跑来这里买一个提拉米苏，因为太好吃了，所以我只买一个，怕吃多了形成免疫。

老板是个广东人，叫阿来，我天天去买，自然有了些交谈，结果还非常聊得来，于是就成了朋友。

我以音速小子的速度冲进了咖啡馆，跟个催账的一样，大叫道：“阿来，阿来在吗？”

阿来看到我，先是惊喜，接着又是一脸无奈的表情说：“姑奶奶，知道你回来了，可是你也不能酱紫啊。”

“那我应该哪样子啊？”我模仿阿来的口音打趣他。

他也不恼，笑眯眯地说：“我这是咖啡馆，客人需要安静的好咩。”

“那你有想念我咩？”

“这个倒是没有。”他咧嘴一笑，“因为总觉得你一直在身边闹腾嘛，跟个苍蝇一样。”

“哈，阿来，还是你们广东人伶牙俐齿啊，我竟然有点儿感觉被你比下去了。”

他得意地一笑：“你什么时候回来的？”

“刚到，对了，我有事情求你，你会做蛋糕吗？”

“当然会，不然你吃到的提拉米苏是什么啊？”他伸手过来摸摸我的额头，“怎么没多久不见，变傻了？”

我“啪”一下打开他的手：“我不知道多机灵，简直是聪明伶俐小莉香。我说的不是提拉米苏啦，我是说那种大的，生日蛋糕。”

“那我还真不会。”他耸耸肩。

“啊啊啊，那怎么办。”正当我一筹莫展之际，一个惊悚又独特的想法闪过我的脑际，我决定把一个个提拉米苏堆成一个蛋糕。

我把我的想法告诉了阿来，阿来却一票否决了我的这个想法。

因为我知道大叔今年三十六岁，所以说要三十六个提拉米苏，可懒惰的阿来表示自己做不了那么多，但在我淫威之下，阿来屈服了，条件是我要帮忙。

4

我不知道是不是男人到了大叔那个年龄就特别能睡。

当我跟阿来费了九牛二虎之力，把用三十六个提拉米苏堆积而成的超级提拉米苏蛋糕做好后，已经是晚上十一点多。我累得跟条狗一样把蛋糕运回客栈，大叔却还是在睡。

我在楼下的大厅把蛋糕放下来，苏冉看到蛋糕，下巴几乎都要掉下来了。

“哇塞，这是什么啊。”

“蛋糕啊，看不到吗？”因为累，我没好气地说。

“这个……能吃吗……”苏冉俨然对这个东西很感兴趣，伸手就要去捅。

还好我火眼金睛，瞬间发现了他的不良举动，一个飞踢过去，制止了他的恶劣行为。

“这是大叔的生日蛋糕，不准动。”

听我这样说，苏冉换上了一副比较严肃的表情：“莉香，你该不会喜欢那个‘大叔’吧。”

“哥，你说什么呢。”我被苏冉问得很不好意思，脸不由自主地一红。

看我的反应，苏冉又换上了笑脸，“得嘞，你的反应已经说明一切了，赶紧收起你那副少女怀春的嘴脸，我看着有点儿受不了。”

“靠！”我又一个飞踢过去，这次苏冉学聪明了，灵活地闪开了。

“喂，你就不怕我被他骗了啊？”我也有点儿严肃地问苏冉。

苏冉淡淡一笑：“我妹那么聪明，怎么会被骗。”

“那你不觉得我跟他年龄上……”我欲言又止。

他笑，没等我讲，就打断我：“你都不觉得，我还觉得什么。”

“讨厌啦！有你这样做哥哥的吗？”我脸红着冲上去，一阵暴风雨般的小拳头转瞬就落在苏冉的身上。

十二点的钟声刚刚敲完，我就冲上楼去，把尚在睡梦中的大叔敲醒了。

他带着睡意，被我一头雾水地拉下楼来。

可当大叔看到大厅桌上摆着的蛋糕的时候，他呆住了，忽然有点儿不知所措。

“大叔，生日快乐！”我走到蛋糕前，摆出一个华丽登场的造型，“当当当当，强大吧！莉香同学亲自参与制作的蛋糕喔。”

大叔的眼睛忽然变得亮晶晶的，他抽了一下鼻子，默默地走到我身边来，坐下来，看着蛋糕，却讲不出话来。

“欸？不喜欢？”

“不不不，很喜欢，我刚被你拉起来，脑子还处在停滞不转的情况下，结果又看到这么壮观的景象，有点儿反应不过来。”他挠挠头，笑了。

“好啦，赶紧点蜡烛了啦。”我丢给大叔一盒火柴，“三十六根呢，有得点了。”

“等等。”

“嗯？”我瞪大眼望着大叔，不知道怎么了。

大叔开始默默地拔蛋糕上的蜡烛，我看着呆了。

“大叔，你干吗啊。”

他笑笑，不讲话，继续拔他的蜡烛。

我不知道怎么了，不过也没再讲什么，只是静静地在边上看着他。

最终，蜡烛被他拔到只剩一根，他像做完了一件顶顶重要的事情般，舒了口气：“哈，一根儿就够了。”

“为什么啊？”我嘟起嘴来，有点儿埋怨，“人家好不容易才插上的，你瞧瞧，提拉米苏也刚好三十六个，刚好一个一根儿，结果，都给你拔没了，一点儿意义都没有了。”

他拍拍我的头，爱怜地望着我：“因为我只有在今年，才遇到了亲爱的莉香小姐啊，所以，就点一根儿蜡烛。”

这句话，仿佛瞬间让我的心田下起雨来，我的心柔软得像要滴出水来。

此时此刻，我的眼睛有些雾气浮上，看看大叔的眼睛，同样也有相同的迷蒙的光。

但我还是抿着嘴，昂起头，像只小公鸡般讲：“只有一年哦……不过……大叔的过去我来不及参与，但是大叔的未来，我是不会错过的！”

说罢，我拍拍胸脯，一副信誓旦旦的样子。

“莉香，谢谢你。”大叔忽然握住我的手。

我有点儿不好意思，脸瞬间红了：“哎呀哎呀，有什么好谢的，为人民服务嘛。”

大叔不讲话，只深情地望着我，我的心跳得厉害，想说难道电影里演的情节要发生了吗？要有吻戏了吗？我是不是要闭上眼睛啊？糟糕，刚刚吃过饭忘记漱口了怎么办？会不会有味道啊……

正想着呢，大叔却别过头去，松开了我的手，轻轻地把蜡烛点上。

我虽然松了口气，可是心里也浮出无数个问号，想说刚刚大叔明明是要亲上来的架势嘛，难道是我多想了？天哪，我一大好女青年，也被黄色思想毒害得太厉害了吧。

不过我还是很快调整好情绪，嚷道："大叔，许愿啦。"

大叔闭上眼睛，双手合十，烛光把他的脸映得很感伤。

大厅的木窗不知什么时候被吹开了，水流湍急的声音传入室内，我向窗的方向望过去，看到江上起了浓重的大雾。

看着那雾，配合着水声，再望向大叔许着愿的脸，我忽然有些感伤。

我老是莫名地感伤起来，对此我也很痛恨自己。

过了得有一分钟，大叔把眼睛睁开，对我说："好啦，吹蜡烛了。"

"嗯哪，许了什么愿啊？那么久。"

"不能说，说了就不准了。"

"那……来吹蜡烛吧。"

"好，我们一起数一、二、三。"

"一、二、三。"我们一同数着，吹灭了那代表我们这一年的蜡烛。

蜡烛噗地一下子灭掉，屋里突然被黑暗笼罩，我忽然感到一阵莫名的心慌。

不过，大叔很快把桌上的水浮蜡点上，光亮又一点点地赶走了黑暗。

我又感觉有点儿冷，不由自主地贴近了大叔的身子。大叔身体僵硬了一下，接着便伸手过来揽住了我。我犹豫了下，把头靠在了他的肩膀上，他的身子很暖，味道很安全。

我们就那样身贴身，感觉仿佛心贴心般，坐了好一会儿。

蜡烛的光，忽明忽暗，有种朦胧又决绝的美。

"莉香。"大叔说，他的嗓子有点儿紧，"唱首歌儿给我听吧。"

"嗯……唱什么啊？"

"随便你，只要不是《最炫民族风》。"他笑。

"那……我唱一首我很喜欢的歌吧。"

"好，我洗耳恭听。"

“唱得不好听不准笑。”

“肯定好听。”他宽厚地说。

“不过，在我唱之前，你要回答我一个问题。”

“你问吧。”

“大叔，我是你的什么啊？”

大叔不讲话了，我也被自己的问题搞得有点儿脸红，捏他一下：“好啦，允许你明天回答我。”

接着，我唱了《红豆》，王菲的歌。林夕把这首歌写得百转千回。

还没好好地感受，雪花绽放的气候，我们一起颤抖 会更明白什么是温柔。

还没跟你牵着手，走过荒芜的沙丘，可能从此以后 学会珍惜天长和地久。

有时候，有时候，我会相信一切有尽头，相聚离开都有时候 没有什么会永垂不朽。

可是我有时候，宁愿选择留恋不放手，等到风景都看透，也许你会陪我看细水长流。

还没为你把红豆，熬成缠绵的伤口，然后一起分享 会更明白相思的哀愁。

还没好好地感受，醒着亲吻的温柔，可能在我左右 你才追求孤独的自由。

有时候，有时候，我会相信一切有尽头，相聚离开都有时候，没有什么会永垂不朽。

可是我有时候，宁愿选择留恋不放手，等到风景都看透，也许你会陪我看细水长流。

我的声音，有些单薄地飘在凤凰的夜里，我心中涌起某种淡然的感伤。

但是，此时此刻，大叔在我身边，我还是感觉安全和温暖。

我忽然想，就这样过一辈子，也挺好的。

5

第二天一觉醒来，刚睁开眼，大叔就笑眯眯站在床边叫我说："小懒鬼，起床啦。"

我不由自主地嘶起嘴来，摆出一个要哭的脸："被人吵醒什么的最讨厌啦。"

"那要不你继续睡？那自己出去转转咯。"

"休想！"我从床上一跃而起，忽然意识到自己身上穿的是睡衣，瞬间愣住了。我迅速回想了一下，昨晚唱完歌后，跟大叔有一搭没一搭地讲话，不知不觉间就睡着了，我是怎么到的床上然后换上了睡衣的……

"别想啦，睡衣是我叫醒保洁阿姨帮你换的。"大叔瞬间看穿我在想什么，"你啊你，一睡着之后太可怕了，怎么叫都不醒。"

"那也得看是谁在我身边儿啊，我心眼儿多多啊！"我嘴硬。

"嗯，多。比干的心有七窍，是圣人，你的心都像笊篱了可以吗？"

"那还差不多。"我愣头想一想，"怎么听上去也不是什么好话哪，起这么早去哪里啊？"

"去沈从文的墓地看看，想去不？你要是觉得没意思，我就自己去。"

"必须想去，我这么有文化的女孩，怎么能错过呢！"

飞速地穿好衣服，早饭都没吃，我跟大叔就在虹桥登上了去墓地的船。

江水徐徐，两岸的景色尽收眼底，绿得让人怅然若失。空气清新得仿佛要把一切穿透。

"大叔，你昨天晚上睡哪里了啊？"

"看你在床上睡得那么豪迈，我就找了条被子在地上将就了一下。"

"啊！怎么可以这样，我太不尊老爱幼了，会折寿的吧！"

"没事儿，我这么尊老爱幼，你就当为了我增寿吧！"

"哈哈。"我大笑，"大叔你越来越贫了。"

"那是，为了逗你开心每天费尽心机，研读各种热点段子。"

“辛苦你这位同志了，要什么嘉奖！”

“要你幸福。”大叔忽然毫无预兆叹口气，“一定要幸福啊莉香！”

我则嬉皮笑脸地拍拍大叔的肩膀：“大叔也要幸福哦，如果不幸福，我会追杀你的！”

这段通往墓地的路，不远也不近，同船的游客并不多，大概是因为起早的缘故，大家都一脸倦意。我跟大叔嬉皮笑脸一下，转眼就到了听涛山，沈先生的墓地便在这山上。

沿着青石板路一直走，很快，在半山腰我们站在了那块由黄永玉手书的著名石碑前：“一个士兵，不是战死沙场，就是回到故乡。”

大叔站在那块碑前，脸色忽然变得有些凝重，他望着它呆立了好久。我也被大叔的肃穆感染到，静静地陪着他垂手而立。

半晌，他开口道：“走，咱们去五彩石那里看一下。”

“五彩石？”

“对啊，这里虽然是沈先生的墓地，却是没有墓碑的，只有一块儿五彩石。”

“你倒是调查得很详细嘛。”

“是小莉香知道得太少啦。”

没走几步，就来到了那块儿著名的五彩石前。五彩石正面，镌刻着沈从文先生的手迹：“照我思索，能理解‘我’，照我思索，能理解‘人’。”

我转去背面，右侧刻有一行小字：“2007 年 5 月 20 日夫人张兆和骨灰合葬于此。”

石头背面正中镌刻的是沈从文妻子张兆和的姐姐张充和女士的悼词：“不折不从，亦慈亦让，星斗其文。赤子其人。”

这是一个丝毫没有墓地气息的地方，没有墓碑，没有墓志铭，没有生卒年份，反而有些温暖，让人安静得仿佛可以捕捉到风的痕迹。

“莉香，”大叔开口叫我，“你知道沈从文写给张兆和的那句最有名的话吗？”

“当然，我说过了，虽然我长得美，但这并不妨碍我是个读书人。”我咳嗽一声，有心卖弄，“我行过许多地方的桥，看过许多次数的云，喝过许多种类的酒，却只爱过一个正当最好年龄的人。”

大叔笑了：“那你懂这句话吗？”

我翻白眼：“这句话这么浅白，还需要懂吗？”

大叔却摇摇头，低声说：“你太小了，不会懂的。”

“那你给我解释一下。”

“当莉香真正爱过一个这样的人呢，也就懂了，现在说了也不会懂。”

“大叔怎么知道我没爱过，没准儿我正爱着呢。”我话中有话，“再这样说我不高兴了！”

“好好好，我错了，再也不说了，只身体力行。”

“大叔。”我低头转身，往他身后迈了几步，离他够远，我才有勇气讲几句这样的话，“什么桥啊、云啊、酒啊、年龄啊，我都不在意。我在意的是，能够成为你很重要很重要的人。我要得很少很少，一点点，就可以是全世界。所以，不要老把我推开，我很胆怯的，没有那么强大。”

大叔又笑了，我看不到他的脸，那笑声不知为何，有些苦涩：“莉香，你就是那种即便你要得很少很少，依旧会有人想拼了命给你全世界的人啊。”

大叔温柔的声音，在这曲径通幽处，掷地有声。

我感动得眼睛瞬间有了氤氲，却长舒口气，迅速换上一张嬉皮笑脸：“讨厌啦！怎么来看沈先生，人也不由自主变得文绉绉了起来。”

“我不觉得文绉绉，我觉得真诚得要死掉了。”大叔挑挑眉，“不知道‘死掉了’的文法我模仿得对不对？”

“讨！厌！啦！”我怪叫一声冲过去扯大叔，大叔没躲开，站在原地微笑着任我发疯。

坐船回到客栈，我忽然困意袭来，决定睡个回笼觉。

再次在混沌中一觉醒来，我看看身边，却没有大叔的影子，拿手机看时间，已经是中午了，我想他一定是先去吃饭了。

于是我慢条斯理地去浴室洗了澡，还悠闲地在阳台上安稳地抽了一根起床烟。凤凰今天阴天又大雾，日月无光的，有点儿黏糊糊，感觉不太舒服。

不过，抽完一根烟后，想想来凤凰后发生的美好的一切，我就神清气爽了起来，下楼准备吃饭。

结果刚走到楼下大厅，我就看到一脸凝重表情正出神的苏冉。

我从没见过这哥们儿摆这样一张脸，于是我乖巧地走到他面前，挤出一个阳光灿烂的微笑说："怎么啦？心情不好哪？有什么不高兴的，说出来让我高兴一下。"

他明显被我的出现吓了一跳，而后，他默默地，递给我一封信说："志安给你的。"

信？我看着那封信，忽然有一种不好的感觉。

我手忙脚乱地打开它，大叔潇洒的笔迹跃然眼前。

亲爱的小莉香：

当你看到这封信的时候，我应该已经不在你身边了，请原谅我的不辞而别，请相信我做的这一切皆有苦衷。

莉香，我真的不知道，如何才能让你明白，我作这个决定的原因。

语言在这一刻如此地苍白无力，我渺小得像是一只笨蚂蚁。

今天在去沈从文墓地的路上，我看着河水，终于明白他当初写信给张兆和说：我一面看水一面想你。

那种爱意，即便你在我身边，也可以让整条河，都是你的倒影。

你太小了，太年轻，也太美好。

人的一生里，总会有一些不能承受的生命之轻，我的生命里，就只是你。

对你的感情，我自从始至终都没有勇气说出口，但是，我知道你明白我的心意。

昨晚看你在我怀中像个孩子般沉沉睡去，我的心里满是感恩。

我是多么感谢上天，让我在有生之年，能够遇到这般精彩的你。

你仿佛是一粒跳动的小火种，点燃了我早已认定了无生趣的生命。

我是多么希望就这样了此余生，跟你共同完成阳光、大海、好友、大狗的梦想人生。

可是，我不能这么自私，你的人生才刚刚开始，我的人生却已然可以知晓尽头。

我不能因为我爱你这件小事情，就自私地把你绑住。

你值得更美好、更精彩、更广阔、更不一般的人生，而我，出现的时机差了一点儿。

我早已不是那个正当最好年龄的人，要我承认这个很痛苦，可面对你，我必须承认。

这份承认，不是胆怯，不是孬种，是因为爱。

所以，请原谅我这一刻的表演性人格上身，请原谅我这个早就作出的不辞而别的决定。

请相信我对你的爱，那么默默无语而绝望。

因为爱你，所以总想把整个世界都给你。

而我能给予你这个世界的唯一方式，唯有放你自由地去飞，还你所有的可能，不成为你刚刚开始的人生路上，最大的障碍。

答应我，忘了我，开始新的生活，你会找到更合适你的人，你会遇到你人生全部的丰盛与幸福。

总有一天，你会明白我的，我赌上我未来所有的幸福，只盼有一天你会懂。

希望多年后，你在某一瞬间，偶尔想起我的时候，脸上依旧有笑容。

PS：昨天你问我，你是我的什么，我现在回答你，莉香，你是大叔的未来啊。只是这个未来太美好，我曾经拥有过哪怕那么一秒钟，就已然心满意足。

你永远的大叔：许志安

我看着那封信，眼泪不由自主地掉下来，滴在信纸上，湿透了纸背。

我终于明白了大叔为什么选择这么着急地来凤凰，为什么恰好就知道几点有一班飞张家界的飞机，为什么在昨晚不回答我，为什么今天一早就要带我去看沈从文的墓地。

他早就默默安排好了这一切，不停地给我暗示，只是我太傻。

“你怎么不早点儿告诉我。”我向无辜的苏冉大声吼。

苏冉一脸愧疚的表情，小小声道：“志安求我不让我讲，我答应了……”

“他什么时候走的？”

“你回来睡了之后。”

“他去哪儿了？”

“我不知道……”

听到苏冉这么说，我一个站不稳，几乎瘫倒在地，苏冉赶紧扶住我。

他叹口气：“莉香，你是真喜欢他吗？”

我不讲话，眼泪就一直掉，嘴里不住地说：“傻帽儿……你们都他妈是傻帽儿。”

“莉香，你冷静一点儿。”

我不理他，把他推开，摇摇晃晃地就往门口走。

“你要去哪儿莉香？”苏冉冲过来。

“不用你管。”我咬着嘴唇，脑袋一片空白，“我去找大叔。”

“你等等。”苏冉顿了顿，仿佛下了很大的决心，“我也不知道他去哪儿了，我只知道他买了下午四点飞海南的机票。”

而后，苏冉默默地拿出一张车票来：“这是两点半去张家界机场的大巴车票，你现在赶去，虽然来不及，可是，还是有希望的。”

“哥……”我望着苏冉，不知道该讲什么话好。

“别说了，赶紧去吧。”苏冉眼睛也红了，“不明白你们俩在折腾什么。”

我紧紧地攥了下苏冉的手，然后头也不回地往虹桥上的出租车停靠点儿奔去。

我度秒如年地在凤凰汽车站等待两点半去张家界机场的车发车，其间我像个疯子一样，一边流眼泪一边反复地拨打大叔的电话，可传来的总是“对不起，您拨叫的电话已关机”的冰冷女声。

车站的旅客们都用奇怪的眼神看着我，可我不在乎。

我想说你们看吧，看我有多傻，看我怎么样就弄丢了自己爱的人。

终于等到两点半发车了，在大巴车上，我依旧不停地拨着那个熟悉的号码，仿佛一个机器人。

我的眼泪滂沱到把坐我边儿上的人都吓到了，那女孩子默默地像受了惊吓一样躲到了后面的座位上。

我只是跟个疯子一样不停地念叨，老天爷，我求求你了，让他接电话吧，让他接电话吧。

不过，老天爷总是在你最需要的时候装作什么都听不到，他虽会为你锦上添花，但不肯雪中送炭。

直到我的手机发出没电的提示音，电话也依旧没有打通。

那“嘟”的一声，不仅提示了手机没电，仿佛也耗干了我身上所有的能量，我瘫坐在椅子上，脑子一片空白。

正当这时，我手机的短信提示音响了起来，我赶紧拿起来看，竟然是大叔。

那短信只有五个字，大叔说：“莉香，我爱你。”

我赶紧打电话过去，可手机刚震了一下铃儿，就没电了。

我发疯一样跟边儿上的人借手机，车上的人看我疯疯癫癫的样子，都不肯把手机借我，我差点儿都要给人跪下了。

最终还是刚刚坐我旁边的姑娘好心，把手机借给了我。

可我再打过去，大叔的手机，却又关机了。

这一次，我没有再疯狂地拨打大叔的手机，我把手机还给了好心的姑娘，对她千恩万谢。

而后安静地坐回座位上，想着大叔亲口跟我讲说：“莉香，我爱你。”

想着我跟着大叔去海南，我们面朝大海，春暖花开。

我们在沙滩上放烟火，再也不用担心会被可恶的城管捉到。

我们吃着木瓜，没有宝马开，步行也是平凡的幸福。

想着想着，我就睡着了，嘴角洋溢着笑意，仿佛大叔就在我身边……

尾声 我在未来等着你

我是被大巴车的司机叫醒的，那个长得很善良的中年男子告诉我，机场到了。

那个时候已经是下午六点多，亲爱的大叔，你乘坐的飞机已经起飞了两个多小时。

我下车后，立即跑去机票柜台，买了下一班去海南的机票。

但是，我最终还是没坐上那班飞机。

因为突如其来的大雨，所有的航班都延迟了，除了你的那一班。

而那一年，全世界从空中陆续掉落了三架飞机。

其中有一架，便载着独自飞向新生活的你……

新闻在飞机起飞后五个小时播出，所有延迟航班取消。我在机场哭得像个疯子，抓住每一个人问你，抓住每一个人跟他们说，我要去海南，我要飞，然后直到晕倒被送去了医院。

我在医院醒来时，大家都来了，我看到他们却笑了。

我以为这只是一场梦，我以为我还在北京，还是那个我晕倒在片场的日子，我以为下一秒你就会在门口出现，带着卤煮火烧西装笔挺地对我讲，莉香，大叔去给你买了卤煮火烧，你趁热吃。

可下一秒，我看到他们脸上落下的泪，我瞬间被哭喊着拖回现实，连最终的幻想权利都被命运残忍剥夺得一干二净。

片甲不留。

我挣扎着又要起身去找你，求大家放我走。我在医院上演了好几天的琼瑶戏，把她所有的戏路都摸得一清二楚，最后我开始绝食，直到我妈背着大小包袱出现在病房门口。

她一进门，大家就安静下来了，我依旧在床上独角戏演得酣畅淋漓，那一刻，我是真的不管不顾了。

我妈把东西放到地上，默默走到我的身边来，毫无准备地，挥手就给了我一巴掌。

啪一声，那一巴掌落在我的脸上，我妈干净利落得仿佛女中豪杰。随后，她过去转身，蹲下身子从地上的袋子里拿出一只橘子，红着眼睛颤着声音说："要死，妈放你去，眼都不眨。只是，你给我吃饱了再去。"

我愣住了，看着我妈安然地在我面前剥完橘子皮，送一瓣儿到我嘴边。

看到我妈的眼泪掉下来，我终于还是张了嘴。橘子送到口中，酸酸甜甜，汁液四溅。

我知道我得活下去。

如若这一刻我死了，你为我做的那一切，又能让谁来记得呢。

不过，亲爱的大叔，我宁可相信，你没有乘坐那一班飞机，你可能临时改变了主意，去了其他的城市。

所以为此，我没有去查看之后航空公司给出的遇难者名单。

是的，我总是这样想的，我总觉得你就在我身边，默默地看着我，从来不曾离开过。

说不定某一天，你就会微笑着出现在我面前，跟我讲：“小莉香，好久不见。”

然后我也会笑得很灿烂，回你说：“大叔，好久不见。”

亲爱的大叔，我忘记我是怎样重新振作起来的，我只知道，我最终，还是去了三亚，并且在三亚的亚龙湾，一个人待了很久。

白天我在酒店里昏天黑地地睡觉，夜晚的时候，我便披头散发地去看海，看到所有的星星，都落到海里。

夜晚的大海，没有想象中美好，一个人的海，甚至有些令人害怕。

当海水漫过我的脚腕儿，极目望去，是漫无边际的黑暗，海浪汹涌而来，我的心中，不是没有恐惧。

无数次，我的眼泪都落下来，我好想去陪你。

但是，每当这个时候，你温柔的声音都仿佛从我的背后传来，你说，亲爱的莉香，不要怕，大叔在你身边。

我的心瞬间就安定下来，抬头望向星空，那一大片的璀璨，都变成你温暖的笑脸。

亲爱的大叔，我不怕，我知道你在我身旁。

亲爱的大叔，假如有一天我终于能把你忘记，也许生活就会比较容易。

可这不是随便传说的故事，也不是明天就要上演的戏剧。

它们结结实实地出现在我的生命中，仿佛烟花，在最高空瞬间绽放，已然是我人生中最华彩的乐章。

我永远无法找出原稿，狠心将你一笔抹去。

因为如若把你遗忘，那今时今日的人生，又再能有什么意义？

亲爱的大叔，日子久了，我逐渐接受了你离开我的事实。

我总是努力地控制住自己的想法，我知道我总得放自己一条生路，为了自己，也为了你。

我一次次地说服自己：你的离开，是因为太爱我，太想把好的东西留给我。

但是，亲爱的大叔，你怎么不明白，遇到你，已经花光我人生所有的运气。

我的人生已然有过最好的，自此之后，无论表面如何，内里中，全然是下坡路。

爱过你这件小事儿，像是一个烙印，永远封印于我人生的始终。

是只有我能看到的一枚老旧徽章，闪着微弱的光，却想起就心酸。

不过，无所谓了，无论大叔你怎样做，你都是好的。即便你自作主张地离开我，即便你留我一人孤单地在这冷酷苍茫世间。

虽然我跟大叔之间，早已且始终是不言好坏的。

亲爱的大叔，你来了一下子，却改变了我一辈子。

后来，我回到了北京，我知道你一定很希望看到，开始新生活的我。

你还记得小智吧？通过他我签了新的经纪公司，小智成了我的经纪人。我们姐妹同心协力，就算有眼泪，也只在人后伴着酒吞下。换了新的名字，我努力工作，逐渐有了小小一片天。

再后来，我逐渐接了很多连续剧和电影，还出了张我觉得像猫挠墙的唱片。

用一句很俗的话就是，我红了。

有很多人爱我，我有了自己的后援团，很多很多的人参予进来，对我无条件付出，都像是你。

每一次看到FANS（粉丝）们热情的笑脸，我都好想给他们讲一个故事：在不很久的从前，有个小女孩儿，她叫莉香，她其实，更值得你们爱的。

但我终于还是没有讲，大叔，莉香只是属于志安一个人的。

亲爱的大叔，你走之后，莉香便也跟着走了。

永无归期。

亲爱的大叔，我在二十岁初始的时候爱过一个人，爱到八十岁想起的时候嘴角依旧会有微笑。

我记得电影学院的金字塔，记得清晨的卤煮火烧，记得宝马自行车，记得三环路上的烟花，记得那一晚大雨夜的青菜鸡蛋面，记得你陪着我的那些日子。

那些日子，你的微笑，暖得仿佛阳光，鹅黄中洒出一片光，铺满了我未来的日子。

亲爱的大叔，有时候在机场，我戴着墨镜，望着不知往何处来，又往何处去的匆匆人流。

总会忍不住地，想要对他们讲：

我不知道你们是谁，要去向哪里，但是你可能会遇到一个叫许志安的大叔。

他可能没有开宝马，长得也不帅，可还是请你替我向他带去问候并且告诉他：我爱他。

不要以为过了这么久我就变了，我还是老样子。

我还在北京等着他，哪里都没去。

哪里，也不去。

（全文完）

后记 陪君醉笑三万场，不诉离伤

一

每一个少女，曾经都有一个大叔梦，这是这个故事写作的初衷。

那种在成长过程中，茫茫的无助感，不被周围人所懂的潜在伤悲，很容易滋生这个梦。

成长好孤独啊，一个人活着感觉好辛苦，连深夜的叹息都会重重的。好希望能够有一个人出现在身边，默默微笑，温暖如春，不需要太多言语，不需要做太多事情。

只希望一眼看到对方，便觉得是家。

岁月总会改变一些东西，比如梦，有些人把这个梦做得很久很长，而有些人，很快就梦醒了。

不是每个女孩都足够幸运，可以遇到宝马大叔。

所以我把这个故事写出来给你看，只是想告诉你，无论遇见与否，梦总是美的，不要放弃你任何做梦的机会和权利。

现代生活很残酷，我们身处最坏亦最好的时代，好多东西不得不舍弃，但是，请记得爱。

如果那大约能被称之为爱。

二

其实，宝马大叔对莉香的爱，与其称为爱，不如叫作懂得。

爱太短暂了，懂得却可以相伴一生。

他懂得她，知道在她彪悍的作风下，隐藏着的是一颗多么珍贵而温柔的心。

莉香不见得多美，多可爱，只是她美好，仿佛最后一泓尚且纯净的城市深泉，用尽所有可能，丢盔弃甲地在抵御她必须接受的现实污染。

可她的力量毕竟有限，她归根结底也只是一个小女生，她也有撑不住的时候。

所以宝马大叔出现了，横空出世得仿佛上天恩赐，义不容辞得像任何一个白马王子。

可这又不是一个传统意义上的爱情故事，我并不想写那样的东西，我迷恋生活里的烟火气儿，我想写一个不一样的萝莉和大叔的故事。

所以我尽量地克制，让它离生活不是很远。也许故事会因此而打一个折扣，变得没那么梦幻，但这是我的小小坚持。

只是希望你在看这个故事之时，能相信它离你没那么远，并且可能你的爱，就会在下一个转角处遇见。

三

故事里的大叔和莉香，最终也还是没有能够在一起。但是，这其实是一个快乐的故事，不是吗?

即便在书的末尾，有那么一声轻微的叹息，也依旧改变不了，那些曾经的心中喜悦，不是吗?

王子和公主，在最快乐的巅峰，被命运的双手，瞬间拍散。命运手法熟练，毫不留情。

固然干净利落得有些残忍，但也免去了之后的阵痛。

他们没有经历之后现实的洗礼，他们的记忆中，永远是对方最完美的样子。

他们的爱情，被时光的油脂，瞬间包裹，推入幽深地层。

多年后，若有机会重见天日，也许，便能够见到那爱情的琥珀。

无论付出何种惨烈代价，请你记得，爱情，总是件快乐的小事情。

四

有太多的故事想要写给你们看，有太多的话却无从说起。

跟故事里的这些年轻人一样，我所有的青春都是和北京联系在一起的。

青春之所以美，就因为是梦，梦总会醒的。

我曾以为我来了北京就会不一样。

事实却是，如果你是一个不容易快乐的人，在哪里都一样。

我其实不想承认，这里面的每一个人，都有一个或者几个，在现实中，有与之对应的真实灵魂。

我记得他们，却已经不再在乎，他们是否已把我忘记。

有时闲了，我也时常会想，如果没有遇见他们，我又将会是在哪里，日子过得怎么样？人生是否要珍惜。

但人生始终是无须假设的，我唯一确定的是，因为曾经的他们，我才变为今时今日的我。

亲爱的朋友们，书里面满是你们的影子，那都是曾经发生在我们生命里的故事，只是，你们，还记得吗?

我怕我忘了，所以抓紧时间写出来，不让时光的洪流把这些美好冲淡和遗失。

现在这个故事被写下来，即便我们之后都忘了，即便我们恍惚中也变成连自己都讨厌的大人，也总归会有一些不一样的珍贵，能留下来吧。

五

所谓的青春和成长，我想，是所有的往事都被风吹散，凝成一团回忆的海，是血淋淋的，是如泣如诉，是梦一次次地碎掉，直到一个人学会隐忍，不再有梦。

这个梦本身，会被隐藏在内心的安静角落里，安全、温暖、独立、私密而珍贵。

我奢侈地希望这个故事，能够触及那隐秘的不为人知的小小一环，给予你们温柔的安慰，让你们清楚，有这样一些人，他们与你们一样，仍有梦，你们并不孤独。

只是现在，我青春的梦过了一大半，只有那么一丝残存，被我妥帖放入内心的小小角落，支撑着我，写下这个故事。

这个故事，仿佛是折射过往的海市蜃楼。

真真实实存在过，笑了，哭了，伸出手去，却再也触不到。

梦醒了，天亮了，而这个讲故事的我，也就该走了。

谢谢你耐心读完这个并不华美的故事，它可能没那么好，但它很真诚，尽我所能。

如果这本小书，能给你带来些许的生之抚慰，我已然觉得是上天恩赐。

幸福真的是件很不容易的事情。在钢筋水泥的城市森林中，很容易就会产生一个人活着的孤独感。

不过，请永远不要灰心，无论是好的，抑或是不好的时光，总会有人嫉妒你。

这就是你的生活，其实没有人懂得，你就是你，不是这世界上另外任何一人。

除去自己，你其实无须对这个世界有所交代。

亲爱的，放下一点儿什么吧，前方的路还很长，不要带着太多沉重上路，再美好的东西，如果已成负担，也请咬牙舍弃。

我们能做的，无非像那句美好而伤感的话说的那样：陪君醉笑三万场，不诉离伤。

祝好。

自由极光

图书在版编目（CIP）数据

我曾爱过你想起就心酸 / 自由极光著 .-- 武汉：长江文艺出版社，2016.9

ISBN 978-7-5354-8725-4

Ⅰ.①我… Ⅱ.①自… Ⅲ.①长篇小说－中国－当代 Ⅳ.① I247.5

中国版本图书馆 CIP 数据核字 (2016) 第 060908 号

我曾爱过你想起就心酸

自由极光　著

选题产品策划生产机构 | 北京知书文化传媒有限公司 | 北京长江新世纪文化传媒有限公司

出品人：谢不周　凌草夏　八月长安

出版人：金丽红　黎　波　安波舜

责任编辑：张　维　　**助理编辑**：赵晨阳

封面设计：又　一　　**媒体运营**：刘　峥

责任印制：张志杰　　**内文设计**：金旗設計室 DO DESIGN STUDIO

封面绘制：PP 殿下

总发行：北京长江新世纪文化传媒有限公司

电话：010-58678881　　**传　真**：010-58677346

地址：北京市朝阳区曙光西里甲 6 号时间国际大厦 A 座 1905 室　　**邮编**：100028

出版：长江出版传媒 | 长江文艺出版社

地址：湖北省武汉市雄楚大街 268 号湖北出版文化城 B 座 9-11 楼　　**邮编**：430070

印刷：北京玥实印刷有限公司

开本：889 毫米 ×1270 毫米　1/32　　**印张**：10.5

版次：2016 年 9 月第 1 版　　**印次**：2016 年 9 月第 1 次印刷

字数：352 千字

定价：38.00 元